U0096368

中國新聞史研究輯刊

初 編

主編　方漢奇

副主編　王潤澤、程曼麗

第8冊

大衆傳媒與歷史記憶
——新時期傳媒抗戰記憶研究

余　霞 著

花木蘭文化出版社

國家圖書館出版品預行編目資料

大眾傳媒與歷史記憶——新時期傳媒抗戰記憶研究／余霞 著
-- 初版 -- 新北市：花木蘭文化出版社，2013〔民 102〕
序 4+ 目 2+164 面；19×26 公分
（中國新聞史研究輯刊 初編；第 8 冊）
ISBN：978-986-322-299-6（精裝）
1. 大眾傳播 2. 歷史
890.9208 102012309

中國新聞史研究輯刊
初 編 第八冊 ISBN：978-986-322-299-6

大衆傳媒與歷史記憶
——新時期傳媒抗戰記憶研究

作 者 余 霞
主 編 方漢奇
副主編 王潤澤、程曼麗
總編輯 杜潔祥
出 版 花木蘭文化出版社
發行所 花木蘭文化出版社
發行人 高小娟
聯絡地址 235 新北市中和區中安街七二號十三樓
電話：02-2923-1455／傳眞：02-2923-1452
網 址 http://www.huamulan.tw 信箱 sut81518@gmail.com
印 刷 普羅文化出版廣告事業
初 版 2013 年 9 月
定 價 初編 12 冊（精裝）新台幣 20,000 元

大衆傳媒與歷史記憶

——新時期傳媒抗戰記憶研究

余　霞　著

作者簡介

余霞（1972- ），女，湖北省恩施人，土家族。武漢大學新聞學博士，華中農業大學廣告與傳播學系主任，副教授，碩士導師。兼任中國新聞教育學會理事、中國廣告教育學會理事、中國傳播史學會理事、湖北省社會心理學會常務理事等職。發表《人類信息的溝通——傳播史》（湖北人民出版社，2007 年）、《媒介文化新視點》（武漢大學出版社，2009 年）、《傳播心理學筆記本》（商務印書館，2013 年）等著作 3 部。在《武漢大學學報》、《華中師範大學學報》等刊物上發表論文 40 餘篇，主要從事傳播理論、傳播心理學、媒介文化等領域的教學和研究工作。

提　要

歷史記憶是以社會所認定的歷史形態呈現與流傳的社會記憶，人們藉此追溯社會群體的共同起源及其歷史流變，以詮釋當前該社會人群各層次的認同與區分。在高度媒介化的時代，大眾傳媒成為保存、傳遞以及塑造歷史記憶的重要渠道。本書通過對新時期大眾傳媒抗戰記憶的研究，主要回答以下問題：大眾傳媒記憶什麼？大眾傳媒如何記憶？哪些力量在控制大眾傳媒的記憶？

大眾傳媒塑造的歷史記憶不同於歷史記載，在遵循歷史真實的基礎上，它融入了更豐富、更全面、更生動的記憶。創傷記憶、英雄記憶、勝利記憶、反思記憶構成大眾傳媒抗戰記憶的主要內容。

大眾傳媒中關於抗戰的記憶從文化研究的角度看，也是一個表徵的實踐。本書將大眾傳媒中所有關於抗日戰爭的記憶的表徵看作一個整體的文本，從表徵的主體與權力、表徵的歷史語境（場合）、表徵的模式來解讀傳媒在建構這種歷史記憶方面的努力，或者從更廣泛的意義上說，解讀大眾傳媒通過這種記憶建構「中國性」的努力。根據敘事主體、敘事視角的差異和敘事場合的不同，大致將大眾傳媒建構歷史記憶的表徵模式分為兩種：（1）以歷史和現實的事實建構抗戰記憶；（2）以藝術的想象建構抗戰記憶。

歷史記憶明顯地受制於社會框架，傳媒建構歷史記憶自然也必須遵循社會框架。社會框架最終決定了大眾傳媒如何進行記憶。歷史記憶的社會框架包括兩個重要因素，一個是語言，一個是總體觀念。大眾傳媒運用新聞話語的方式進行抗戰記憶建構時，它遵循新聞話語的主題結構規範。建構歷史記憶的行為發生在特定的時空中，它必然會受到來自社會各種力量的控制。這些力量共同作用，構成了哈布瓦赫所說的社會框架的又一重要要素 —— 總體觀念 —— 抗戰記憶的語境框架。政治、文化、經濟三者糾合在一起，形成傳媒抗戰記憶的社會框架的總體觀念框架。

中、日是抗日戰爭的兩個主體，對同一歷史事件雙方有不同的理解與記憶，這種分歧自戰爭爆發延續至今。中日傳媒抗戰記憶有一些相同點，當然更為主要的、突出的是雙方表現出的差異。記憶方式和記憶框架的差異是最突出的兩點，這種差異的產生有種種原因，涉及政治、經濟、文化等等。相比較而言，文化原因，特別是中日文化深層結構的相似性導致的認知悖反則往往被忽視，它恰恰為我們理解中日抗戰記憶差異提供了一個突破口。「差序結構」和「縱式結構」體現了中日社會各自的獨特面，同時二者呈現出明確的相似性 —— 都強調等級序列 —— 正是這種相似性導致了必然的矛盾 —— 從而形成對抗性的敘事，這也是大眾傳媒建構抗戰記憶存在差異的深層社會文化原因。

記憶的真實和歷史的真實之間的異同是本研究始終在關注和思考的問題。我們至少可從四個角度思考它們之間的差異，第一，學科背景的差異；第二，對「真實」的不同理解；第三，有意識與無意識的區別；第四，歷史指向社會層面，歷史記憶指向個體、人的層面。傳媒歷史記憶與集體記憶、個體記憶既有某種聯繫，又有明顯的區別。

回到大眾傳媒本身來看傳媒的歷史記憶問題，本書所傳達的最重要的立場是：大眾傳媒在建構歷史記憶的時候，會受到政治、經濟、文化等形成的社會框架的制約，它們的合力規定了傳媒建構歷史記憶的內在結構，制約著傳媒的表達方式。但是，這只是問題的一方面，傳媒本身是具有某種獨立性的實體，這種獨立性使傳媒在選擇、塑造、表達歷史記憶的時候，具有獨立性的特徵。把握當代傳媒抗戰記憶的社會框架，充分運用傳媒的主動性，在尊重歷史真實、遵循傳媒運作規律的基本原則下，積極進行傳媒抗戰記憶的建構，加強民眾抗戰記憶理解和認同，具有十分重要的現實意義。

《中國新聞史研究輯刊》總序

新聞史是一門科學，是一門考察和研究新聞事業發生發展歷史及其衍變規律的科學。它和新聞理論、新聞業務一樣，都是新聞學的重要組成部分。新聞史又是一門歷史的科學。屬於文化史的範疇，是文化史的重要組成部分。由於新聞事業的特殊性，新聞史的研究和各時期的政治、經濟、文化都有著緊密的聯繫。

在中國，近代以來的重大政治運動，和文化史上的許多重大事件，都和當時的新聞事業有著密切的聯繫。從戊戌維新到辛亥革命，每一次重大的政治活動都離不開媒體的宣傳和鼓吹。近代歷史上的幾次大的思想啓蒙運動，哲學和文學領域的幾次大的論戰，新文化運動的誕生和發展，各種文學流派的形成及其代表作品的問世，著名作家、表演藝術家的嶄露頭角和得到社會承認，以及某些科學文化知識的普及和傳播，也都無不和報刊的參與，有著密切的聯繫。各時期的經濟的發展，也有賴於媒體在輿論上的醞釀、推動和支持。

新聞史，從宏觀的角度來說，需要研究的是整個人類新聞傳播活動的歷史。從微觀的角度來說，則是要研究一個國家、一個地區、一個時代、一個時期、一類報刊、一類報人，乃至於具體到某一家報刊、某一個報刊工作者和某一個重大新聞事件的歷史。研究到近代以來的新聞史的時候，則還要兼及通訊社、廣播電臺、電視臺和各種現代化新聞傳播機構和新聞傳播手段發生發展的歷史。

對於中國的新聞史研究工作者來說，需要著重研究的是中國新聞事業發生發展的歷史。中國是世界上最先有報紙和最先有印刷報紙的國家，中國有將近 1300 年的封建王朝辦報的歷史，有 1000 多年民間辦報活動的歷史，有近 200 年外國人來華辦報的歷史。曾經先後湧現過數以千萬計的報刊、通訊社、廣播電臺、電視臺和各種各樣的新媒體，以及數以千百計的傑出的新聞工作者，有過幾百次大小不等的有影響的和媒體及報人有關的重大事件。這些都是中國新聞史需要認眞研究的物件。由於中國的新聞事業歷史悠久、源遠流長，中國的新聞史因此有著異常豐富的內容，這是世界上任何國家的新聞史都無法比擬的。

在中國，新聞史的研究，已經有一百年以上的歷史。1873 年《申報》上發表的專論《論中國京報異於外國新報》和 1901 年《清議報》上發表的梁啓超的《中國各報存佚表序》，就是我國研究新聞事業歷史的最早的篇什。至於新聞史的專著，則以姚公鶴寫的《上海報紙小史》爲最早，從 1917 年姚書的出版到現在，中國新聞史的研究經歷了以下三個時期。

第一個時期，是 1917 年至 1949 年。這一時期出版的各種類型的新聞史專著不下 50 種。其中屬於通史方面的代表作，有戈公振的《中國報學史》、黃天鵬的《中國的新聞事業》、蔣國珍的《中國新聞發達史》、趙君豪的《中國近代之報業》等。屬於地方新聞史的代表作，有姚公鶴的《上海報紙小史》、項士元的《浙江新聞史》、胡道靜的《上海新聞事業之史的發展》、蔡寄鷗的《武漢新聞史》、長白山人的《北京報紙小史》(收入《新聞學集成》)等。屬於新聞史文集方面的代表作，有孫玉聲的《報海前塵錄》、胡道靜的《新聞史上的新時代》等。屬於新聞史人物研究方面的代表作，有張靜廬的《中國的新聞記者》、黃天鵬的《新聞記者外史》、趙君豪的《上海報人的奮鬥》等。屬於新聞史某一個方面的專著，則有趙敏恒的《外人在華新聞事業》、林語堂的《中國輿論史》、如來生的《中國廣告事業史》和吳憲增的《中國新聞教育史》等。在這一時期出版的新聞史專著中，以戈公振的《中國報學史》影響最大。這部新聞史專著根據作者親自搜訪到的大量第一手材料，系統全面地介紹和論述了中國新聞事業發生發展的歷史，材料豐富，考訂精詳，是中國新聞史研究的奠基之作。至今在新聞史研究工作中，仍然有很大參考價值。其餘的專著，彙集了某一個地區、某一個時期、某一個方面的新聞史方面的材料，也都各有一定的參考價值。

第二個時期，是 1949 至 1978 年。這一時期海峽兩岸的新聞史研究工作都有長足的發展。大陸方面，重點在中共報刊史的研究。其代表作是 1959 年由中國人民大學新聞系編印出版的《中國現代報刊史》講義，和 1962 年由復旦大學新聞系編印出版的《中國新民主主義革命時期新聞事業史講義》。此外，這一時期還出版了一批帶有資料性質的新聞史參考用書，如人民出版社出版的《五四時期期刊介紹》，潘梓年等撰寫的《新華日報的回憶》，張靜廬編輯的《中國近代出版史料》和《中國現代出版史料》，阿英的《晚清文藝報刊述略》和徐忍寒輯錄的《申報七十七年史料》等。與此同時，一些新聞業務刊物和文史刊物上也發表了一大批有關新聞史的文章。其中如李龍牧所寫的有關《新青年》歷史的文章，丁樹奇所寫的有關《嚮導》歷史的文章，王芸生、曹穀冰合寫的有關《大公報》歷史的文章，吳範寰所寫的有關《世界日報》歷史的文章等，都有一定的影響。這一時期臺港兩地的新聞史研究，在 1949 年前後來自大陸的中老新聞史學者的帶動下，開展得較爲蓬勃。30 年間陸續出版的中外新聞史著作，近 80 種。其中主要的有曾虛白、李瞻等分別擔任主編的同名的兩部《中國新聞史》，賴光臨的《中國新聞傳播史》、《七十年中國報業史》、《梁啓超與近代報業》和《中國近代報人與報業》，朱傳譽的《先秦傳播事業概要》、《宋代新聞史》、《報人報史報學》，陳紀瀅的《報人張季鸞》，馮愛群的《華僑報業史》和林友蘭的《香港報業發達史》等等。此外，臺灣出版的《報學週刊》、《報學半年刊》、《記者通訊》等新聞學刊物上，也刊有不少有關新聞史的文章。一般地說，臺港兩地這一時期出版的上述專著，在中國古代新聞史和海外華僑新聞史的研究上，有較高的造詣，可以補同時期大陸新聞史學者的不足。在個別近代報刊報人和有關港臺地區報紙歷史的研究上，由於掌握了較多的材料，也給大陸的新聞史學者，提供了不少參考和借鑒

第三個時期，是 1978 年到現在大約 30 多年的一段時期。這是中國大陸新聞史研究工作空前繁榮的一段時期。原因有以下幾點：一是隨著政治和經濟上的改革開放，和「實踐是檢驗眞理的唯一標準」的討論，前一階段的「左」的思想影響逐步削弱，能夠辯證的看待新聞史上的報刊、人物和事件，打破了許多研究的禁區。二是隨著這一時期新聞傳播事業的迅猛發展，新聞教育事業受到高度重視，大陸各高校設置的和新聞傳播有關的院、系、專業之類的教學點已超過 600 個。在這些教學點中，中國新聞史通常被安排爲必修課程，因而湧現了一大批在這些教學點中從事教學工作的新聞史教學研究工作者。三是上個世紀 80 年代以後，各省市史志的編寫工作紛紛上馬，這些史志

中通常都設有報刊、廣播、電視等媒體的專志，有一大批從一線退下來的老新聞工作者，從事這一類地方新聞史志的編寫工作，因而擴大了新聞史研究工作者的隊伍，豐富和充實了新聞史研究的成果。四是改革開放打破了前 30 年自我封閉的格局。海內外、國內外、境內外和兩岸三地的人際交流，學術交流，資訊交流日益頻繁。為中國新聞史的研究提供了有利的條件。1992 年中國新聞史學會的成立，和下屬的「新聞傳播教育史」、「外國新聞傳播史」、「網路傳播史」、「少數民族新聞傳播史」、「臺灣與東南亞新聞傳播史」等分會的成立，和該會會刊《新聞春秋》的創刊，也對新聞史研究隊伍的整合與交流起了很大的推動作用。到本世紀的第一個十年，中國大陸的新聞史教學研究工作者已經由前一個時期的不到數十人，發展到數百人。陸續出版的新聞史教材、教學參考資料和專著，如李龍牧的《中國新聞事業史稿》、方漢奇的《中國近代報刊史》、50 位新聞史學者合作完成的《中國新聞事業通史》（三卷本）、胡太春的《中國近代新聞思想史》、徐培汀的《中國新聞傳播學說史（1949-2005）》、韓辛茹的《新華日報史》、王敬等的《延安解放日報史》、張友鸞等的《世界日報興衰史》、尹韻公的《中國明代新聞傳播史》、郭鎮之的《中國電視史》、曾建雄的《中國新聞評論發展史》、程曼麗的《蜜蜂華報研究》、馬光仁等的《上海新聞史》、龐榮棣的《史量才傳》、白潤生等的《中國少數民族新聞傳播通史》（上、下）、吳廷俊的《新記大公報史稿》和《中國新聞史新修》、陳玉申的《晚清報業史》，鐘沛璋的《當代中國的新聞事業》等，累計已超過 100 種。其中有通史，有編年史，有斷代史，有個別新聞媒體的專史，也有新聞界人物的傳記。與此同時，還出現了一批像《新聞研究資料》、《新聞界人物》、《新華社史料》、《天津新聞史料》、《武漢新聞史料》等這樣一些「以新聞史料和新聞史料研究為主」的定期和不定期的新聞史專業刊物。所刊文章的字數以千萬計。使大陸新聞史的研究達到了空前的高潮。這一時期臺港澳的新聞史研究也有一定的發展。李瞻的《中國新聞史》、賴光臨的《中國新聞傳播史》和《七十年中國報業史》、朱傳譽的《中國新聞事業論集》、陳孟堅的《民報與辛亥革命》、王天濱的《臺灣報業史》和《臺灣新聞傳播史》、李穀城的《香港中文報業發展史》、《香港〈中國旬報〉研究》等是其中的有代表性的專著。但受海歸學者偏重傳播學理論和實證研究的影響，新聞史研究者的隊伍有逐步縮小的趨勢。值得提出的，是這一時期海外華裔學者從事中國新聞史研究的也大有人在。其傑出的代表，是現在北京大學任教的新加坡籍的卓南生教授。他所著的《中國近代報業發展史》，有中文、日文兩種版本，也出版在這一時期，彌補了大陸學者研究的許多空白，堪稱是一部力作。

和臺港澳新聞史研究的情況相比，中國大陸的新聞史研究，目前仍處在蓬勃發展的階段。爲適應新聞事業迅猛發展的需要，上個世紀 80 年代以來，大陸各高校新聞教學點的數量有了很大的發展，檔次也有了很大的提高。師資隊伍出現了極大的缺口。爲適應形勢發展的需要，幾個重點高校紛紛開設師資培訓班，爲各高校新聞院系輸送新聞史論方面的教學骨幹。稍後又大力發展研究生教育，設置新聞學、傳播學的碩士點和博士點，招收攻讀新聞史方向的研究生。到本世紀的第一個十年，擁有博士學位和博士後學歷的中青年新聞史學者已經數以百計。這些中青年學者，大都在高校和上述 600 多個新聞專業教學點從事新聞史的教學研究工作。他們和在中國社會科學院新聞學研究所和各省市社科院新聞所從事新聞史研究的中青年研究人員以及老一代的新聞史學者一道，構建了一支老中青結合的學術梯隊，形成了一支數以百計的新聞史研究隊伍，不斷的爲新聞史的研究提供新的成果。其中有不少開拓較深，頗具卓識，填補了前人的學術研究的空白。

收入《中國新聞史研究叢書》的這些專著，就是從後一時期近 20 年來中國大陸中青年新聞史學者的眾多研究成果中篩選出來的。既有宏觀的階段性的歷史敘事和總結，也有關於個別媒體、個別報人和重大新聞史事件的個案研究。其中有一些是以他們的博士論文爲基礎，增益刪改完成的。有的則是作者們自出機杼的專著。內容涉及近現當代中國新聞事業歷史的方方面面，既反映了中國大陸改革開放以來新聞史研究蝶舞蜂喧花團錦簇的繁榮景象，展示了中青年學者們的豐碩研究成果，也爲中國新聞史研究的進一步發展，提供了不少參考和借鑒。把它們有選擇的彙集起來，分輯出版，體現了花木蘭文化出版社在推動新聞史學術發展和海內外以及兩岸學術交流方面的遠見卓識，我樂觀厥成，爰爲之序。

方漢奇

2013 年 4 月 30 日

（序的作者爲中國人民大學榮譽一級教授，北京大學新聞學研究會學術總顧問，中國新聞史學會創會會長。）

序

秦志希

當余霞博士送來本書稿並請我作序時，我再次體會到做老師的幸福和快樂，欣然應允。憶及當年她跟隨我讀博士，選定大眾傳媒的歷史記憶這個富有挑戰性和創新性的研究課題，克服種種困難，完成博士論文，當年的情形，歷歷在目。今天，她能夠在原有研究的基礎上，繼續從事這項研究，並終於完成本書稿，我甚感欣慰。

我覺得本書涉及的選題具有重要的學術價值。對抗日戰爭的研究無論是從哪種角度討論都具有十分重要的意義。而記憶曾被視爲一種神奇的力量，記憶研究始於人類對自身認知能力的關注，最初的探討聚焦於作爲個體的人的記憶。現代的學術話語系統中，記憶成爲心理學的重要內容之一。社會心理學的發展則將記憶研究推向更爲廣闊的境地——社會記憶。歷史記憶正是社會記憶的重要組成部分。將大眾傳媒對抗日戰爭的記憶視爲一種歷史記憶進行研究，其意義深遠。

從研究的理論意義上看，有助於我們從新的角度來認識傳媒，認識新聞。本書運用社會記憶的理論與方法進而細化爲歷史記憶的理論與方法，在新聞與傳播理論研究中第一次加以運用，用之解讀和研究大眾傳媒的抗戰記憶，這是一種有益的嘗試。大眾傳媒對抗日戰爭的記憶是一個連續性的過程，是傳媒進行歷史記憶的特殊形態，對它進行研究，最終關注的是大眾傳媒建構歷史記憶的特徵、內在規律及其意義，這在理論上是一種創新，有助於我們從新的角度來認識傳媒，認識新聞。以前說新聞是現在的記錄，明天的歷史，從歷史記憶的角度來看，新聞是一種建構歷史記憶的過程。

從研究的實踐意義上看，本研究將大眾傳媒對歷史記憶的建構置於寬廣的文化生態語境中，置於社會、歷史、文化的情境中進行考察，以探尋傳媒進行社會記憶的制約機制，這對傳媒建構歷史記憶的實踐活動具有重要的指導意義。抗日戰爭對於中華民族來說，具有特別重要的意義，其勝利蘊含著中華民族精神，能夠增強民族自信心和民族凝聚力，同時它可以用來解釋現行秩序的合法性，並有助於確立中國的國際地位。因此，抗戰記憶是新時期傳媒歷史記憶的重要內容。

在這項具有較強創新性的研究中，作者所堅持的核心觀點是：歷史記憶是以社會所認定的歷史形態呈現與流傳的社會記憶，人們藉此追溯社會群體的共同起源及其歷史流變，以詮釋當前該社會人群各層次的認同與區分。在高度媒介化的時代，大眾傳媒成爲保存、傳遞以及塑造歷史記憶的重要渠道。

通過對新時期大眾傳媒抗戰記憶的研究，本書回答了以下問題：大眾傳媒記憶什麼？大眾傳媒如何記憶？哪些力量在控制大眾傳媒的記憶？主要觀點如下：

1、創傷記憶、英雄記憶、勝利記憶、反思記憶構成大眾傳媒抗戰記憶的主要內容。大眾傳媒塑造的歷史記憶不同於歷史記載，在遵循歷史眞實的基礎上，它融入了更豐富、更全面、更生動的記憶。

2、大眾傳媒中關於抗戰的記憶從文化研究的角度看，也是一個表徵的實踐。本書將大眾傳媒中所有關於抗日戰爭的記憶的表徵看作一個整體的文本，從表徵的主體與權力、表徵的歷史語境（場合）、表徵的模式來解讀傳媒在建構這種歷史記憶方面的努力，或者從更廣泛的意義上說，解讀大眾傳媒通過這種記憶建構「中國性」的努力。根據敘事主體、敘事視角的差異和敘事場合的不同，大致將大眾傳媒建構歷史記憶的表徵模式分爲兩種：（1）以歷史和現實的事實建構抗戰記憶；（2）以藝術的想像建構抗戰記憶。

3、歷史記憶明顯地受制於社會框架，傳媒建構歷史記憶自然也必須遵循社會框架。社會框架最終決定了大眾傳媒如何進行記憶。歷史記憶的社會框架包括兩個重要因素，一個是語言，一個是總體觀念。大眾傳媒運用新聞話語的方式進行抗戰記憶建構時，它遵循新聞話語的主題結構規範。建構歷史記憶的行爲發生在特定的時空中，它必然會受到來自社會各種力量的控制。這些力量共同作用，構成了哈布瓦赫所說的社會框架的又一重要要素——總體觀念——抗戰記憶的語境框架。政治、文化、經濟三者糾合在一起，形成傳媒抗戰記憶的社會框架的總體觀念框架。

4、多維關係中，傳媒建構抗戰記憶呈現出複雜性。當代社會中，無論是單一的國家敘事框架還是多元的對抗性敘事框架，都呈現出複雜性。這種複雜性的原因是多方面的，有中國當代社會發展變遷的內在原因，有全球化背景下中國與其他和抗戰相關的國家間的歷史與現實的複雜關係的原因，也有大眾傳媒自身發展的原因。大眾傳媒就是在多種力量——它們共同構成記憶的社會框架——的互動中展開抗戰記憶建構的。如：中、日是抗日戰爭的兩個主體，對同一歷史事件雙方有不同的理解與記憶，這種分歧自戰爭爆發延續至今。中日傳媒抗戰記憶有一些相同點，當然更爲主要的、突出的是雙方表現出的差異。記憶方式和記憶框架的差異是最突出的兩點，這種差異的產生有種種原因，涉及政治、經濟、文化等等。相比較而言，文化原因，特別是中日文化深層結構的相似性導致的認知悖反則往往被忽視，它恰恰爲我們理解中日抗戰記憶差異提供了一個突破口。「差序結構」和「縱式結構」體現了中日社會各自的獨特面，同時二者呈現出明確的相似性——都強調等級序列——正是這種相似性導致了必然的矛盾——從而形成對抗性的敘事，這也是大眾傳媒建構抗戰記憶存在差異的深層社會文化原因。

本書最後，作者對我國大眾傳媒抗戰記憶進行了整體性的反思，重點回應了兩個問題：官方記憶和民間記憶、記憶與遺忘（呈現與遮蔽）。在此基礎上，作者對大眾傳媒抗戰記憶的未來走勢提出自己的看法，認爲傳媒抗戰記憶應當走向文化記憶。這種思考是一種大膽的探索，對傳媒實踐具有一定的啓發意義。

當作者回到大眾傳媒本身來看傳媒的歷史記憶問題，傳達的最重要的立場是：大眾傳媒在建構歷史記憶的時候，會受到政治、經濟、文化等形成的社會框架的制約，它們的合力規定了傳媒建構歷史記憶的內在結構，制約著傳媒的表達方式。但是，這只是問題的一方面，傳媒本身是具有某種獨立性的實體，這種獨立性使傳媒在選擇、塑造、表達歷史記憶的時候，具有獨立性的特徵。

總之，我認爲本書對新時期中國傳媒的抗戰記憶進行研究，在選題、理論、研究方法等方面都有所創新。

選題方面，現代的學術話語系統中，記憶成爲心理學的重要內容之一，社會心理學的發展則將記憶研究推向更爲廣闊的境地——社會記憶，歷史記憶正是社會記憶的重要組成部分。大眾傳媒已經成爲當代社會形塑歷史記憶的重要渠道，但到目前爲止，還很少有人從傳媒的角度開展歷史記憶研究，本文嘗試有所突破。

理論方面，突破大眾傳媒研究的傳統理論，運用社會記憶理論研究抗戰記憶，提出若干較有系統性的範疇，如「抗戰記憶」的類型、表徵、社會框架、複雜性等等，這種拓展，是一種創新。這種探索，有助於深入理解和把握大眾傳媒建構歷史記憶的機制，有助於今後進一步考察大眾傳媒建構歷史記憶的規律與原則。

研究方法方面，本文采用社會記憶的視角，綜合運用文獻研究和比較研究的方法，將中國傳媒抗戰記憶置於世界反法西斯戰爭立場進行研究，視野較開闊。

當然，本書也還有些不足，該課題涉及到的許多問題尚需要進一步探討。如：

1、關於傳媒建構歷史記憶的實證研究。傳媒成爲當代社會歷史記憶形成、傳遞和表達的重要渠道，在現實生活中，它究竟發生著多大的影響，起著多大的作用，需要借助於實證手段來進一步研究。

2、關於傳媒建構歷史記憶的批判研究。本書關注的是中國傳媒在當下建構抗戰歷史記憶的努力，儘管也涉及到對表徵主體（誰在記憶？）、表徵內容（記憶什麼？）的思考，但側重於從現行秩序出發，是一種描述式的分析，而不是批評式的分析。進一步研究中，可以嘗試從新的角度進行，使研究更加深入。

希望余霞博士在今後的研究中，能夠對這些問題繼續進行探討，在該研究領域取得更多的成果。也衷心期望她在今後的學術之路上保持勤奮謹慎的精神，不斷努力，不斷進步。

秦志希
2013 年 4 月於珞珈山

目次

序　言　秦志希
第一章　導　論……1
一、問題的提出……1
二、兩個基本問題……17
三、本書的框架……24
第二章　傳媒抗戰記憶的類型……27
第一節　創傷記憶……29
一、創傷記憶的內容及特徵……29
二、創傷記憶的敘事結構……35
三、創傷記憶的內在邏輯……38
第二節　英雄記憶……39
一、英雄記憶的內容及特徵……39
二、英雄記憶的敘事結構與內在邏輯……44
第三節　勝利記憶……49
一、勝利記憶的內容及特徵……49
二、勝利記憶的敘事結構……55
三、勝利記憶的內在邏輯……57
第四節　反思性記憶……57
一、反思性記憶的內容及特徵……58
二、反思性記憶的內在邏輯……62
第三章　傳媒抗戰記憶的表徵……63
第一節　表徵的主體與表徵的權力……64
一、主體融合：參與者的自傳體記憶……64
二、主體分離：代言人的記憶建構……69
三、權力與主體的建構……72
第二節　「抗戰記憶」表徵的場合……77
一、綜合的場合因素：紀念日……78
二、有影響的場合因素：國家慶典……80
三、偶然的場合因素：中日關係敏感時期……82
第三節　大眾傳媒抗戰記憶的表徵模式……83
一、以事實建構抗戰歷史記憶……84
二、以藝術想象建構抗戰歷史記憶……85
第四章　傳媒建構抗戰記憶的社會框架……91
第一節　社會框架的兩種要素：語言與總體觀念……91
一、關於框架理論……91

二、作爲框架要素的語言與總體觀念……94
三、語言與總體觀念的關係……97
第二節 大眾傳媒抗戰記憶的語言框架……99
一、傳媒抗戰記憶的話語分析……99
二、傳媒抗戰記憶的語言框架……103
第三節 大眾傳媒抗戰記憶的語境框架……106
一、新時期傳媒建構抗戰記憶的具體語境……107
二、傳媒建構抗戰記憶的兩種敘事框架……117
第五章 多維關係中傳媒抗戰記憶建構的複雜性……121
第一節 社會變遷導致抗戰記憶建構的複雜化……121
一、傳媒市場作用下的抗戰記憶建構……122
二、兩岸關係曲折變化下的抗戰記憶……124
第二節 多元框架互動中的傳媒抗戰記憶建構……127
一、中日關係架構下對抗性抗戰記憶的建構……127
二、以中美關係爲主的抗戰相關國關係架構下的記憶建構……134
三、世界反法西斯戰爭記憶與中國傳媒抗戰記憶建構……138
第三節 傳播新技術與傳媒抗戰記憶建構……140
一、網絡傳媒抗戰記憶內容的全面性與豐富性……141
二、網絡抗戰記憶建構的互動性……142
三、網絡傳媒抗戰記憶形式的創新……143
餘 論 傳媒抗戰記憶的現狀與未來……149
一、關於傳媒抗戰記憶的反思……149
二、走向文化記憶的傳媒抗戰記憶……152
主要參考文獻……157
後 記……163
表目錄
存儲記憶與功能記憶的不同點……28
傳媒抗戰英雄記憶的敘事結構……48
圖目錄
圖一……79
圖二……80
你認爲抗戰劇最不能忍受的是？……90

第一章　導　論

一、問題的提出

記憶無疑是人類擁有的一種神奇的力量。人們對記憶的好奇如同對人類自身的好奇一般，在人的自我意識之旅中，成爲頗有吸引力的話題。在加夫列爾・加西亞・馬爾克斯的《百年孤獨》中，詭異的失憶將馬孔多人置於無邊的災難，甚至最熟悉最簡單的東西都會忘記，他們在懷疑中拋棄過去的屬於自己的整套生活方式，卻也無法接受新的生活方式。小說誇張卻眞實地表達了人們對失去記憶的恐懼。從科學研究到文學想像，人們從未停止過對記憶的探秘。從古代對記憶術的崇拜，到近代心理學家對腦神經記憶網絡的探究，再到社會學、歷史學、哲學、文化學等多學科的介入，記憶神秘的面紗漸漸被撩起。

（一）記憶的秘密

記憶是人類最早注意並被珍視的人自身的基本能力之一。它不僅使人的自我意識成爲可能，而且使人類的歷史意識成爲可能。最初，由於記憶依賴於人腦這一記憶器官，它被視爲一種神奇的力量。在人類歷史靠口口相傳的方式保存和傳遞的時候，擁有超凡記憶能力的人擔當起這一重任，並因而享有特殊的社會地位，如荷馬史詩等各民族史詩的傳唱者。相應地，記憶研究始於人類對自身認知能力的關注，早期的探討聚焦於作爲個體的人的記憶，重在研究如何擁有非凡的「記憶術」上。

現代的學術話語系統中，記憶成爲心理學的重要內容之一。心理學家研究人腦的機能，試圖在腦神經網絡中尋找人類記憶的秘密。社會心理學的發展則將記憶研究推向更爲廣闊的境地——社會記憶。記憶是人的認知能力的基礎，社會記憶則是人類社會得以延續、發展的重要保證。史學研究的介入提出了歷史記憶的問題，與傳統史學不一樣，基於對口述史的關注，歷史學家從文類的角度爲口述史成爲記憶提供了依據。這讓人們意識到，歷史不僅僅只是過去，只是存在於不可逆轉的時間軸上的過去的人和事，歷史記憶表明歷史還可以是當下的一種存在。隨著記憶研究的推進，文化記憶的問題被提出。與個體記憶對神經網絡的依賴和社會記憶側重於現實交際性不同，文化記憶強調的是一種以物質化、抽象化的媒介爲中心的記憶〔註1〕。提出文化記憶的概念，指出文化就是一種記憶，一種把過去和未來、經驗知識與未來期待連接起來的記憶。這樣便則將記憶研究進一步推廣到整個人類文化領域，可以說，這些不同學科的介入爲記憶研究開闢了一個廣闊的研究領域，也爲本研究提供了豐富的理論基礎。

國外研究　現代學科意義上的記憶研究首先出現在西方現代心理學中，它關注個體的記憶，研究個體記憶的特質。到了20世紀初葉，傳統的個體記憶研究受到挑戰，首先是法國社會學家莫里斯·哈布瓦赫（Morris Halbwachs）在1925年一篇題名爲《記憶的社會性結構》的文章中，提出集體記憶（collective memory）的概念。此後，社會性記憶在心理學、社會學範疇中繼續得到研究，並延伸至其他領域，包括歷史學、人類學、哲學等等。20世紀80年代以來，學界和公眾開始對集體和社會記憶予以很大關注。從研究者的角度來看，國外研究社會性記憶的最重要的學者有哈布瓦赫、保羅·康納頓（Connerton P.）、施瓦茨（Schwartz B.）、F·巴特萊特（Frederic C.Bartlett）、揚·阿斯曼（Jan Assmann）、阿萊達·阿斯曼（Aleida Assmann）等。

1、F·巴特萊特的記憶研究

F·巴特萊特（1886～1969）是當代英國著名心理學家。1914年起在劍橋大學實驗心理學室任教，1931 年被任命爲劍橋大學第一位實驗心理學教授，1944年創建屬於英國醫學研究院的應用心理學研究室，1948被授予「動

〔註1〕阿萊達·阿斯曼，揚·阿斯曼：《記憶的三個維度：神經、社會與文化》，見阿斯特里特·埃爾、馮亞玲：《文化記憶理論讀本》，北京大學出版社，2012年版，第23頁。

爵」，成爲第一個獲此殊榮的英國實驗心理學家。巴特萊特的研究屬於人類實驗心理學的傳統範疇，他對推動英國實驗心理學的發展做出巨大貢獻。記憶問題是巴特萊特研究的重要領域，其研究成果集中表述在《記憶：一個實驗的與社會的心理學研究》一書中〔註 2〕。不同於 H・艾賓浩斯（Hermann Ebbinghaus）的無意義音節實驗法（巴特萊特認爲這種方法脫離了實際），巴特萊特採用了比較接近日常生活的圖畫和故事，用「描述的方法」、「重複再現的方法」、「象形文字的方法」和「系列再現的方法」等來考察記憶的全過程。強調了記憶過程的主動作用，突出了心理活動的整體性。巴特萊特的記憶心理學研究對後世產生了積極影響，特別是圖式理論和記憶的社會決定作用理論影響重大。

圖式理論的提出促使許多人從完全不同的角度去思考記憶的性質和動力問題，對認知心理學的形成起了重要作用。而關於記憶的社會決定作用，指的是群體成員的記憶對群體框架的適應，以及群體成員的記憶的群體特徵。對於整個群體能否記憶、怎樣記憶即社會記憶的問題，巴特萊特認爲它不是對一般性的人類記憶的背景或框架進行研究，而是人類作爲整體進行記憶的意向和活動。由於人們無法找到社會群體自我表達的手段，所以無法從實驗事實上判定社會群體是否能夠記憶。從總體傾向來看，巴特萊特贊同涂爾幹的觀點，主張「個體不過是一種特殊的群體，以便堅持認爲群體具有個體的一切特徵」（F・巴特萊特，1932），從而在個體與群體的相似性類比中，由個體記憶推論出社會記憶的存在。

2、莫里斯・哈布瓦赫的集體記憶研究

莫里斯・哈布瓦赫（1877～1945）1877 年生於法國東北部的蘭斯市，早年主要研究哲學。後師從涂爾幹，成爲涂爾幹學派第二代成員中一位非常重要而又頗具爭議的人物，他創造性地繼承了涂爾幹的思想。在記憶研究方面，哈布瓦赫提出了「集體記憶」（collective memory）概念，用它研究家庭、宗教群體和社會階級中的記憶。他認爲記憶是一種集體社會行爲，現實的社會組織或群體（如家庭、家族、國家、民族，或一個公司）都有其對應的集體記憶，不存在脫離他人、脫離集體的純粹的個體記憶。哈布瓦赫關於集體記憶

〔註 2〕 黎煒：《〈記憶：一個實驗的與社會的心理學研究〉中文版譯序》，見巴特萊特《記憶：一個實驗的與社會的心理學研究》，浙江教育出版社，1998 年版，第 2 頁。

的著作是開創性的，並使他成爲社會學史上的一位重要人物〔註 3〕。哈布瓦赫關於集體記憶的主要觀點如下：

第一，關於「集體記憶」的概念。1925 年，哈布瓦赫首次提出了「集體記憶」的概念，他指出，純粹的個人性記憶是根本不可能存在的現象，人類記憶所依賴的語言、邏輯和概念都是在社會交往中實現的。集體記憶不是一個既定的概念，而是一個社會建構的概念。哈布瓦赫區分了自傳記憶、歷史記憶、歷史和集體記憶四個概念，自傳記憶是由我們自身所經歷的事件構成的記憶，歷史記憶是我們只通過歷史記錄獲得的記憶，歷史是我們所記住的但是和我們沒有有機關係的過去，集體記憶構成我們認同的活生生的過去。

第二，存在一個集體記憶的框架。他指出，「人們通常正是在社會之中才獲得了他們的記憶。也正是在社會中，他們才能進行回憶、識別和對記憶加以定位。同樣，記憶的集體框架也不是依循個體記憶的簡單加總原則而建構起來的；它們不是一個空洞的形式，由來自別處的記憶塡充進去。相反，集體框架恰恰就是一些工具，集體記憶可用以重建關於過去的意象，在每一個時代，這個意象都是與社會的主導思想相一致的。」〔註 4〕

第三，集體記憶的建構性的特徵。「過去不是被保留下來的，而是在現在的基礎上被重新建構的。」哈布瓦赫認爲集體記憶是由現在的關注所形塑的，堅持以現在爲中心來建構過去。不同時代、時期的人們不可能對同一段「過去」形成同樣的想法。人們如何構建和敘述過去在很大程度上取決於他們當下的理念、利益和期待。回憶是爲現在時刻的需要服務的，因而也是斷裂的。

總之，哈布瓦赫承認社會記憶的重要性，並堅持有系統地關注記憶如何被社會建構。其見解獨特，但也有局限性。哈布瓦赫所關注的是一種和諧統一的集體，人們在其中分享統一的記憶。但在現實的社會文化語境中，記憶往往成爲不同人群爭奪的對象，顯示的是權力的較量。主流文化往往會控制記憶資源，對異文化採取壓制態度，而異文化的抗爭則表現爲保持一種相對於主流文化記憶的它類記憶或者福柯（Foucault）所說的「反記憶」（Counter-Memory）。其次，對於從過去和現在盤根錯節的交互作用中生發出來的社會記憶的複雜性，哈布瓦赫的現在中心觀也不能充分闡釋。

〔註 3〕莫里斯·哈布瓦赫：《〈論集體記憶〉序言》，畢然、郭金華譯，上海人民出版社，2002 年版。

〔註 4〕莫里斯·哈布瓦赫：《〈論集體記憶〉序言》，畢然、郭金華譯，上海人民出版社，2002 年版。

就本書而言，哈布瓦赫的理論將是最重要的參照。他關於記憶的建構的觀點，是貫穿整個研究的基本立場。他關於記憶的社會框架理論是本書最重要的理論分析範式。

3、保羅・康納頓關於社會如何記憶的研究

在《社會如何記憶》〔註5〕中，美國學者保羅・康納頓指出，記憶不僅屬於人的個體官能，而且還存在叫做集體記憶或社會記憶的現象。「群體的記憶如何傳播和保持，會導致對社會記憶作爲政治權力的一個方面，或者作爲社會記憶中無意識因素的一個方面加以關注，或者兼而有之。……研究這類問題，具有無可置疑的價值。」〔註6〕康納頓在外在的形式化的層面上尋找社會記憶得以傳播和保持的手段，「如果說有什麼社會記憶的話，那我就要爭辯說，我們可能會在紀念儀式上找到它」。「有關過去的形象和有關過去的回憶性知識，是在（或多或少是儀式性的）操演中傳送和保持的。」〔註7〕康納頓就區分了三種明顯的記憶類型：個人記憶、認知記憶和習慣記憶。他認爲前兩種記憶類型已經得到了詳盡的研究，但第三種在很大程度上被忽視了。所以，康納頓著力研究了作爲社會記憶重要傳播形式的紀念儀式和身體實踐，強調了記憶的慣性（inertial）。在哈布瓦赫那裏，集體記憶是通過社會交際來維持的，在康納頓這裏，社會記憶是通過「（或多或少是儀式性的）操演來傳達和維持的」，他更多關注的是社會記憶的傳遞性和延續性。

4、施瓦茨的集體記憶研究

美國當代社會學家施瓦茨對集體記憶的核心觀點與哈布瓦赫密切相關，特別是對現在中心觀的批評。他提醒大家注意一個事實，即現在中心觀被推至極至，就會讓人感到在歷史中完全沒有連續性。過去總是一個持續與變遷、連續與更新的複合體。集體記憶研究可以分爲兩種視角：第一種觀點認爲，過去是按照現在的需要，通過社會建構來形塑的。他引述米德和哈布瓦赫的觀點，指出這種視角認爲過去的概念可以通過現在的立場來解釋。集體記憶是對過去的重構，使過去的形象適合於現在的信仰和精神需求。另一種觀點

〔註5〕保羅・康納頓：《社會如何記憶》，納日碧力戈譯，上海人民出版社，2000年版。

〔註6〕保羅・康納頓：《〈社會如何記憶〉導論》，納日碧力戈譯，上海人民出版社，2000年版，第1頁。

〔註7〕保羅・康納頓：《社會如何記憶》，納日碧力戈譯，上海人民出版社，2000年版，第76頁。

認爲過去形塑了我們對現在的理解，而不是相反。每一個社會不管它的意識形態環境如何，都要保持一種關於過去的連續感。如果關於過去的信仰不能經歷社會變遷的考驗，社會的團結和連續就會受到損害。他得出結論說：「集體記憶既可以看作是對過去的一種累積性的建構，也可以看作是對過去的一種穿插式的建構。」

5、阿萊達・阿斯曼和揚・阿斯曼對文化記憶的研究

阿萊達・阿斯曼是德國康斯坦茨大學英美文學教授，著名文化記憶理論研究專家，著有《記憶的空間：文化記憶的形式及變遷》〔註 8〕。揚・阿斯曼是德國古埃及學、宗教學、文化學學者，海德堡大學教授，文化記憶理論奠基者之一，著有《文化記憶——早期發達文化的文字、回憶和政治統一性》〔註 9〕。20 世紀 90 年代，揚・阿斯曼提出了文化記憶的概念，借助於「文本」和「延伸的場景」，揚・阿斯曼詮釋了文化記憶的內涵。所謂文本，從修辭學來看，文本就是指語言行爲，而不是指實情。其次，從日常使用來看，文本一般被理解爲一段書寫的文章〔註 10〕。語言學家康拉德・埃里希（Konrad Ehrlich）將文本定義爲「再次接收的消息」，所謂再次接收，指的是說話者和聽話者不是同時在場的，用傳播學的術語說，傳者和受者不在同一時空中。說話者必須克服空間和／時間的距離，聽者才可以聽見，直接的對話場景的互相交替變得不可避免，即有賴於「延伸的場景」的出現。也就是在說話者和聽話者共同存在的一個直接場景的位置上出現了「延伸的場景」。這個延伸的場景可以延伸到兩個直至虛擬的無窮盡的單個場景中，其界限只能通過文本的存在和流傳的過程得以確定。揚・阿斯曼指出，「延伸的場景」不僅包括流傳，還包括對於文本的再次接收。「延伸的場景」不是自然存在的，而是被文化機制化的。如果沒有機制化的支撐和框架，它們就無法發展並存活下來〔註 11〕。建立在文化文本概念基礎上的文化記憶與歷史和歷史意識不同，它是關於過

〔註 8〕引自阿斯特里特・埃爾、馮亞玲：《文化記憶理論讀本》，北京大學出版社，2012 年年版，第 1 頁。

〔註 9〕引自阿斯特里特・埃爾、馮亞玲：《文化記憶理論讀本》，北京大學出版社，2012 年年版，第 20 頁。

〔註 10〕揚・阿斯曼：《文化記憶》，見阿斯特里特・埃爾、馮亞玲：《文化記憶理論讀本》，北京大學出版社，2012 年版，第 7 頁。

〔註 11〕揚・阿斯曼：《文化記憶》，見阿斯特里特・埃爾、馮亞玲：《文化記憶理論讀本》，北京大學出版社，2012 年版，第 8 頁。

去的一種獨立形式。文化記憶的特點是視野和簡明性。不是某些可以發現的來源和痕跡，而是文化文本決定其視野的大小，並且通過其語義學或者象徵意義上的發音，這種發音在一個既定的社會中的延伸的場景的框架內進行交際〔註12〕。

揚・阿斯曼還指出文化記憶與交際性記憶不同，它包括那些古老的、偏遠的、被轉移的部分；與集體記憶或者聯繫記憶不同，文化記憶包括那些不可工具化的、異教的、具有破壞性的和分裂的部分〔註 13〕。此外，他將文化記憶區分爲功能性記憶和存儲性記憶，這也是富有啓發性的研究。另外，他與阿萊達・阿斯曼合作研究了媒介與社會記憶的關係問題，分析了文化記憶的兩個基本功能：協調性和持續性。前者是一種文化的共時維度，後者是文化的歷時維度。他們指出，記憶是實現歷時性和時間延續的器官，它通過儲存和重建得以實現。媒介的變遷改變了社會知識的結構，也影響甚至決定了不同時代的文化記憶的結構。關於這一點，我們稍後還會論及。而本研究關於中國新時期傳媒抗戰記憶的理解和反思也將站在文化記憶的立場上進行，在對記憶類型、社會功能、社會框架等方面的研究中，我將不時回到揚・阿斯曼和阿萊達・阿斯曼關於文化記憶的理論上來，對傳媒抗戰記憶未來的思考也會從文化記憶的角度展開。

我們也可以從學科的角度對國外社會記憶研究進行區分。在這樣的視野中，我們會注意到社會學、心理學、人類學、歷史學、民族學、哲學等組成的越來越大的群體。

國內研究　在我國，除心理學外，近年來在哲學、歷史學、人類學、民族學等學科的研究中，有學者也開始使用歷史記憶或社會記憶概念。從操作層面的概念辨析到哲學層面的深刻反思，從微觀的個案研究到整體性關照，已經積纍了一定的成果。

1、思想史立場的探究

從哲學認識論角度研究記憶問題的較早的成果是李伯聰先生的《論記憶》〔註 14〕，該文富於洞見地提到了社會記憶卻一筆帶過。葛兆光先生從思想史

〔註12〕揚・阿斯曼：《文化記憶》，見阿斯特里特・埃爾、馮亞玲：《文化記憶理論讀本》，北京大學出版社，2012 年版，第 12 頁。

〔註13〕揚・阿斯曼：《文化記憶》，見阿斯特里特・埃爾、馮亞玲：《文化記憶理論讀本》，北京大學出版社，2012 年版，第 18 頁。

〔註14〕李伯聰：《論記憶》，《自然辯證法通訊》，1991 年第 1 期。

的角度展開討論，認爲「當下的處境好像是一種觸媒，它會喚醒一部分歷史記憶，也一定會壓抑一部分歷史記憶，在喚醒與壓抑裏，古代知識、思想與信仰世界，就在選擇性的歷史回憶中，成爲新知識和新思想的資源。」〔註 15〕從思想史的角度看，葛兆光先生詮釋了歷史記憶是如何被建構的，這與哈布瓦赫、巴特萊特關於社會記憶的建構理論不謀而合。因爲建構的條件（建構者自身的狀況及其建構所處的環境）不一樣往往導致對往事不同的敘述，對傳統資源的重新詮釋和不同的理解，這種現象不止出現在個人記憶中，也出現在民族共同體集體的歷史記憶中。而且思想的連續性歷史在面對新知時對歷史記憶的發掘，不僅應當包括主流知識和精英思想，而且也應當包括長期處於邊緣的學問，體現了全面發掘歷史和社會記憶的總體化研究視野和寫作理路。孫德忠博士的《社會記憶論》則從作爲哲學概念的社會記憶出發，認爲從哲學層面上提出社會記憶，其合法性根據有三個方面：人性根據、生存論根據、認識論根據。他對社會記憶問題的思想史進行了考察，然後對社會記憶的生成、本質、結構、特點和功能一一進行探析，最後對社會記憶與當代社會轉型問題進行思考〔註 16〕。這是國內目前比較全面的哲學角度對社會記憶問題的研究。

2、關於歷史記憶的討論

臺灣學者王明珂先生的《歷史事實、歷史記憶與歷史心性》，在分析西方社會記憶研究的社會學、心理學傳統的基礎上，從史學、人類學的角度展開研究，並在前人研究的基礎上，從概念上梳理、辨析了社會記憶、集體記憶與歷史記憶：社會記憶指所有在一個社會中藉各種媒介保存、流傳的記憶；集體記憶指在社會記憶中有一部分記憶經常在此社會中被集體回憶，而成爲社會成員間或某次群體成員間分享之共同記憶；歷史記憶指集體記憶中，有一部分以該社會所認定的歷史形態呈現與流傳的記憶〔註 17〕。也就是說，社會記憶、集體記憶與歷史記憶從概念的外延來說是逐漸縮小的。進一步提出歷史記憶研究應該警惕的幾個問題，即「這是誰的記憶？」、「它們如何被製造和利用？」以及「它們如何被保存和遺忘？」。通過這種情景化活動探索作

〔註 15〕葛兆光：《歷史記憶、思想資源與重新詮釋——關於思想史寫法的思考之一》，《中國哲學史》，2001 第 1 期，第 45～53 頁。

〔註 16〕孫德忠：《社會記憶論》，湖北人民出版社，2006 年版。

〔註 17〕王明珂：《歷史事實、歷史記憶與歷史心性》，《歷史研究》，2001 年第 5 期，第 136～147 頁。

爲社會記憶遺存的史料所反映的社會生產狀況和社會關係體系，同時還要廣泛地研究各種邊緣的被忽視的社會歷史記憶。他指出只有典範歷史和邊緣歷史的合鳴才能喚起完備的社會記憶，才是眞實的歷史。

3、對社會記憶的關注

關注記憶的社會性成爲一種理論趨向，景軍在《社會記憶論與中國問題研究》〔註18〕中按照記憶理論的側重點將社會記憶研究分爲四類：

（1）集體記憶研究。追隨哈布瓦赫的學者將集體記憶定義爲一個特定社會群體之成員共享往事的過程和結果，保證集體記憶傳承的條件是社會交往及群體意識需要提取該記憶的延續性。

（2）公共記憶研究。傳播各種知識和信息的公共性渠道無疑對人的記憶對象和記憶清晰程度產生巨大的影響。這些公共渠道包括大眾傳媒、宗教儀式、教育系統、主流藝術及官方修史機構。

（3）民眾記憶研究：採用該種取向的研究者往往強調社會衝突，尤其是某一社會的某一群體對通過公共渠道傳播的歷史解說之質疑態度，甚至常帶有反叛性的活動和言論。

（4）想像記憶研究：心理實驗和社會研究項目已經證明，人類記憶包容著極大的想像因素。英國歷史學家特雷克·哈布斯巴姆和德列斯·蘭格主編的《傳統的重新創造》〔註19〕（1984）一書對這一問題有深刻分析。

上述四個方面實際上是社會記憶研究的四個視角。在這些方面的研究已經取得了初步的成果。

4、其他研究

除上述幾位學者的研究外，還有一些學者從各種視角涉及到社會記憶問題。如：鍾年在論文《社會記憶與族群認同》對社會記憶與族群認同關係進行考察〔註20〕；納日碧力戈在《各煙屯藍靛瑤的信仰儀式、社會記憶和學者反思》一文中對各煙屯藍靛瑤的信仰儀式成爲社會記憶的分析〔註21〕；劉亞

〔註18〕景軍：《社會記憶理論與中國問題研究》，《中國社會科學學刊》（香港），1995（12）。

〔註19〕Eric Hobsbawm&Terence Ranger，The Invention of Tradition，Cambridge：Cambridge university press，1984.

〔註20〕鍾年：《社會記憶與族群認同》，《廣西民族學院學報》（哲社版），2000年第4期，第25～27頁。

〔註21〕納日碧力戈：《各煙屯藍靛瑤的信仰儀式、社會記憶和學者反思》，《雲南大學人文社會科學學報》2000第2期，第60～64頁。

秋對知青的集體記憶建構過程展開研究〔註 22〕。社會記憶還出現在文學批評者的筆下，如許子東對文革小說的研究：《爲了忘卻的集體記憶：解讀 50 篇文革小說》〔註 23〕等等。另外，圖書情報學界也傾向於把他們從事的工作稱爲保持社會記憶的行爲。如中國人民大學出版社 2000 年出版了《面向 21 世紀的社會記憶——中國首屆檔案學博士論壇》指出，國際檔案界現在已經認識到出現在文化和歷史研究領域裏的檔案館並不僅僅是研究的場所，而更是研究的對象，不能認爲檔案與社會記憶是同一的。弗朗西斯·布勞因認爲，「社會記憶」，這種新的看待過去的模式，則超出了檔案的範疇，它是從情景的視角來證實過去」，由於認識到檔案在歷史研究中的非中立性，因此便有可能「發生了一次文化上和學術上的轉移——從歷史的角度狹義地建構過去轉向根據社會記憶廣義地建構過去。」

焦點話題　20 世紀 90 年代以來，社會記憶研究有較大的發展，國內外研究主要聚焦於以下問題：

1、社會記憶與身份認同

無論從哪個角度提出和研究社會記憶問題，都與社會記憶的社會功能有關。儘管不同研究者對社會記憶的觀點有差異，但在社會記憶對身份認同的功能方面則有比較一致的看法。個體之所以需要記憶，是因爲個體需要獲得對自我的持續、穩定、完整的認識；社會之所以需要記憶，是因爲社會需要建立起相對穩定的社會認同，以保證社會的存在和發展。

艾里克森（Erikson E.）把認同概念引入到心理發展過程，開始關注自我的同一性問題。溫菲爾德（Wingfield，Nancy M.）在《記憶的政治：1945 年到 1948 年間捷克國家認同的建立》一文中指出，二戰後捷克斯洛伐克驅逐德國人的過程，同時也是把他們從捷克人意識中清除從而重建集體記憶進行國家認同的過程，國家政權和政治精英的操縱是這個過程的重要的影響因素和歷史遺產〔註 24〕。海倫娜（Pohlandt-McCormick，Helena）在《「我看見了夢魘……」：暴力和記憶的建構》一文中以南非的索韋托起義爲例分析了暴力的

〔註 22〕劉亞秋：《「青春無悔」：一個社會記憶的建構過程》，《社會學研究》，2003 年第 2 期。

〔註 23〕許子東：《爲了忘卻的集體記憶：解讀 50 篇文革小說》，三聯書店，2000 年版。

〔註 24〕Winfield，Nancy M.，The politics of memory：constructing national identity in the Czech lands，1945 to 1948. East European Politics and Societies Volume 14no2（Spring 2000）P246～67.

經歷、記憶和歷史的創造的關係，指出國家所使用的暴力也是影響記憶建構的關鍵因素〔註25〕。

2、個體記憶與集體記憶的關係

從哈布瓦赫提出集體記憶概念，並對個體記憶和集體記憶的關係問題進行探討以來，相關的爭論和研究就不曾停止過。與對個體記憶的顯而易見的經驗不同，儘管可以列出某個「集體」中的個體能共同體驗到的記憶，但是否存在集體作爲記憶主體的記憶？人們能夠理解個體記憶中他人（或者說集體）的在場，卻難以就此推斷集體記憶便是個體記憶體現出來的集體共同記憶。若是這樣，集體記憶概念提出的意義又何在？即便如此，經驗和直覺告訴我們，哈布瓦赫的論斷也是鏗鏘有聲、令人信服的，那便是：記憶是一種集體社會行爲，現實的社會組織或群體都有其對應的集體記憶，不存在脫離他人、脫離集體的純粹的個體記憶。

在哈布瓦赫開創的研究基礎上，關於個體記憶和集體記憶關係的研究不斷推進。阿姆斯壯（Armstrong，Karen）在《記憶和模糊：芬蘭的個人和集體記憶》一文運用本尼迪克特（Benedict）「想像的共同體」理論考察了個人記憶如何融入集體記憶〔註26〕。揚·阿斯曼（Jan Assmann）在其《文化的記憶》一書探討了重大事件與個人經歷的關係。作者關注的是猶太集中營的大屠殺（Holocaust）事件，分析了從個人記憶到集體記憶，再通過溝通和分享的過程，最後形成一種具備較普遍而清晰形式的文化記憶，其基本過程可以概括爲個人記憶——集體記憶——溝通記憶——文化記憶。就集體記憶的概念而言，阿萊達·阿斯曼認爲太過模糊，無法以某種區分標準把一種特定的記憶形式與其他的記憶形式區別開來。因爲集體記憶成分既包括在必然超越個體的近群體記憶和家庭記憶的社會記憶中，也存在於超越個體、代際和時期而統一成爲可能的文化記憶中。相對狹義的「集體」只能指一種與強烈的忠誠相聯繫，產生強烈一致性的大我身份認同的記憶形式。這尤其適合作爲一種形式的官方記憶和政治記憶的民族記憶〔註27〕。這番分析表明，在阿萊達·

〔註25〕Pohlandt-McCormick，Helena. "I saw a nightmare-"：violence and the construction of memory. History and Theory Volume .39no4（Dec.2000）P23～44.

〔註26〕Armstrong，Karen.，Ambiguity and remembrance：individual and collective memory in Finland. American Ethnologist Volume 27no.3（Aug. 2000）P591～608.

〔註27〕阿萊達·阿斯曼：《記憶的三個維度：神經維度、社會維度、文化維度》，見阿斯特里特·埃爾、馮亞琳：《文化記憶理論讀本》，北京：北京大學出版社，2012年版，第45頁。

阿斯曼看來，將記憶劃分爲個體記憶、社會記憶、文化記憶三種類型或許是眞正能夠將各種記憶進行區分的最佳方式。

另外，劉新的論文《爲了忘卻的記憶》涉及歷史事件怎樣在一些親身經歷其中的農民身上被記憶與再現，日常生活中的記憶與某事件的記憶有何關係，政治權力如何介入，不同版本的記憶的爭論關係等問題，也分析了個人經歷怎樣與集體記憶纏繞在一起〔註28〕。

3、記憶與權力

在現代與後現代社會中，人們越發清楚地認識到記憶是一種重要資源，於是有了記憶權力的爭奪。福柯指出，控制了人們的記憶，就控制了他們的原動力。他採用「反記憶」的概念指那些不同於統治話語和經常挑戰統治話語的記憶。福柯的研究表明，記憶總是存在一定的差異的，各種政治、經濟、文化的力量之間的較量決定的記憶的傾向，這種博弈從未停止過。

4、創傷記憶研究

重大歷史事件（如戰爭、社會變革、自然災害等）造成的創傷記憶往往會影響到個體的心理與生活，以此進行個案研究，試圖發現社會記憶的內在機制。如景軍在《鄉村修壩與鄉村重占：中國西北的記憶運動》關注的是一場旨在使村莊從農田破壞和強迫移民（重新安置）的毀滅性影響中恢復過來的社會運動。作者把這場運動看成是一個創傷記憶轉變成政治話語的社會過程。這種政治話語認爲政府官僚應該對經濟發展造成的破壞負責。劉亞秋的《「青春無悔」：一個社會記憶的建構過程》也可囊括其中。作者發現「知青」以無悔的青春爲邏輯來建構下鄉之「苦」的記憶，探討個體記憶與集體記憶的關係，反思重大歷史事件與社會記憶之間的邏輯關係。

5、對集體記憶研究的反思

坎斯特納（Kansteiner W.）在《在記憶中尋找意義：集體記憶研究方法批評》一文中指出人文學科中記憶研究的興起，要歸功於文化歷史的復興，但是在集體記憶研究的過程中並沒有出現重大的概念和方法上的推進。大部分集體記憶的研究關注於在特定的歷史、地理和傳媒的情境下特定或細節事件的表述，而沒有能夠對「尙處在爭論中的表述」的受眾（觀眾）有所反映。

〔註28〕Xin Liu .Remember to Forget：Critique of a Critical Case Study（printed document）.

作者主張，集體記憶的歷史應該看做一個文化生產和消費的複雜過程，在這一過程中，要考慮到文化傳統的持續性、記憶生產者的靈活性和記憶消費者（受眾）的破壞性（顛覆性）。這三個歷史主體的協商或妥協，建立了在記憶政治的競爭場合的遊戲規則，對這些協商和妥協過程的關注，使我們可以把大部分失敗的集體記憶的建構和極少數成功的例子區別開來〔註29〕。

（二）大眾傳媒的歷史記憶功能

大眾傳媒的記憶功能　從前面對社會記憶研究的概括可以看出，社會記憶問題在當代已引起越來越多的關注，也取得了不少值得肯定的成果。表現在：（1）明確肯定集體記憶或社會記憶作爲一種社會現象的存在，並充分肯定了它的研究價值；（2）歷史學、民族學、人類學的視角超越了記憶研究的實驗心理學框架，發掘了不少有意義的實證材料，並提出了一些富於啓發的新觀點，同時也拓寬和深化了這些學科的研究思路，無論對於記憶理論的研究還是對於哲學地研究群體、社會都具有借鑒意義。

同時，從目前收集到的資料來看，社會記憶還處於一個發展階段，不僅基本理論的探討尚需深入，而且作爲一種理論視角和理論方法，它還可以進入更多的學科領域，以獲得更豐富的理論支撐。以大眾傳媒爲例，從歷史記憶的角度開展社會記憶研究的必要性和可能性表現在：

首先，大眾傳媒是進行歷史記憶的主要的公共渠道之一。誠如景軍教授所分析的，對公眾記憶的研究是社會記憶研究的一個重要視角，而且，隨著現代大眾傳媒的飛速發展，它對社會生活、社會歷史的影響越來越全面、深刻，其重要方式便是進行選擇性的記憶。因此，全面地研究社會記憶，不能忽略大眾傳媒的歷史記憶這個重要渠道。

其次，已有的社會記憶研究成果爲傳媒的歷史記憶研究提供了理論指導和方法參照。已有的社會記憶理論特別是社會記憶的建構理論、個體記憶與集體記憶的關係理論、社會記憶與身份認同理論等爲進行大眾傳媒的歷史記憶研究提供了理論基礎。國內外學者所採用的具體的研究思路與方法也爲研究提供了參照。

再次，從大眾傳媒研究的角度而言，如前所述，關注大眾傳媒與社會的關係，歷史記憶是一個重要視角。大眾傳媒的歷史記憶受多種因素的影響並

〔註29〕鄭廣懷：《社會記憶理論和研究述評》，http://www.xici.net/b379782/d28878217.htm

會對社會產生深刻影響，因此，研究大眾傳媒的歷史記憶對社會有著重要的理論和現實意義。已有研究大都局限於影視和文學作品的社會記憶的研究，一般停留在文本分析的本身，缺乏對大眾傳媒建構歷史記憶的整體關照。因此，有必要對大眾傳媒的歷史記憶作多角度的全面研究。

王明珂指出，歷史記憶是「以社會所認定的歷史形態呈現與流傳的社會記憶，人們藉此追溯社會群體的共同起源（起源記憶）及其歷史流變，以詮釋當前該社會人群各層次的認同與區分。」〔註 30〕這個定義從歷史記憶的存在形態、本質屬性、內容特徵、社會功能等角度全面地闡釋了歷史記憶是什麼的問題。從存在形態看，歷史記憶是爲某個社會所「認定」的，作爲歷史記憶的社會記憶，其存在形態是社會所允許的、公認的，以此確保它成爲該社會所認可的記憶。從本質屬性來看，歷史記憶屬於社會記憶。阿萊達·阿斯曼、揚·阿斯曼認爲，哈布瓦赫「記憶具有社會性」的觀點有兩層含義：「首先，它產生於集體又締造了集體。其次，個人記憶屬於群體記憶；人們不是單純地活著的，人們是在與他人的關係中進行回憶的；個人記憶正是各種不同社會記憶的交叉點。」〔註 31〕以此分析，歷史記憶顯然是一種來源於集體又模塑著集體的記憶，個人的歷史記憶總是在與他人、與群體的交彙中產生和發生意義。從內容特徵來看，歷史記憶與一般的個體記憶和社會記憶不同，它與某個群體有關，涉及的是該群體的共同起源，因而對於該群體來說，它具有獨一無二的地位。各民族的史詩和族源神話清楚地表明了這一點。這既決定了歷史記憶的社會記憶屬性，也決定了歷史記憶的社會功能——身份的認同與區分。

阿萊達·阿斯曼和揚·阿斯曼對社會記憶的媒介問題進行了深入研究，他們認爲，記憶不僅是一種神經或心理學現象，更重要的還是一種社會現象。它在交際和記憶媒介中得以發展，記憶媒介確保這些交際的再次識別性和連續性〔註 32〕。人類發展的歷程中，歷史記憶以多種方式、多種渠道流傳，其

〔註 30〕王明珂：《歷史事實、歷史記憶與歷史心性》，《歷史研究》2001 第 5 期，第 136～147 頁。

〔註 31〕阿萊達·阿斯曼，揚·阿斯曼：《昨日重現——媒介與社會記憶》，見阿斯特里特·埃爾、馮亞玲：《文化記憶理論讀本》，北京大學出版社，2012 年版，第 23 頁。

〔註 32〕阿萊達·阿斯曼，揚·阿斯曼：《昨日重現——媒介與社會記憶》，《文化記憶理論讀本》，北京大學出版社，2012 年版，第 20 頁。

中，「傳播各種知識和信息的公共性渠道無疑對人的記憶對象和記憶清晰程度產生巨大的影響。」〔註 33〕在高度媒介化的時代，大眾傳媒成為歷史記憶的主渠道。「媒介的每次革新都會帶來知識領域深刻的結構性變化，而這與它是解放因素還是威脅因素完全無關。」〔註 34〕

就歷史記憶而言，時間結構是其最基本的結構，歷史記憶就是從歷時的角度試圖將過去、現在和未來鏈接起來，在時間的斷裂中尋求穩定、平衡，保持歷史的連續性，根本目的在於幫助人獲得一種合法性和穩定性的認識，以保證個體、社會的正常存在。空間結構也是制約歷史記憶的重要因素，它決定了歷史記憶存在的形態，如紀念廣場、紀念碑等都是典型的空間意義上的歷史記憶存在形態。

如此看來，媒介的革新帶來的知識領域深刻的結構性變化對歷史記憶而言意義非同小可。因為從媒介技術發展的歷史來看，媒介的革新始終表現為對時間和空間的突破，從最初偏倚於空間的媒介（如以聲音為媒介的口語傳播）到偏倚於時間的媒介（如以文字為媒介的文字傳播、印刷傳播），再到突破時間和空間束縛的電子媒介（如廣播、電視、網絡等），媒介的每一次革新都意味著在人類在時間和空間面前的自由程度得到提升。因此，當體外媒介成為記憶的主要渠道，記憶的形式、記憶的類型等也因為媒介而發生了改變。換個角度看，從媒介的角度說，記憶已經成為它的一個基本功能。

媒介的功能的研究是傳播學研究的基本問題，重點是大眾傳播的功能研究。如 H・拉斯維爾（1948）認為傳播有監視環境、協調社會、傳承社會遺產等功能，C・R・賴特（1959）認為傳播有監視環境、解釋與規定、社會化功能、提供娛樂等功能，拉札斯菲爾德、默頓（1948）則將媒介功能概括為授予功能、促進社會規範的實行、麻醉作用等，施拉姆（1948）將大眾傳播的功能概括為雷達功能、控制功能、教育功能、娛樂功能。這幾位都是公認的傳播學的奠基人，他們從社會影響的角度對大眾傳播的功能進行了較好的概括，其中，拉斯韋爾提到的協調社會、傳承社會遺產和施拉姆提及的教育功能都涉及到本書所關注的記憶問題。阿萊達・阿斯曼和揚・阿斯曼在討論文化記憶問題

〔註 33〕景軍：《社會記憶理論與中國問題研究》，《中國社會科學學刊》（香港），1995 第 12 期。

〔註 34〕阿萊達・阿斯曼，揚・阿斯曼：《昨日重現——媒介與社會記憶》，見阿斯特里特・埃爾、馮亞琳：《文化記憶理論讀本》，北京大學出版社，2012 年版，第 40 頁。

時認為，文化具有兩項任務，一項是基於文化的共時維度的協調性，它要求建立一個象徵性的符號體系並在技術和概念的層面上備置一個共同的生活視野，人們能夠在此相遇、交際。文化的另一項任務是基於歷時維度的持續性。它使歷史與現在關聯，使歷史成為當下存在的條件。他們認為，「記憶是實現歷時性和時間延續的器官。從本質上講，它有兩個不同的功能：儲存和重建。」無論是傳承社會遺產，還是實現其社會化功能、教育功能，都需要借助於另一個更基本的功能，即傳媒的記憶功能。包括歷史記憶在內的社會記憶，在大眾傳播媒介無處不在的媒介社會，其媒介主要無疑就是大眾媒介。正是基於此種認識，本研究致力於探討大眾傳媒如何呈現和建構著歷史記憶。

抗戰記憶與大眾傳媒　研究大眾傳媒的歷史記憶功能時，為何選擇大眾傳媒的抗戰記憶？換句話說，將大眾傳媒對抗日戰爭的記憶視為一種歷史記憶進行研究，其意義何在？

首先，從研究的理論意義上看，我國大眾傳媒對抗日戰爭的記憶是一個連續性的過程，是傳媒進行歷史記憶的典型代表。對傳媒抗戰記憶這一具有代表性的現象進行研究，最終關注的是大眾傳媒建構歷史記憶的特徵、內在規律及其意義，這在理論上是一種創新。

其次，從研究的實踐意義上看，抗日戰爭對於中華民族來說，具有特別重要的意義，其勝利蘊含著中華民族精神，對抗戰的記憶有利於當代中國增強民族自信心和民族凝聚力，有利於解釋現行秩序的合法性，有助於確立中國的國際的地位。因此，抗戰記憶是新時期傳媒歷史記憶的重要內容。本研究將大眾傳媒對歷史記憶的建構置於寬廣的文化生態語境中，既考慮到社會、歷史、文化的情境，又考慮到大眾傳媒發展導致的媒介環境的變遷，在這雙重語境中考察傳媒進行社會記憶的制約機制，這對傳媒建構歷史記憶的實踐活動具有重要的指導意義。

相對於其它社會記憶研究來說，對新時期大眾傳媒的歷史記憶的研究相當少，關於傳媒抗戰記憶的研究更少。目前收集到的資料中涉及此研究的主要有兩種情況：

一是對影視文學創作進行的記憶研究。包括兩類：（1）影視作品的抗戰記憶研究。如汪朝觀以戰後的電影為中心對抗日戰爭的影像記憶的研究〔註

〔註35〕汪朝觀：《抗日戰爭歷史的影像記憶——以戰後中國電影為中心》，2005 第 6 期，第 91～117 頁。

35〕，秦志希對電視歷史劇的集體記憶的研究〔註36〕，李道新對電影的民族記憶的研究〔註 37〕。(2) 抗日戰爭題材的文學創作的研究。如逄增玉的《九十年代「抗戰文學」的歷史記憶與現實訴求》〔註38〕。

二是以孫歌爲代表的對中日傳媒抗戰記憶差異的研究。孫歌的研究主要是針對中國中央電視臺2004年由《實話實說》欄目播出的《戰爭的記憶》的討論節目引起的中日學界和傳媒的反應，通過對該節目所涉及的《東史郎日記》的具體深入分析、對東史郎訴訟案的簡要討論、對參與傳媒討論的中日代表的行爲的分析以及圍繞這個節目引起的學界和傳媒的爭論的分析，孫歌認爲中日抗戰記憶的主要差異是雙方記憶的性質、方式的不同，並認爲只有「當中國的知識人不再僅僅把受害者的憤怒理解爲感情記憶的惟一內容時，包括這種憤怒在內的感情記憶才會成爲我們的思想資源，而我們才會眞正進入自己的歷史——那將不再僅僅是屬於中國人的歷史，它將屬於我們與其他民族所共有的世界史。」〔註39〕

這些研究從特定的角度探討了歷史記憶（或民族記憶、集體記憶），但並沒有對大眾傳媒作整體性的關照，特別是沒有對大眾傳媒建構歷史記憶的約制因素進行深入研究，也沒有通過比較研究發現大眾傳媒建構歷史記憶的異同，留下了進一步研究的空間。這正是本書將要開展的工作。

二、兩個基本問題

（一）歷史記憶與個體記憶、集體記憶、社會記憶、文化記憶的關係

記憶是我們本書的主要研究對象，當然我們不是要談所有的記憶，而只是其中的一部分，即所謂的歷史記憶。歷史記憶是集體記憶中的一類。歷史記憶的確定是以記憶的主體來劃分的，其著眼點是集體而非個體。這就引出了兩個問題：第一，傳媒歷史記憶作爲一種集體記憶與個體記憶的關係以及

〔註36〕秦志希、曹茸：《電視歷史劇：對集體記憶的建構與消解》，《現代傳播》，2004第1期，第42～44頁。

〔註37〕李道新：《中國電影的民族記憶與文化歷程》(1905～2004)，《福建藝術》，2004第1期，第21～23頁。

〔註38〕逄增玉：《九十年代「抗戰文學」的歷史記憶與現實訴求》，《當代作家評論》，2001第6期，第109～117頁。

〔註39〕孫歌：《中日關係實話如何實說？》，《讀書》，2000年第3期。

傳媒歷史記憶與其他集體記憶的關係。第二，傳媒歷史記憶作爲一種集體記憶，與社會記憶和文化記憶的關係。我們下面就來分別考察一下這兩個問題。

首先需要強調的是，歷史記憶與個體記憶、集體記憶、文化記憶、社會記憶等概念的區分，不是基於同一標準的嚴格的記憶類型的劃分，而是在學術研究過程中形成的多個學術概念（話語），其中不乏相互關聯和交叉之處。如阿萊達・阿斯曼、揚・阿斯曼在文化記憶研究中，並未嚴格區別社會記憶和文化記憶兩個概念，關於社會記憶的探討，實際上討論的就是他們所謂的文化記憶。又如哈布瓦赫的集體記憶概念包含了歷史記憶的概念。但是，我們認爲，這些概念間還是有著明顯的區別的。

先看傳媒歷史記憶與其他集體記憶的關係。作爲集體記憶，他們自然有共性的一面，這些特點前面提及的研究中已多有論列，我們這裏著重看區別點。以抗戰記憶爲例，我們比較一下大眾傳媒的抗戰記憶和保存在教科書中的抗戰記憶。

1、容量問題。大眾傳媒記憶的一個特點是容量大，尤其是在今天大眾傳播迅速發展的時代，用形象化的語言說媒體可以提供「海量的信息」，如果再加上互聯網，媒體能夠容納的信息可以說是「不可限量」。相比之下，教科書的容量就十分有限了，而且在當下這個人們不太注重歷史教學的時代，其中能容載的歷史記憶還在不斷遭到刪減壓縮。

2、變動性。相對於教科書而言，大眾傳媒記憶的另一個特點是變動性大。教科書也會修訂，但總有一個時間限度，因爲要保持相對的穩定性，否則不利於學生學和老師教。教科書的修訂牽涉面廣，縱向橫向有許多部門捲入其中，因此耗時費力。非到十分必需，教科書的內容不會輕易變動。媒體則不然，其內容的更新常常以天爲單位（像網絡這樣的新媒體更是每分每秒都可能更新）。如果說教科書中的抗戰記憶具有相對的穩定性的話，大眾傳媒中的抗戰記憶則可以說是處於永恒的變動之中。

3、編纂原則。集體記憶的研究非常注意文類（genre）的影響，大眾傳媒和教科書就是不同的文類，它們各有自己的編纂原則，從而影響到記憶的內容及表現形式。歷史研究已經越來越關注歷史編纂學的作用〔註 40〕，抗戰歷史記憶的研究也應該把這個話題納入自己的視野。有學者認爲，歷史編纂學包括了編纂層次、編纂體裁、編纂義例、編纂程序、語言表述等許多方面

〔註 40〕朱維錚：《歷史編纂學：過程與形態》，《復旦學報》，2006 年第 6 期。

〔註 41〕。概括地說，每一種文類都有自己被規定的表述尺度或原則。相比較而言，教科書是審慎的、嚴謹的，因爲它的主要功能是教育、培養社會的下一代成員；大眾傳媒的尺度則要靈活、寬泛得多，它的功能是多樣性的，許多時候，它是要爲大眾提供某種信息的消費品，教育的考量並不一定是其第一選擇。編纂原則的差異，自然會造成大眾傳媒和教科書在抗戰歷史記憶上表現出不同的面貌。

討論了歷史記憶與其他集體記憶的關係，我們再來看看傳媒歷史記憶與個體記憶的關係，這個問題可以看作集體記憶與個體記憶的關係。個體記憶是心理學家研究的範疇，集體記憶則是人類學、社會學、歷史學、民俗學等領域更感興趣的話題。結合上述各學科關於記憶的研究理念，下面的一些區別是我們可以展開討論的。

1、記憶的容量。討論個體記憶的容量，前提是個體的生理與心理的限度（即阿拉達·阿斯曼所說的記憶的神經維度），這一點構成了它與集體記憶的重要差別。大家都知道心理學中對短時記憶的研究表明個體此時的記憶容量是「七加減二」，而集體記憶顯然不受此限。例如大眾傳媒抗戰記憶可以同時在無數的點上展現，這是個體記憶無法達到的。當然，個體長時記憶的容量也是非常之大，甚至難以清晰地給出其限度，但它依然不能與集體記憶相提並論。

2、記憶的時間。這裏說的時間是記憶的延續性，個體記憶可以有相當長的延續，但這延續會受制於個體的生命，隨著個體的死亡，個體的記憶也同時消亡。集體記憶自然能夠跨越個體生命的時段，因爲集體記憶的儲存庫是超生命有機體的。在本研究中，我們可以看到，即便親歷抗戰的個體不在了，依然可以從當年的媒體報導中尋找出他們的記憶。

3、記憶的儲存。儲存說的是對記憶的加工，個體記憶的加工符合個體記憶心理學的研究出的一套加工策略，例如我們熟知的巴特萊特的記憶研究，近來的研究則有洛夫特斯（E.Loftus）對於人們記憶建構的一系列試驗工作〔註 42〕。所以，個體對自己的記憶可以添加、刪減、變形、改造。集體記憶也是建構性的，本書對於大眾傳媒抗戰記憶的大量討論就在說明這個問題。不過，

〔註 41〕董恩林：《歷史編纂學論綱》，《華中師範大學學報》，2000 年第 4 期。

〔註 42〕戴維·邁爾斯：《心理學》，黃希庭等譯，人民郵電出版社，2006 年版，第 316～325 頁。

像大眾傳媒抗戰記憶這樣的集體記憶由於以文字爲依託，人們不難尋找到記憶的原本來對照，這卻是個體記憶無法做到的。

4、記憶的提取。接著上面的思路看，個體記憶的提取也受到個體身心的諸多影響。「記憶既不能被精確地拷貝，也不能被精確地提取。研究發現，記憶是我們運用已有舊信息和當前新信息在頭腦中所構建的產物。」〔註 43〕個體提取記憶需要許多條件，例如身心的健康，但集體記憶有著更爲有效的提取方法。以大眾傳媒的記憶爲例，我們可以按照年代、主題等很多檢索方式迅速地提取我們需要的記憶內容。當然，集體記憶的提取也會受到約制，這就是我們在將要討論的記憶的社會框架。

其次，我們討論一下傳媒歷史記憶與文化記憶、社會記憶的關係。就歷史記憶的功能而言，一個社會的歷史記憶是有其顯著的功能的，主要是確立合法性、建構身份認同等。從這個意義上講，它屬於社會記憶（主要是一種官方記憶），也屬於文化記憶中的功能記憶。循著前面的分析邏輯，我們可以從以下幾個方面對歷史記憶與文化記憶、社會記憶的差異進一步進行探討。

記憶主體的差異。歷史記憶無疑是某個社會組織的記憶（小到家庭的家族史記憶、大到一個民族、國家的歷史記憶）。文化記憶則只某個文化群體的記憶，它強調的是記憶中的人的因素，這與社會記憶強調的是社會（而不是具體的人）不同。

記憶內容的差異。歷史記憶的內容是歷史事實，社會記憶的內容則廣泛的多，指一個社會中的全部的記憶，文化記憶也是如此，凡是打上人的烙印的東西都可以稱得上文化記憶。就這一點來說，我們贊同揚·阿斯曼關於文化是記憶術的觀點。

記憶時間的差異。記憶時間指記憶的持續時間，歷史記憶的時間與歷史事實發生的時間及歷史事實的社會影響有關，這兩個因素決定了歷史被記憶的時間長度。社會記憶的時間則往往受制於某個社會的存續狀況。文化記憶則不同，從持續時間看，它是超越個體、集體、社會的。

記憶空間的差異。記憶空間指的是記憶的範圍。歷史記憶主要表現爲歷史事實相關者的記憶，社會記憶則主要局限在某個社會範圍內，文化記憶則

〔註 43〕戴維·邁爾斯：《心理學》，黃希庭等譯，人民郵電出版社，2006 年版，第 325 頁。

以文化共同體爲範圍。

記憶的機制的差異。與記憶主體相關，歷史記憶和社會記憶較多地與當下發生關係，深受社會權力機制的影響，文化記憶中功能記憶也是如此，但存儲記憶則較多受文化自身而非權力影響。

總之，我們所說的歷史記憶，不同於一般的國家記憶和集體記憶，它更強調一種根基性的情感，或者說，它更牢固地把群體凝聚在一起。當然，它與個體的自傳記憶更不相同，尤其是在記憶得以延續、存儲的具體渠道上。我們知道，歷史記憶主要由學校教育、社會儀式、公共媒介等渠道進行強化。因爲歷史記憶往往與某個社會、國家、民族的主流意識形態相關，甚至是現行秩序得以合法化的關鍵性敘事，所以，它們會運用自身掌握的權力資源體系保障歷史記憶的傳承與延續，這樣，支撐歷史記憶的主體不需要很費力就可以獲取相關的記憶資源。與此不同，個體記憶需要個體擁有更多的主動性和積極性，在傳媒尚不發達的時期，普通個體也很少有機會利用公共渠道來傳播這種屬於私人化的信息。隨著大眾傳媒在中國的發展，報紙、廣播、電視逐漸承擔了塑造民眾歷史記憶的功能。21 世紀，報刊、廣播、影視等傳統媒體一如既往地發揮著強大的社會功能，以網絡爲代表的新媒體也全方位捲入與滲透進人類生活，大眾傳媒更深刻地影響我們的生活。在形塑歷史記憶方面，大眾傳媒無疑成爲最重要的途徑之一。

（二）歷史真實與記憶真實

對歷史記憶問題的研究不得不面對另一個基本問題，即：記憶眞實的問題。如果我們同意記憶的建構的觀點（這正是本研究所持的基本觀點），那麼我們就需要面對這樣一個基本的事實：記憶並非過去的眞實再現。無論是個體記憶，還是社會記憶、集體記憶，都是記憶主體選擇、甚至加工的結果。這種情況，對於一般的記憶而言，除了提醒人們不能輕信記憶外，或許沒有特別之處。但當涉及到歷史問題時，這便成爲一個大的問題，在歷史學家看來，這甚至是一個悖論：歷史要求的眞實性、準確性和記憶的不確定性、建構性。這個問題，直接地質疑了歷史記憶研究的合法性問題。因此，我們必需予以解答。

討論歷史眞實與記憶眞實的關係，首先需要說明的一點，歷史記憶的對象是歷史，因此，歷史眞實是記憶眞實的基礎。儘管記憶過程中存在建構，但它不等於虛構。恰恰相反，較之於歷史的客觀敘事，記憶的主體性令歷史記憶從獨特的視角展示了歷史敘事所沒有觸及或者難以觸及到的歷史眞實。

較之歷史本身而言，記憶的主動性、現實性令它成爲現實地影響人們生活的眞實存在。或者說，這是眞正活在人們心裏的歷史。從這個角度來說，後現代的歷史研究強調記憶眞實的重要性是有重要意義的，在此領域開展了很多有價值的工作，但是這類研究也犯了漠視歷史眞實甚至忽視歷史眞實的錯誤。如此一來，歷史就眞的成了「可以任人梳妝打扮的小姑娘」了。其實，任何記憶都是有現實基礎的，哪怕是神話或傳說這樣的文本，也一定有歷史眞實存於其中，只不過常常需要人們從表面的文字表述下去發掘罷了。我們應該明白，對於記憶的研究和對記憶眞實的研究不是要取代歷史眞實的研究，而是通過歷史眞實和記憶眞實的比較，去窺見二者異同、分合、變化、改造的某些規律，從而進一步加深對歷史、記憶、乃至人性的認識。對於歷史眞實與記憶眞實的關係，至少可以找到四個分析維度。

第一，學科背景的差異。歷史眞實的研究是以歷史學爲基礎的，歷史是一種專門學科。歷史學家強調所謂的歷史精神，試圖通過各種途徑還原歷史本來面貌，揭示歷史眞實。長期以來，歷史學家相信歷史的本來面目是可以通過各種途徑恢復的，他們的目的是想辦法「回到」過去，所以歷史眞實的指向是過去的。而記憶眞實的指向卻是現在的，強調的是當代人對於「歷史」的記憶。記憶眞實的研究是以心理學、社會學、人類學等社會科學爲基礎的。如果說歷史眞實的研究關注的是過去的人，那麼記憶眞實的研究關注的就是現在的人。在歷史學領域，新史學的興起正是綜合了上述心理學、社會學、人類學等學科研究的成果，將對於現在的關注作爲一個新的維度引入到傳統的歷史學中。新史學認爲，歷史始終是歷史材料與當今歷史學家的互動，通過互動來勾勒歷史。歷史眞實是一種眞實，心理眞實也是一種眞實，梁啓超認爲所有的歷史都是歷史上人們的社會心理就是這個意思。歷史不僅僅是史料本身，而是歷史學家（或者說歷史記憶都是當代人）與史料的互動。歷史記憶與此暗合，它強調的始終是當下，它以跨學科的視野看待歷史，關注的是現實中的人如何理解歷史，而不僅僅是試圖還原歷史發生時的眞實面貌。

第二，對「眞實」的不同理解。史學家向來以追求歷史眞實爲己任。歷史眞實是什麼？在他們看來，歷史眞實應該是一種物理眞實。所以，他們憑藉文本的、非文本的（如文物）來推論歷史眞實，認爲建立在這種物理眞實的證據上的歷史是可靠的。歷史記憶的研究則不同，這種研究將記憶本身看作一種社會性事實（迪爾凱姆），所謂社會性事實（social fact），它的歷史內容可能是虛構的，但其社會影響則是不容否認的事實〔註44〕。

作爲一種社會性事實，歷史記憶看重的是心理眞實，即當下的人們如何感知歷史。這種心理眞實可能會與歷史發生出入，扭曲甚至改變歷史，人們視這種改變了的歷史爲眞實的歷史，儘管它不一定符合物理性眞實，但它確確實實影響了擁有這種記憶的人們的思想、觀點，乃至行爲。一句話，他們實實在在當這種記憶爲歷史眞實。如此，從實際效果看，這不是一種虛假的行爲，它成爲一種眞實，心理的眞實。歷史的前提是假定我們可以恢復歷史眞相。歷史記憶則不同，它更關注的是歷史事實如何在人類前進的道路上發生變化。正如著名學者顧頡剛先生在《孟姜女研究》中所說的，「我關心的是孟姜女故事如何變。」〔註45〕這也正是進行大眾傳媒的歷史記憶功能研究的基本思路。因爲這種變化對我們的思維、觀點和行爲發生實際的影響。歷史學家凱爾文·克萊因（Kerwin Klein）說，「如果歷史是冰冷而難以改變的事實，那麼記憶就是溫暖而難以割捨的主觀感情。」〔註46〕所以，記憶眞實的研究與歷史眞實的研究有相同的一面，即都以歷史眞實爲一種眞實；他們也有差異的一面，這就是記憶眞實研究將歷史記憶也視爲一種眞實。

第三，有意識與無意識的區別。歷史事實本身是一種無意識的，不管我們意識與否，歷史都是一種客觀存在。用通俗的話說，歷史是不以人的意志爲轉移的，尤其是過往的歷史是不以當代人的意志爲轉移的。歷史記憶不同，它是我們意識到的，我們知道我們在記憶。因爲是當下人們心中的記憶，記憶眞實就可能發生變化，這些變化當然會符合心理學有關個體記憶和集體記憶研究的一些規律。我們知道了糾纏歷史本身的局限。因爲對於作爲當代人的我們來說，首先重要的是我們如何理解歷史。

第四，歷史指向社會層面，歷史記憶指向個體、人的層面。無疑，歷史指向的是整個社會，指向的是整個人類的發展。歷史記憶不同，其切入點是個體。這並不是說，歷史記憶是個人的。恰恰相反，歷史記憶往往是超越個體局限的，呈現出集體的特點。它必然在一種社會的框架中發生，但它必須

〔註44〕景軍：《社會記憶理論與中國問題研究》，《中國社會科學學刊》（香港），1995秋季卷，第44頁。

〔註45〕顧頡剛編著：《孟姜女故事研究集》，上海古籍出版社，1984年版，第96頁。

〔註46〕轉引自：阿萊達·阿斯曼：《記憶作爲文化學的核心概念》，見阿斯特里特·埃爾、馮亞玲：《文化記憶理論讀本》，北京大學出版社，2012年版，第127頁。

經由個體成爲現實，也就是說作爲個體的人在這裏是一個中介。這種差異導致了我們關注歷史記憶的重要意義。因爲無論如何，任何一門學科，最終關注的對象、切入點、樞紐點都應該是人，是人的生存與發展。這或許就是社會科學向行爲科學轉變的一個標誌：立足於人的行爲、感知和思維。

本書討論的是大眾傳媒抗戰記憶的問題，其中牽涉到的正是歷史眞實和記憶眞實的關係。從上面的分析我們可以看出，大眾傳媒作爲塑造歷史記憶的重要渠道，它形成了獨特的模式，並在多種社會框架下進行歷史敘事，但歷史記憶的眞實不同於歷史本身的眞實，儘管從本質上說它們也有某種一致性。

三、本書的框架

總的說來，本研究屬於個案研究。以大眾傳媒對抗日戰爭的記憶研究爲個案，採用文獻研究的方法，探討大眾傳媒建構歷史記憶的機制，從而揭示傳媒與社會的互動關係。在研究過程中，將運用比較方法探討新時期大眾傳媒抗戰歷史記憶的發展、變遷及其原因。研究選擇的文獻以新時期以來的報刊、影視、網絡爲主。具體地說，選用的文獻資料主要是 1978 年代以來中國大眾傳媒對抗戰記憶的建構，選擇這個時間段，有四個理由：

第一，這段時間是時代見證人正在快速消逝的時期，戰爭親歷者保存的鮮活記憶無疑在塑造後代歷史記憶方面發揮著重要影響。民族學者簡・萬西納（JanVansina）關於非洲部落的歷史觀研究表明，新近的過去只能追溯到三代以內（簡・萬西納，1985），口述歷史的也研究表明，在實實在在的社會裏，鮮活的記憶只能追溯到 80 年以內（Niethammer，1980）。因此，本研究所選擇的時間段具有重要意義，如同克勞斯・紐曼（Klaus Naumann）談到 1995 年對於德國戰爭記憶的意義時所說的，這段時間對中國的抗戰記憶而言，也是「時代見證人最後一次扮演重要的角色」〔註 47〕。大眾傳媒使他們的記憶呈現在媒體中，廣爲傳播，成爲影響後代抗戰記憶的重要來源。

第二，2005 年是抗日戰爭勝利 60 週年，中國舉行了大規模的紀念活動，展示了具有典型意義的歷史記憶的面貌。本書將以此爲個案進行深入研究。

第三，1978 年以來，中國社會發生天翻地覆的變化，這一社會轉型過程

〔註 47〕轉引自：阿萊達・阿斯曼：《德國受害者敘事》，見阿斯特里特・埃爾、馮亞玲：《文化記憶理論讀本》，北京大學出版社，2012 年版，第 175 頁。

必然影響到歷史記憶的方式、內容；與此同時，國際局勢發生巨大改變，歷史記憶作爲一種權力爭奪的場所，折射出國際關係的新變化。

第四，大眾傳播技術的發展、媒介格局的變化對歷史記憶有重要影響。1978 年之後，中國才逐步形成廣播、報紙、電視三大媒體鼎立的格局。網絡的出現和普及則在 1990 年代。本文的核心任務是大眾傳媒的歷史記憶功能，這個問題只有在 1978 年後才眞正成爲一個具有現實意義的問題。

要說明的是，研究所關注的不僅僅是文本本身，更重要的是將文本放到大的語境中，也就是社會文化背景中去分析。通過對大眾傳媒抗日戰爭記憶的研究，本書主要回答以下問題：傳媒記憶什麼？傳媒如何記憶？哪些力量在控制傳媒的記憶？新時期傳媒抗戰記憶有何特點？據此，全書主體部分分爲四章：

第二章是新時期傳媒抗戰記憶的類型研究（即內容分析）。本章通過對抗戰記憶文本內容的分析，將抗戰記憶分爲創傷記憶、英雄記憶、勝利記憶、反思性記憶四種，解讀各種類型的內容特徵，分析其敘事結構和敘事邏輯。

第三章討論傳媒抗戰記憶的表徵（即如何記憶）。本章從抗戰記憶傳媒表徵的場合、表徵的模式、表徵的主體三個角度對抗戰記憶傳媒表徵的內在機制進行研究。

第四章分析傳媒抗戰記憶的社會框架（即解答爲什麼這樣記憶）。本章繼續討論傳媒如何記憶的問題，第三章從傳媒抗戰記憶本身分析記憶的內在機制，本章則從社會的角度分析記憶的外在機制。

第五章傳媒抗戰記憶建構的複雜性。本章將傳媒抗戰記憶置於一個更宏闊的背景下進行研究，探討傳媒抗戰記憶與社會的互動關係，既從歷時的角度分析抗戰記憶的變遷，又從空間的角度比較複雜國際環境下的各相關國對抗戰歷史記憶的爭奪。

最後，本書在餘論部分對傳媒抗戰記憶的現狀進行整體反思，力求客觀地分析記憶中存在的問題，在此基礎上，對傳媒抗戰記憶的未來進行展望。

第二章　傳媒抗戰記憶的類型

類型研究是人們認識事物、理解現象的基本範式，我們也將從類型研究起航，開啓傳媒抗戰記憶研究之旅。在導論中，已經詳細介紹了記憶研究中涉及到的個體記憶、集體記憶、社會記憶、文化記憶、歷史記憶等概念，並進一步分析了歷史記憶與其它各種記憶之間的差異。現在，我們將聚焦到我們關注的中心——傳媒抗戰記憶。

抗日戰爭中，中國人民付出相當慘烈的代價，贏得了中華民族近代以來反對外國侵略的第一次徹底勝利。抗日戰爭對中國，對中華民族，對每一個中國人來說，都有著特別重要的意義。無論是否親歷這場戰爭，到目前爲止，對它的記憶無疑是廣泛而深刻的。由於它本身所承載的豐厚的歷史、政治、文化蘊涵，這種記憶在未來也是必需和必要的。中華民族關於抗日戰爭的共同記憶是如何形成的呢？歷史學家做了突出貢獻，他們孜孜矻矻、勤苦搜求，用翔實的史料、客觀的敘事，將那段歷史盡可能完整地再現出來。然而，對廣大民眾來說，對抗日戰爭的記憶形成的渠道不局限於史學著作、歷史教科書，還有更廣泛的渠道。這其中有兩種重要渠道不容忽視，一是親歷戰爭的幸存者的口傳，另外一個便是大眾傳媒。

大眾傳媒塑造的歷史記憶不同於歷史學研究，在遵循歷史眞實的基礎上，它面向大眾敞開記憶之門，融入了更豐富、更全面、更生動的記憶。我們的出發點就在於新時期中國大眾傳媒的抗戰記憶的內容。所選擇的研究文本包括兩類：(1) 電視、報紙、網絡中與抗戰紀念活動、抗戰歷史回顧、抗戰經歷講述等相關的新聞類文本（包括消息、通訊、專題報導等）；(2) 抗戰題材的影視類藝術作品。本章的研究則以報紙、網絡新聞文本和抗戰題材的電影爲主要對象。新中國成立以來，抗戰記憶一直是大眾傳媒歷史記憶的重要內容，但在新時期，大眾傳媒抗戰記憶的內容更爲豐富、更爲深刻、更爲理性。採用何種方式對如此豐富、深刻、理性的傳媒抗戰記憶進行分類？這是認識和理解傳媒抗戰記憶首先面臨的一個問題。在文化記憶的研究中，阿萊達・阿斯曼提出將文化記憶區分爲功能性記憶和儲存性記憶，二者之間的差異見下表：

存儲記憶與功能記憶的不同點〔註 1〕

	存儲記憶	功能記憶
內容	他者，超越當下	自己，當下的基礎是某個特定的過去
時間結構	時間錯亂的：雙重時間性，昨天與今天並行，反現實性	歷時的：昨天與今天相連接
形式	文本的不可侵犯性，文獻資料的自主狀態	對回憶的有選擇性的（技巧性的）、透視性的利用
媒介和機構	文學、藝術、博物館、科學	節日、集體紀念的公共儀式
載體	文化集體內的個體	集體化了的行爲主體

這是一種富有解釋力和啓發意義的分類法。以此關照歷史記憶，經驗告訴我們，確實存在針對當下的功能性歷史記憶，其主要目的就在於以歷史確認現實的合法性（或非法性），確認歷史主體的身份。同樣的，也存在那種並非針對當下的歷史記憶，這更多地在一些學者的研究（他們總是宣稱要發現歷史的眞相），或者博物館裏的陳列（前提是不受權力因素的干擾可以眞實呈現），或者以某種符號化形式存在卻不爲關注、沒有進入到顯層面（用阿萊達・阿斯曼的話說，就是未被居住的）。就我國大眾傳媒抗戰記憶而言，很明顯地集中於功能記憶。既然具有這樣一種整體的特徵，這個標準就不能具體幫助我們對傳媒抗戰記憶再進行內部的分類了。因此，我們需要另覓它徑。

通過對大量的文本的研讀，我們發現傳媒抗戰記憶文本既呈現出內容上的差異，也存在記憶方式的差異。因此，本書選擇從記憶的內容和記憶的方式的角度對傳媒抗戰記憶進行內容研究，這樣，大致可將中國傳媒抗戰記憶分爲創傷記憶、英雄記憶、勝利記憶和反思記憶四種類型。抗日戰爭對中華

〔註 1〕阿萊達・阿斯曼：《昨日重現——媒介與社會記憶》，見阿斯特里特・埃爾、馮亞玲：《文化記憶理論讀本》，北京大學出版社，2012 年版，第 28 頁。

民族造成了巨大的深刻的傷害，大眾傳媒高度關注這種傷害，形成創傷記憶；大眾傳媒關注抗戰中的人，關注那些在中華民族抗戰過程中做出了巨大貢獻的英雄，這便有了對英雄的記憶；大眾傳媒關注抗戰作爲一場勝利之戰的意義，因此抗戰記憶中有相當多的勝利記憶；大眾傳媒還關注抗戰對中華民族乃至對於全世界的巨大意義，於是有反思記憶。當然，抗戰記憶不只包括這些內容，但它們構成大眾傳媒抗戰記憶的主要內容。

第一節　創傷記憶

從作者收集到的文獻資料來看，我國關於創傷的研究始於醫學領域，從文學、文化、心理學等角度開展的研究則始於 20 世紀 90 年代中期。就創傷記憶研究而言，初期主要是主要是醫學領域的零星研究，1996 年後出現了心理學角度的研究。與此同時，關於創傷記憶的文學研究也漸漸豐富起來，抗戰創傷記憶研究屬於其中的一個主題。本節的研究將借助於對創傷記憶的文學研究的方法進行，對創傷記憶的內容、敘事結構等進行分析。

戰爭是無情的，戰爭各方都會有對於傷痛的記憶，尤其是受害深重的一方。作爲被侵略方，抗日戰爭給中國帶來的傷害是巨大的。不僅是外在的經濟損失、生命消逝、家園毀壞，更是永久的深刻的心靈傷害。因此，呈現於新時期大眾傳媒中的抗戰創傷記憶是相當豐富的。中華民族對抗戰的記憶與傷痛、慘烈、災難等緊緊聯繫在一起，同胞被蹂躪、被殘殺，戰場上的流血與犧牲，離井背鄉、無家可歸，種種苦難記憶銘刻在中國人的心靈上，成爲難以治癒的民族創傷、心靈傷痛。記憶理論告訴我們，對傷痛的記憶往往是持久而深刻的。大眾傳媒的抗戰記憶既是歷史記憶的表徵，又塑造了歷史記憶。

一、創傷記憶的內容及特徵

（一）創傷記憶的內容

戰爭，雖然在戰場上進行，但影響所及卻是全面的。在戰爭中，每一寸土地、每一個個體，都會直接或間接地捲入戰爭的漩渦。中國民眾對抗日戰爭的記憶充滿著苦澀，抗日戰爭時期無論是生活還是心理都遭受巨大的傷害。大眾傳媒對這種創傷的記憶源於民眾的創傷記憶，並通過傳媒渠道將這種記憶進行類別化、有序化，進而將創傷記憶傳承下去。具體來說，創傷記憶主要涉及抗戰時期的痛苦生活記憶、抗戰時期的災難性事件的記憶兩類。

痛苦生活記憶

抗日戰爭期間的生活之苦具有普遍性。抗戰造成的深刻創痛是由無數個體承擔的。抗日戰爭使中華民族陷入水深火熱之中，普通民眾的生活受到極大影響，無數人家破人亡、流離失所。在電視、報紙、網絡普及，成爲眞正意義上的大眾傳媒之前，個體的痛苦生活記憶是難以在傳媒上呈現的。換句話說，新時期發達的大眾傳媒爲個體層面的抗戰創傷記憶進入集體記憶提供了可能。個體借助傳媒表述了他們對痛苦的體驗和感受，將個體的記憶融入集體的記憶之中。我們僅舉兩例予以分析。

爲了眞正佔領中國，日本向中國派來的，不光有軍隊，還有大量的移民。據不完全統計，日本在侵佔中國東北期間，共派遣「開拓團」860 多個、33 萬多人。人民網紀念抗戰勝利六十週年專題報導中，一份來自親歷這段歷史的兩位老人的採訪報導，爲我們打開了這段血淋淋的歷史。

黑龍江方正縣是當年日本「開拓團」比較集中的地方，記者尋訪到了那段歷史的親歷者劉安發、陶青山兩位老人。

> 「日本人佔了我們的地，還把我們趕到從來沒人住過的野山坡上」。被收了地的中國人家，多半被趕走，有的遷到專門的「集團部落」裏。劉安發說，「我們屯沒遷，留下給日本人爲户——日本人不會種旱田，他們種燕麥、大麥的地都是我們弄好的。」
>
> 陶青山老人回憶道：「日本人佔了我們的地，還把我們趕到從來沒人住過的野山坡上。那年我 4 歲，我們那兒一共有 8 個『部落』，我們家在二『部落』。」
>
> 當時沒有水吃，喝的是水泡子裏的水。水很特別，淺紅裏帶點鏽色，當景看挺美，喝下去要命。可是沒有井，大家只能喝那個。我們用柳條罐打水，用不了幾天，罐子就變得通紅。那水喝了後，就生大骨節，很多人生病，不斷有人死了。
>
> 我 6 歲那年，村裏鬧瘟病，傳染得厲害，人死了好多。一個寒冬，200 人一連氣死掉 108 個，有 10 户「挑竈」。所以我們這地方，當年有個名字叫挑竈溝，意思是滿門死絕。
>
> 長期從事這一問題研究的專家孫繼武介紹，早在 1894 年甲午戰爭

後，日本就產生了移民中國東北的「滿洲經營論」。1931 年「九一八」事變後，日本陸軍省、拓務省以及關東軍不斷制定移民中國東北的計劃，掀起了向中國東北進行移民侵略的高潮。至 1937 年，日本制定了「二十年百萬戶移民計劃」，並把移民定爲日本的國策。

今天，我們家的牲口吃的比我那會兒好十倍。

「那時的生活，到今天我都不願意回憶，太苦了，太慘了，每想一次，都會難受幾天〔註 2〕。今天，我們家的牲口吃的比我那會兒好十倍。」陶青山當時雖然年紀較小，對那一切仍記憶猶新，「苦到什麼地步，全家 5 口人一個麻花被，白天穿，晚上蓋。往身上一披，就是衣服，誰出去幹活誰披。

更多的中國農戶的生活與陶青山家大致一樣。陶青山說：「最難受的還是肚子餓，地裏產不出東西，只能上山採野菜吃。有一次，母親不知從哪得了一把黃豆，不捨得一頓吃掉，想把它壓成大醬，蘸著吃，可以吃得久一些。她壓碾子時，我饞得受不了，就在後面伸指頭蘸著吃，沒想到牛一退，就碾掉了一節指頭。母親急得直哭。那一次，我差點沒死了。受傷的手指頭感染了，整個人抽風，僥倖活了下來。」〔註 3〕

幸存者的講述令人駭然，這就是他們經歷的童年，悚然於目的是滿陳棺柩、狼藉不堪的故鄉。事實上，不僅在東北，整個抗日戰爭期間，中國民眾經歷了難以想像的痛苦生活。

被踐踏和遭淩辱之痛是抗日戰爭帶給中國民眾的又一深切的痛苦，也是最難以癒合的傷口。較之居無定所，物資匱乏，疾病流行，受踐踏和遭淩辱的傷痛給中國人帶來的是巨痛，慰安婦是承受這種痛苦的典型群體。作爲日軍「慰安婦」制度的最大受害者，中國，至少有 20 萬婦女被逼充當過「慰安婦」，其中大部分被日軍淩虐致死；日軍在中國 20 多個省市設立的「慰安所」不少於 1 萬個〔註 4〕。新時期以來，慰安婦的遭遇通過大眾傳媒的呈現或強化，成爲傳媒抗戰創傷記憶的焦點話題。其中，圍繞慰安婦案件的相關報導佔據

〔註 2〕波浪線爲本書作者標注，下同。

〔註 3〕張繼紅、張寶印、樊永強：《奪我土地令我饑寒：見證日本「移民開拓團」罪惡》，人民網，2005 年 7 月 28 日。

〔註 4〕白瑞雪：《難以癒合的傷口兩位有「慰安婦」經歷老人的講述》，人民網，2005 年 7 月 24 日。

主要地位，其次是部分幸存的慰安婦對日軍暴行的控訴。記憶是有選擇性的，人生的創傷經歷往往是個體希望忘記卻又很難忘記的。個體可以試圖拒絕呈現這種記憶，或者努力忘卻，心靈深處卻永遠無法擺脫夢魘。慰安婦對日訴訟第一人——年近八旬的萬愛花老人當年被日軍摧殘後，不僅失去了生活能力、生育能力，幾十年中，萬愛花封存了所有關於過去的記憶，也謝絕了一些願意照顧她生活的男人，一輩子都沒有結婚。她說：

> 當看到別的女人與丈夫、孩子，一起享受天倫之樂，我心裏就特別難受。是侵華日軍奪去了我做正常人的權利，他們毀了我一生……〔註5〕

1992年12月，聯合國人權委員會在日本召開戰爭受害女性國際聽證會，萬愛花作爲中國大陸受害女性幸存者代表，踏上了飛往日本的飛機。在聽證會上，萬愛花脫掉上衣，指著身體上的道道傷痕，揭露了侵華日軍慘絕人寰的暴行。聽證會上，一位70多歲的日本老太太哭了。會後，這位老太太找到萬愛花，並握著她的雙手說：「我們日本好多人只知道美國人在日本廣島、長崎扔了原子彈，聽了你的敘述後我才知道，我們日本人在中國做了那麼多壞事。日本教科書裏沒有那段歷史，我們只知道日本幫助那裏的人民解放，根本沒想到那是侵略。你講的這些，應公開告訴日本國民，讓我們的下一代瞭解那段歷史事實。」〔註6〕

戰爭親歷者對當時苦難生活的記憶對新時期的歷史記憶來說，意義重大。其原因除了我們在導論中強調的隨著親歷者個體生命的終結這種記憶將結束（或者消失），還有另一個原因，記憶較歷史的客觀性不同，它具有強烈的主觀性、情感性。而個體記憶無疑是最具情感性的。他們飽含感情的自傳性的回憶更能打動他人，喚起對創傷的共鳴，也更利於戰爭記憶的代際傳承。

事件記憶

創傷記憶除了個體層面的經歷之外，從整個中華民族來說，還曆史地形成了一些記憶的中心。其中以對災難性的事件記憶爲代表，如「三光」政策、大屠殺、人體細菌實驗等等都是災難性的事件。新時期以來的大眾傳媒從不

〔註5〕朱冬菊、原碧霞：《硝煙遠逝傷痛依舊——訪慰安婦對日訴訟第一人》，人民網2005年7月6日，新華社太原7月6日電。

〔註6〕朱冬菊、原碧霞：《硝煙遠逝傷痛依舊——訪慰安婦對日訴訟第一人》，人民網2005年7月6日，新華社太原7月6日電。

同角度、採用不同的形式記憶了這些災難性的事件。以南京大屠殺爲例，它是中華民族抗戰記憶中最深刻的傷痛，是難以抹去的夢魘。大眾傳媒抗戰創傷記憶，南京大屠殺佔有相當重要的位置。

傳媒對南京大屠殺的記憶主要涉及四個方面的內容：一是對南京大屠殺事件本身的記憶；二是介紹抗戰史學研究關於南京大屠殺的研究情況；三是組織並報導紀念南京大屠殺的各種儀式、活動；四是回應日本右翼試圖否定南京大屠殺的言論，以各種證據進行駁斥。

其中，對南京大屠殺事件本身的記憶是大眾傳媒關於抗戰記憶的重要內容。根據史料對災難性事件進行回顧是傳媒採用的基本記憶手段。同時，大眾傳媒努力運用影視藝術手法再現這一災難性事件，從而強化和塑造抗戰記憶。後者，因其依據史實，又充分調動了藝術的感染力和想像力而更加形象逼眞，產生了強烈的震撼心靈的效果。中國大陸影視媒介中已經公開上映的反映南京劫難的主要作品包括以下八部：《南京大屠殺》（1982 年）、《屠城血證》（1987）、《南京大屠殺》（1995）、《五月八月》（2002）、《棲霞寺 1937》（2005）、《1937・南京眞相》（2005）、《南京！南京！》（2009）、《金陵十三釵》（2011）。

我們換一個角度，從事件記憶的主體分析，南京大屠殺的傳媒記憶還可以參照艾爾魯德・蟻布思對納粹大屠殺文學的研究，他將其分爲經歷、回憶、被回想的歷史、被想像的歷史〔註 7〕。儘管他認爲自己的分類採用的是心理的範疇，但顯然主體的差異也是一個區分標準。經歷和回憶是親歷者自己的敘事，被回想的歷史則是親歷者的後代的敘事，被想像的歷史則屬於文學藝術領域的想像敘事。一般來說，親歷者及其後代被賦予了大屠殺敘事的合法性，而文學藝術的敘事合法性則經歷了不合法、爭議、合法的過程。如果事件親歷者的敘事合法性是絕對的，那麼其後代的敘事合法性則是相對的。最終，當親歷者逝去，其後代隨時間的流逝、代際的變化將漸漸不再具有比他人更明確的敘事合法性。這時，被想像的歷史可能成爲災難性事件記憶的主角。上述電影的成功也說明了這一點。

（二）創傷記憶的特點

分析上述各種創傷記憶，我們發現，與 1980 年代以前相比，新時期大眾傳媒創傷記憶呈現出兩個鮮明的特點。

〔註 7〕艾爾魯德・蟻布思：《文學與創傷史：納粹大屠殺個案研究》，王蕾譯，《中外文化與文論》（15），第 152～156 頁。

其一，由民族立場的宏大敘事到平民化視角的講述

新時期以來，隨著大眾傳媒的發展，參與歷史記憶建構的傳媒增多，傳媒創傷記憶改變了以往側重於強調日本侵華戰爭對中華民族造成的傷害的抽象化的表述，更加強調從個體的、具體的、生活化的角度來全面記憶抗戰的創傷。個體參與傳媒抗戰創傷記憶具有良好的傳播效果。

如上面的提到的 2011 年上映的《金陵十三釵》，這是中國著名導演張藝謀根據嚴歌苓同名小說《金陵十三釵》改編而成，這部斥鉅資拍攝的電影受到廣泛關注，不僅吸引了人們的觀看，還吸引大量的人們通過微博等自媒體參與討論。讚美者甚眾，批評者也不少。無論如何，事實就是這是有關南京大屠殺事件的影視作品中觀眾主動關注度最高的作品之一。原因之一在於影片的獨特的敘事視角。電影從一群特殊的女性（妓女）在南京大屠殺中的遭遇揭露了日本侵略者的殘暴，反映了中國人在南京大屠殺中所遭受的非人經歷。中國文化中，妓女一直是被鄙視、被輕蔑的一個群體，電影卻展示了她們的另一面，在民族遭遇巨大災難、同胞面臨困境時，她們挺身而出，以微薄之力，保護他人、幫助他人。這種視角在傳統的南京大屠殺的公開記憶中是罕見的，它所產生的感染力也是前所未有的。

但是，大眾傳媒抗戰創傷記憶的平民個體視角，始終處於尷尬中。一方面因為傳媒資源有限，特別是在互聯網興起以前，對抗戰的關注往往著眼於戰爭本身、著眼於戰爭意義的宏大敘事，注重塑造民族記憶中確定現行合法秩序的資源，對於普通民眾的痛苦生活的表述相對缺乏。另一方面，在大眾傳媒高度發達的今天，雖然傳媒資源相對過剩，但能夠對普通民眾的抗戰期間的痛苦生活進行表述的主體又越來越少，換句話說，缺少提供記憶線索的親歷者局限了傳媒的記憶。對歷史的想像性記憶畢竟不同於親歷者及其後代的回憶，前者的藝術感染力和後者的眞實感染力之傳播效果的差異是明顯的。

其二，各種傳媒形成一種合力，共同突出抗戰創傷記憶的主題

在中國傳媒不斷發展、傳媒格局不斷調整的今天，各種傳媒在關於抗戰創傷記憶方面保持了一定程度的共同性。這既源於媒體的性質——它規定了媒體必須做什麼，也源於媒體的社會責任——它決定了媒體該做什麼。因此，新時期中國各種傳媒在抗戰創傷記憶方面都表現出了積極性。特別是在相關紀念日，大眾傳媒都會通過各種方式進行抗戰創傷記憶，提醒國民不忘國恥、發奮圖強。

這裏面，對南京大屠殺的記憶是一個典型的例子。前面事件性創傷記憶的討論我們便是以南京大屠殺爲個案進行的。在整個中國抗戰歷史中，南京大屠殺具有重要的歷史意義，它是日本侵華暴行中最慘絕人寰的一幕，是日本侵華罪行的有力證據，所以時至今日，在中日兩國關於抗戰歷史的不同表述中，南京大屠殺成爲一個爭議最大的問題。在兩國的關係處理中，這也成爲最敏感的話題。大眾傳媒一直在爲記住南京大屠殺這段歷史而努力，既試圖尋找、保存鮮活的歷史史料，又嘗試著憑藉藝術重現這一二戰期間由軍國主義所帶來的巨大浩劫。日本方面不斷傳遞出的對南京大屠殺的否定的聲音進一步激起了中國民眾對大屠殺的強烈記憶，傳媒中關於南京大屠殺的記憶正是現實生活中中日雙方記憶爭奪的眞實反映。同時，我們也發現，中國傳媒對於南京大屠殺乃至整個戰爭劫難的記憶還更多地局限在中華民族內部，如何讓這段歷史爲更多人知曉和重視成爲大眾傳媒的重要課題。因爲我們作爲受害者的視角是別的人所無法代替的。傳媒應主動參與到這種記憶的競爭話語中，在國際關係、國際政治中扮演重要的角色。

二、創傷記憶的敘事結構

艾爾魯德·蟻布思認爲，「如果有什麼事發生在一個人的身上，首先產生的就是經歷。原則上經歷是非語言的，但通常經歷轉換成語言是即時發生的行爲。將經歷轉換成語言意味著遵從敘述的邏輯，包含某一特定語言系統的音系、句法和語義規則。如經歷是種創傷，則其語言轉換會成爲問題。」〔註 8〕無論是針對個人的生活經歷、還是針對災難性事件的傷害記憶，抗戰中中國人所遭受到的災難都不是常規的敘事邏輯所能夠描述的。眾多的創傷記憶形成了一種獨特的敘事結構，在它基礎上形成了戰爭傷害表述的基本範式。

傳媒抗戰創傷記憶既包括對抗戰痛苦生活的記憶，也包括對災難性事件的記憶，在這些記憶中還融入了對施害者的記憶，它們往往不是孤立地呈現，而是交織在一起。即便是各有側重，關於抗日戰爭的創傷記憶各個方面的內容也具有某種一致性。這種一致性就在於其內在的敘事結構。我們試從下面的案例來分析：

〔註 8〕艾爾魯德·蟻布思：《文學與創傷史：納粹大屠殺個案研究》，王蕾譯，《中外文化與文論》（15）：153～154。

難忘的往事：抗戰中執行偵察任務

王修道〔註9〕 口述 王黎芳 整理

我是一名老八路軍，1928年出生於河南省豐邱縣大李村。1943年農曆3月20，日本鬼子闖進我們村子，當時年輕人都跑了，只剩下年老的留在村裏。日本兵到各家搶雞和雞蛋吃，並用刺刀威脅老百姓，我爺爺受到過度驚嚇，在5月3日去世了。10月20日，我奶奶因受驚嚇也去世了。我母親在被嚇病後一直沒好轉，在44年9月16日離開了人世。

參軍：儘管我家已經四世單傳，但家仇國恨使我下決心當兵打鬼子。1943年農曆8月，我約了兩個夥伴，帶著乾糧，偷偷地跑到離家50里的牛石屯集，那一年我15周歲。三天後，在一個客店內找到了八路軍的地下組織。隨後到了離家100多里地的晉冀魯豫軍區，分配到八分區七團三營七連三排作一名戰士。

第一次戰鬥……

負傷：1945年9月，日本已經宣佈無條件投降，駐守在湯陰縣城的漢奸孫殿英的軍隊拒不繳槍，我軍決定強攻。由我排擔任主攻，四個班分爲炸彈組、梯子組、突擊組和機槍組。我作爲排長，打仗前進行了總動員，各班的班長都宣誓表決心：「輕彩不下火線，重彩不哭不叫，爬也要爬進去。」夜裏12點，總攻開始了，只用了5分鐘我排就把梯子搭上城牆。我跟在突擊組後面，剛登上梯子三蹬，就覺得右小腿發軟，從梯子上掉了下來。我趕緊把肉裏的手榴彈彈皮摳出來，用急救包包紮傷口。後來，我被送到湯陰東關的岳飛廟裏，又輾轉到濬縣、濮陽、滑縣治療了三個月，最後又到濮陽東關住了四個多月，由於醫療條件所限，經過5次手術，終於保住了右腿。康復後右腿比左腿短約2公分，屬於三等甲級傷殘。

由於傷在右腿，不能行軍打仗，組織上安排我在後方做教育宣傳工作。1952年轉業到山東省朝城糧食局工作，直到離休。我現在身體健康，膝下兒孫滿堂，生活幸福，我經常給兒孫們講艱難的革命經

〔註9〕王修道：男，漢族，今年77歲，國家三等甲級傷殘，現居住在山東省莘縣十八里鋪鎮欒屯。（此爲原文中的注釋）

歷，告訴他們今天的幸福生活是多麼的來之不易，要珍惜美好的和平年代〔註10〕。

我們將運用俄國著名學者普洛普的結構主義敘事學方法對創傷記憶文本進行分析。普洛普在研究民間故事時，一改傳統的從母題入手的方法，從人類學中引進了「功能」概念作爲分析民間故事的最基本單位。功能單位指的是人物的行動，行動在整個故事發展中具有功用或意義。在與創傷記憶相關的文本中，離不開講故事，無論是故事親歷者還是其後代、相關的人講的故事，大概可以分析出以下幾個功能：

（1）遭遇不幸；

（2）離家出走去參加戰鬥；

（3）特殊遭遇（艱苦戰鬥）；

（4）勝利後的感受。

具體表現在上述文本中，便是：

（1）日本鬼子入侵導致『家庭不幸』；

（2）家仇國恨使主人公決心參軍打鬼子；

（3）戰爭中的英勇和堅強；

（4）革命經歷的個體感受：幸福生活來之不易，要珍惜和平。

這種敘事的內在結構，是大眾傳媒中豐富的抗戰記憶都遵循的統一的結構。其中蘊含著記憶的四個層面：第一層，外敵的入侵，這是記憶的起點；第二層，國家、民族的災難，這是記憶的社會框架；第三層，民族抗戰的力量，這是對歷史意義的一種闡釋；第四層，今天的美好來之不易，這是記憶的方向。立足今天，回顧過去，面向未來，從民眾的角度強化對今天生活的認同，鼓勵爲保衛今天的和平與幸福而努力奮鬥。從國家的角度看，強調的是民族的凝聚力，肯定現行秩序的合法性。

創傷記憶起源於外敵的入侵，這構成了創傷記憶的起點。隨之發生在國家、民族的災難則通過對日常生活災難的痛苦記憶表達；創傷記憶中，我們可以看到面對侵略的抵抗，看到中國人如何爲了民族而抗爭的鬥爭精神、英雄氣概，比如在與日本施害者進行鬥爭的過程中，所體現出來的中國民眾的智慧、團結、英勇不屈，這是在痛苦中展示的民族精神與民族力量。當然，

〔註10〕人民網，2005年8月29日。

所有的記憶都有所指向，歷史的經歷者需要經由這種訴說——借用大眾傳媒的渠道的訴說，將個體記憶分享爲民族的、大眾的共同的記憶，在互相的慰藉中治療心理的創傷；同時，這種記憶警示後來者。讓後來人在記住歷史的基礎上，珍惜和平，捍衛和平。

三、創傷記憶的內在邏輯

新時期中國社會記憶中，創傷記憶是一種重要的類型。學者研究發現，不同的創傷記憶具有不同的內在邏輯。如從整個農村文化的高度來分析西北農村政治運動左傾政策所造成的苦痛記憶，強調將苦痛記憶探討從個人層次上升到對文化特質的分析，將中國人的苦難態度的支撐體系歸於儒家的人倫觀念〔註 11〕。又如從知青這個特殊群體的個體記憶如何形成集體記憶，分析知青關於下鄉上山這段特殊經歷的記憶建構模式與內在邏輯，強調這個過程中對「苦」本身的意義的置換，知青的選擇性記憶等因素，認爲它是事件性的記憶，記憶的是非命運化的苦難，而是事件史苦難，其支撐的思想體系是：寬恕自己，寬恕他人〔註 12〕。還有從文革小說入手進行的文革記憶邏輯研究〔註 13〕。我們可以看到這些關於創傷的研究與大眾傳媒關於抗戰的創傷記憶有相同點，又有明顯的差異。

從相同點的來說，抗戰的創傷也是一種苦痛的記憶，「痛苦」和「災難」是記憶表述的關鍵詞。

從不同點的來說，與起源於土改運動的民間「訴苦」不同，抗戰的苦痛記憶不需要傳媒的動員與誘導，經歷者往往是主動的、積極的，只要有敘事的場合，他們樂於傾訴；這種記憶與知青的記憶不同，對苦的記憶的內在邏輯不同。知青的青春無悔的記憶邏輯是：個體之苦——集體之苦——國家之苦，最終從個體記憶建構集體記憶，將個人之苦延展到國家之苦的層面。與此相反，抗戰的創傷記憶邏輯可以表達爲：國家之痛——民族災難——個人之苦。在這個邏輯中，國家、民族與個人的命運緊緊纏繞，正是國家、民族

〔註 11〕景軍：《社會記憶理論與中國問題研究》，《中國社會科學季刊》（秋季卷），1995 年。

〔註 12〕劉亞秋：《「青春無悔」：一個社會記憶的建構過程》，《社會學研究》，2003 年第 2 期。

〔註 13〕許子東：《爲了忘卻的集體記憶》，上海：三聯書店，2000 年版。

的災難，個人無能幸免，共同承擔起歷史的厄運。換句話說，個體的記憶正是集體記憶的承擔者和表達者。對創傷記憶敘事結構的分析清晰地證明了這一點。創傷記憶的起點是外敵入侵。日本侵華針對的是中國，是中華民族，國家恥辱、民族厄運表現在個體身上，成爲個體創傷記憶的厚重內容。

時間是一個毀滅者，也是一個創造者。馬歇爾·普魯斯特（Marcel Proust）在《追憶似水年華》的最後一卷中對記憶的作用得出了這種觀點：被回憶的痛苦和衝突能夠被對象化。「不是一個黃金時代和伊甸園式樂園的恢復，一個更準確的記憶行爲向我們揭示了痛苦和鬥爭的一個無窮無盡的記錄。這些痛苦和鬥爭已經把我們塑造成我們現在變成的這些生物。忠實的記憶揭開了遺忘所不能醫治的創傷；衝突、失敗和災難的痕跡永遠不能從時間中抹去。」〔註14〕抗日戰爭的創傷在今天通過大眾傳媒的途徑再次被對象化，其意義不在於對象化過程中獲得的心理治療作用，而在於對象化的抗戰創傷記憶能夠將國家、民族與個體建構成爲歷史記憶的共同主體。

第二節　英雄記憶

14 年的抗戰中，中華民族以落後的裝備頑強作戰，湧現出無數可歌可泣的英雄兒女，也正是他們的英勇奮戰乃至犧牲，才可能贏得中國近代史上第一次眞正的勝利。傳媒抗戰的記憶，不僅是創傷記憶，也是英雄讚歌。從記憶的方式來看，大眾傳媒中有紀實性的對英雄人物英雄行爲的記憶，也有運用藝術手法的方式對英雄形象的塑造。正是後者，成爲大眾傳媒的歷史記憶和歷史學的歷史記憶不同的一個重要方面。

抗日戰爭是中華民族近代史上最慘烈最悲壯的一段歷史，對它的記憶成爲民族記憶最深刻的一部分。如果說，對戰爭創傷的記憶糅合在所有有關戰爭的記憶之中的話，那麼英雄記憶則是整個記憶中更加集中更加突出的部分。與此相應，大眾傳媒對抗戰英雄的表述也尤爲引人注目。

一、英雄記憶的內容及特徵

2005 年，在紀念世界反法西斯戰爭勝利暨中國人民抗日戰爭勝利 60 週年

〔註14〕理查德·森尼特：《干擾記憶》，見法拉、帕特森《劍橋年度主題講座：記憶》，户曉輝譯，華夏出版社，2006 年版，第 3 頁。

之際，《人民日報》、新華社、中央人民廣播電臺、中央電視臺等中央級主要新聞單位，與全國各地主要新聞傳媒一道，聯合推出大型抗日英雄人物專欄《永遠的豐碑‧抗日英雄譜》。這種全面的大規模的傳媒英雄記憶為本研究提供了迄今為止最佳的案例。因此，以下關於傳媒抗戰英雄記憶研究的文本主要來自其中。

（一）英雄記憶的內容

英雄記憶的對象是英雄，「誰是英雄」是這類記憶首先要關注的問題。中國人民的抗日戰爭中湧現出無數可歌可泣的英雄人物，但是在大眾傳媒的有限資源空間中，我們強調哪些英雄，或者說，我們記憶中誰是英雄就面臨著一個選擇性的問題。新時期以來傳媒對英雄的選擇與記憶折射出了不同語境中的英雄觀，大體上來說，傳媒記憶中的抗戰英雄類別有穩定性——確認中國共產黨中的英雄人物，又有一種單一趨向多元的變化趨勢。20 世紀 80 年代，除了繼續關注中國共產黨中的抗戰英雄外，開始逐漸加入其他類別，特別是逐步明確紀念中國國民黨中堅持抗戰、為抗戰作出突出貢獻的愛國將領，也更加強調記憶那些向中國抗日戰爭伸出援助之手、甚至奉獻出生命的外國友人。這種變化到了 2005 年，便呈現為《永遠的豐碑‧抗日英雄譜》，大眾傳媒中的抗日英雄記憶更加豐富。

《人民日報》在該欄目開欄的話中明確表明，欄目所選擇的英雄包括優秀的共產黨員、愛國抗日將士、愛國華僑、國際友人和國際主義戰士。與創傷記憶的對象有事有人不同，英雄記憶的對象是確定的人，要麼是個人英雄，要麼是群體英雄。因此，整體上，我們可以把英雄記憶分為個體英雄記憶和群體英雄記憶兩類。

個體英雄

在《抗日英雄譜》中，涉及到的英雄個體逾百，從他們的身份和貢獻來看，主要有抗日愛國將領、抗日愛國戰士、國際友人。

抗日愛國將領因在戰爭中的重大貢獻和重要影響在英雄譜中最受重視，其人數最多。這裏面有中國共產黨的優秀將領，也有國民黨的英雄將領。抗日戰爭中，共產黨領導的敵後戰場和國民黨領導的正面戰場合作抗日，許多英雄將領為國家和民族浴血奮戰，他們的事跡廣為傳頌。雖然這些英雄逐漸逝去，但後代並未忘記他們。大眾傳媒對他們的英雄事跡展開了多方面的記憶。如「最忠實於中華民族解放事業的戰士」范子俠、爲抗日而死的共產黨員吉鴻昌、具有大將風範的粟裕、寧死不屈的抗日英雄趙尚志、指揮臺兒莊戰役的司令官李宗仁、盡忠報國的一代名將張自忠、英勇抗戰的十九路軍軍長蔡廷鍇、淞滬抗戰總指揮蔣光鼐、打響武裝抗日第一槍的愛國將領馬占山、捍衛邊疆的抗日愛國將領傅作義、發動西安事變的著名愛國將領張學良、楊虎城、誓死堅守陣地的抗敵英雄佟麟閣等等。他們的英雄事跡被集中呈現在抗日英雄譜的相關報導中，他們的歷史貢獻再次得到肯定和讚揚。

抗日英雄譜中，有普通的英雄戰士。他們雖然只是普普通通的戰士，但他們卻以自己的獨特技能在抗日戰爭中屢建奇功，爲抗日戰爭做出了自己的貢獻。如港九大隊短槍隊神槍手劉黑仔、作戰勇猛的戰鬥英雄任常倫、爆破英雄馬立訓等等。

抗日英雄譜中，有多位國際戰士和國際友人。抗日戰爭中，一些國際主義戰士和國際友人以各種各樣的方式支持乃至參與了中國人民的抗日戰爭，他們成爲中國傳媒抗戰英雄記憶中重要的一類英雄。新時期以前，傳媒抗戰英雄記憶涉及的國際友人範圍較窄，影響最大的是白求恩大夫。新時期以來，更多支持過中國抗戰的國際戰士和國際友人得到確認。如閃爍著國際共產主義戰士的燦爛光輝的馬海德、爲中華民族解放事業獻出青春和才智奧地利友人羅生特、中國人民的忠實朋友新西蘭人路易・艾黎、美國援華空軍飛虎隊隊長克萊爾・李・陳納德等等。

此外，一些華僑抗日愛國英雄也名列英雄譜中，如美國華僑司徒美堂。

英雄群體

傳媒中不僅記憶了各種英雄個體，也展現了英雄群體的光輝形象，如狼牙山五壯士、八女投江、王殿元等十烈士、抗聯十二烈士、劉老莊連、東北共產黨人等等。中華民族的抗戰是全民族的抗戰，團結禦辱是抗戰勝利的重要保證。抗戰過程中，各地、各民族凝結成緊密的抗戰群體，譜寫了一曲曲英雄的讚歌。大眾傳媒對抗戰英雄的記憶中，強調了英雄群體的力量，關於抗日戰爭中的東北共產黨人、東北婦女的記憶說明了這一點。反法西斯戰爭是 20 世紀人類最悲慘也是最壯烈的歷史事件。這場戰爭給中國人民帶來了巨大災難。最先承受這一災難的是「九・一八」之後的東北民眾。同時，率先奮起抗爭、進而投入血與火的戰場的也同樣是廣大的東北民眾。在無數志士仁人之中，又有許許多多的普通婦女，她們受民族正義和愛國激情的驅策，或教子攜女共赴國難，或慷慨激昂地邁向刑場，更多的則義無反顧地拼殺在浴血的沙場。由此演繹出長達 14 年之久、慘烈無比的東北抗日戰爭的歷史長卷，大眾傳媒展示了中華女英雄們巾幗不讓鬚眉的豪邁風采〔註 15〕。

（二）英雄記憶的特點

抗戰英雄類型趨向多樣化

上面我們依據《抗日英雄譜》對英雄記憶的內容進行了簡要分析。下面我們從歷時的角度看看中國新時期傳媒抗戰記憶的特點。

我們知道，英雄並不具有一陳不變的內涵，不同文化、不同時代對英雄有不同的評價標準，新時期大眾傳媒抗戰英雄在英雄類型、英雄觀上的發展變化體現了這一點，即英雄類型趨向多元化。

新時期英雄類型由單一趨向多元突出表現在對國民黨中抗戰英雄的確認和對國際友人中的抗戰英雄的確認。正如我們已經指出的，多位抗日愛國的國民黨將領被記憶，如李宗仁、張自忠、蔡廷鍇、蔣光鼐、馬占山、傅作義、佟麟閣等等。國際友人中，不僅人皆盡知的白求恩大夫被中國人民牢牢記住，更多支持過中國抗戰的國際友人個體和群體得到確認，如飛虎隊、駝峰航線的飛行員等等。

大眾傳媒的英雄記憶中的英雄類型從單一走向多元、豐富，適應了時代的需要。這種變化無疑由多方面的原因造成。從中國內部的大陸與臺灣關係的角度來看，肯定國民黨中的抗戰英雄既是正確對待歷史的必要，又是處理臺海關係之必要；從中國所處的國際環境來看，正確對待國際社會、國際友人對中國抗戰的支持，有利於全面正確地認識抗日戰爭的國際意義，有利於確立中國在世界政治、經濟格局中的合法地位。抗日戰爭對新中國來說，可以說是關涉起源的重要事件，從某種意義上說，甚至是解釋合法性的重要事件。而且，這個事件本來就不是孤立存在的。無論是歷史的眞實還是現實的需要，我們都應該將它置於全球的視界來審視。這種觀念表現在傳媒的抗戰記憶中，必然致使傳媒對幫助、支持和參與過中國抗日戰爭的國際主義戰士、國際友人的歌頌與讚揚。

〔註 15〕《東北抗戰中的共產黨人》，《光明日報》，2005 年 8 月 2 日第 7 版；《抗日戰爭中的東北婦女》，《吉林日報》2005 年 7 月 29 日第 6 版。

抗戰英雄性格趨向立體化

傳統的傳媒抗戰英雄敘事中，英雄的性格是扁平化的。即將抗戰英雄塑造成性格比較單一的高大全的形象。新時期的傳媒抗戰英雄記憶中的英雄塑造趨向於具有豐富的性格，是立體化的英雄形象。

新時期以前，傳媒抗戰英雄記憶中的英雄形象性格類型化比較嚴重，如關於抗戰的影視劇中，游擊隊員英明神武、鬼子兇神惡煞、漢奸猥瑣不堪。戰鬥中游擊隊員彷彿穿了防彈衣，就是打不死；死前往往要說一番豪言壯語，完全不顧現實情況的危急；游擊隊員個個是神槍手。這種簡單化的傳媒記憶往往不能從根本上打動受眾，吸引受眾。新時期以來，隨著英雄觀的發展，大眾傳媒在進行英雄記憶時，開始注意多側面、多角度關注英雄，力圖將英雄的全面眞實的性格展示給受眾。

採用普通人的邏輯來建構英雄是新時期傳媒抗戰英雄記憶中英雄性格立體化的重要手段。運用普通人的行爲邏輯表現英雄的喜怒哀樂，並充分展示其豐富的內心世界。中國影視傳媒中不乏這樣的優秀之作，如《亮劍》中李雲龍形象、《小兵張嘎》中小英雄張嘎形象、《我的母親趙一曼》中的英雄女性趙一曼形象，等等。以電影《我的母親趙一曼》爲例，它既表現了趙一曼面對敵人時的剛強、堅毅的英雄性格，也用相當的筆墨描述了她作爲一位女性和母親所特有的柔美的情感世界。趙一曼被押赴刑場即將被敵人槍殺時，導演卻筆鋒一轉，採用細膩的鏡頭語言來敘述其內心豐富的充滿母愛的情感世界，技巧上採用蒙太奇平行剪接的手法：一面是日軍行刑前的兇殘、冷酷，另一面是大寫意的、充滿溫情的「母子情深」；她渴望美好生活，愛好和平，但爲了千千萬萬孩子們的幸福，她決然用勝利的微笑面對屠刀笑對死神……〔註 16〕

客觀現實中英雄的性格不是單一的，基於歷史眞實的傳媒抗戰英雄記憶應該立體展示英雄性格的多元性、豐富性。

（三）對抗戰英雄的解構

我們肯定抗戰英雄性格的豐富性、立體性，並不意味著傳媒可以爲了豐富和立體化英雄性格而違背歷史記憶的眞實性。但在新世紀，在網絡傳媒和影視傳媒中，出現了一種解構傳統抗戰英雄敘事、解構抗戰英雄的趨向。

具體說，解構抗戰英雄主要有三種情況。第一，改變英雄的身份。如電

〔註 16〕劉興東：《我的母親趙一曼》：全新語言塑造抗戰英雄》，《中國電影報》，2005 年 8 月 11 日第 6 版。

視劇《林海雪原》（2004）將「楊子榮」這一經典人物從英雄偵察排長改變為一個「喝兩口燒酒，唱幾句酸曲」的伙夫，網絡短片《鐵道游擊隊之青歌賽總動員》中，英勇抗日的鐵道游擊隊員變為髒話滿口、牢騷滿腹的參賽歌手。第二，改變英雄人物的英雄行為。如一個名叫「胡倒戈」的網民製作的 flash《閃閃的紅星之潘冬子參賽記》中，小英雄潘冬子搖身一變，成了一個整日做明星夢希望掙大錢的「富家子弟」，潘冬子與惡霸地主胡漢三之間的階級鬥爭還變成「參賽歌手」與「評委」之間的腦筋急轉彎遊戲。第三，給英雄人物增加感情方面的經歷。如楊子榮與一個後來成為土匪老婆的女人發生戀情，《苦菜花》中的多角戀情等等。

針對大眾傳媒中出現的對抗戰英雄的解構及其它紅色經典影視改編中的問題，中國國家廣播電視總局 2004 年下發《關於認真對待紅色經典改編電視劇有關問題的通知》，通知指出，目前在紅色經典電影改編電視劇的過程中存在著「誤讀原著、誤導觀眾、誤解市場」的問題，影響了原著的完整性、嚴肅性和經典性。

新時期大眾傳媒抗戰記憶中對抗戰英雄的解構的實質是種種後現代主義對傳統文化現象的激進解構。也就是說，一些「紅色經典」的影視劇改編，實質上就是對「紅色經典」原著的後現代式的解構。這種解構反應了後現代社會英雄觀的某種變化。其次，對英雄的解構體現了當代傳媒的市場導向。這點在影視劇的改編中比較突出。改編者從當代觀眾的欣賞習慣、消費特點出發，對抗戰英雄進行新的解讀，從而構成對抗戰英雄的解構。對此，我們將在第四章進一步分析。

二、英雄記憶的敘事結構與內在邏輯

無論是英雄個體還是英雄群像，大眾傳媒的英雄敘事呈現出內在的結構性。我們可以從敘事學的角度對之進一步進行分析。

「社會生活使得打上敘事印記的行為姿態和方式成倍地增加；它……複製和積纍故事『版本』。我們的社會在三層意義上變成了一個敘述的社會：故事（recites），即由廣告和信息傳媒組成的寓言，對故事的引用以及無休無止的故事敘事定義了我們這個社會。」〔註 17〕大眾傳媒的首要功能是傳播信息，

〔註 17〕阿瑟·伯格：《通俗文化、媒介和日常生活中的敘事》，姚媛譯，南京大學出版社，2006 年版，第 1 頁。

信息的傳播就是一種敘事。傳媒中的英雄記憶就是關於英雄的敘事。英雄如何成爲英雄既是英雄觀的體現，也從根本上決定了大眾傳媒英雄敘事的結構。我們需要瞭解在大眾傳媒的敘事中英雄如何成爲英雄。

英雄敘事是人類敘事藝術中最具有魅力的一種敘事。從古希臘的神話傳說到當代的各種文藝作品，英雄敘事擁有恒久的魅力。研究者發現，在各種英雄敘事中，存在某些敘事結構。下面以《人民日報》2005年推出的專欄《永遠的豐碑・抗日英雄譜》兩則報導爲例，分析傳媒中的抗戰英雄敘事內在的一致性的結構化特點。

（1）《日本友人——加藤克己》

加藤克己1918年1月21日生於日本九州大分縣。他是家中3兄弟中的次子，學生時代成績優異。畢業後就職於三菱製鐵公司，1940年被強徵到中國戰場。

加藤對侵華戰爭很反感，内心是反對這場戰爭的，在駐紮安徽省蚌埠市時，因拿軍中的食品和日用品分發給當地老百姓，被關押。恰在此時新四軍向其所屬日軍發起猛攻，加藤在戰火中受了重傷。後在新四軍衛生戰士的治療下撿回了一條命，從此加入了新四軍。在目睹了日本侵略軍在中國的暴行，看到中國共產黨領導的八路軍、新四軍遵守「三大紀律、八項注意」、不拿老百姓的一針一線等情況後，加藤認清了所謂「日本侵略中國是爲了幫助中國人」是徹頭徹尾的謊言，因此加入了「日本人反戰同盟」，積極地投身反戰運動。戰鬥中，加藤經常通過喊話等工作，瓦解日本兵的心理，勸日本兵投誠。在他和其他同志的共同努力下，有不少日本兵棄械投降。經教育，有一些日本兵自願留下來與加藤一起從事抗戰活動。中國共產黨及其領導的軍隊對曾犯下侵略罪行的被俘日本兵不僅沒有報復，反而以德報怨，療傷送藥，送他們回國，對此加藤感到深深的敬佩和感動。

1945年，加藤隨部隊經山東進入東北，協助東北民主政府從事遣送日本人回國的工作，並盡可能地動員更多的日本醫生、護士、飛行員、衛生員等留下來投身到解放戰爭中去。他參加了解放東北的戰鬥，並轉戰北京、天津、河南、湖北、湖南、廣東、廣西等地，一直打到海南島，足跡幾乎遍佈半個中國。在戰鬥中加藤多次立功受獎。他的孩子被寄養在後方保姆那裏，後在南下尋找他們夫婦的途中，不幸夭折於長沙。他連愛子葬在哪裏都不知道。

戰爭結束後，加藤參加了新中國建設。1958 年回國，1991 年 12 月 25 日去世。其妻子現定居日本，從事中日友好活動。加藤克己參加了抗日戰爭、解放戰爭和新中國建設，爲中國人民的革命事業獻出了寶貴的青春，他是中日友好的見證人。雖然他已去世，但他對中國革命和新中國建設及中日友好所做出的貢獻，我們永遠不會忘記。

——《人民日報》2005 年 9 月 25 日

（2）盡忠報國的一代名將——張自忠

張自忠（1890—1940），字藎忱。山東臨清人。1911 年在天津法政學校求學時秘密加入同盟會。1914 年投筆從戎。1917 年入馮玉祥部，歷任營長、團長、旅長、師長等職。1930 年中原大戰後，馮玉祥軍事集團被瓦解，張自忠所部被蔣介石收編。1931 年後，張自忠曾任第二十九軍第三十八師師長、第五十九軍軍長、第三十三集團軍總司令兼第五戰區右翼兵團司令等職。

1937 年，上海、南京相繼淪陷後，日本侵略者又把兵鋒直指徐州，志在奪取這一戰略要地。1938 年 3 月，日軍投入七八萬兵力，分兩路向徐州東北的臺兒莊進發。待至臨沂、滕縣時，同中國軍隊發生了激烈的戰鬥。當時守衛臨沂的是龐炳勳的第三軍團。由於實力過於懸殊，傷亡慘重，龐部急待援軍。張自忠奉調率第五十九軍以一晝夜 180 里的速度及時趕來增援。張自忠與龐炳勳原是宿仇，但他以國家、民族利益爲重，摒棄個人恩怨，率部與龐部協力作戰。敵軍在飛機大炮掩護下，配合坦克、裝甲車向茶葉山陣地發起進攻。張自忠以「拼死殺敵」、「報祖國於萬一」的決心，與敵激戰，反覆肉搏。茶葉山下崖頭，劉家湖陣地失而復得達三四次，戰況極其慘烈。經過數天鏖戰，敵軍受到重創，節節敗退。中國軍隊相繼收復蒙陰、莒縣，共殲敵 4000 餘人。不久，日軍再派阪本旅團向臨沂、三官廟發起攻勢，妄圖有所突破。張自忠和龐炳勳部兩軍奮力拼殺，經徹夜激戰，日軍受到沉重打擊，其向臺兒莊前線增援的戰略企圖被完全粉碎，保證了臺兒莊大戰的勝利。

1940 年 5 月，日軍爲控制長江水上交通線，調集 15 萬精銳部隊發起了攻佔棗陽、襄陽、宜昌等地的棗宜會戰。張自忠將軍本來率部防守襄河以西，當日軍攻破第五戰區第一道防線，直撲襄陽、棗陽時，身爲集團軍總司令的張自忠將軍，毅然率領預備七十四師和軍部特務營東渡襄河，抗擊來犯之敵。他寫信給河東的第五十九軍，「只要敵來犯，兄即到河東與弟等共同去犧牲。」「爲國家民族死之決心，海不枯，石不爛，決不半點改變！」渡河後，張自忠將軍率部在南瓜店附近頑強抗擊日軍，重創日軍，並截斷了日軍後方補給線。在日軍以重兵對張自忠將軍進行合圍後，爲牽制日軍主力造成外線我軍對日軍實施反包圍，張將軍力戰不退，與敵搏殺，最後身中 7 彈。彌留之際，張自忠將軍留下最後一句話：「我力戰而死，自問對國家、對民族、對長官可告無愧，良心平安！」旋即拔佩劍自戕，一代名將張自忠壯烈殉國。張自忠將軍率部截敵後路並阻敵西進，徹底粉碎了日軍進攻襄樊、威脅老河口的企圖，使整個戰局轉危爲安。

張自忠將軍壯烈殉國後，重慶成千上萬的人們哭拜英靈，爲其送葬。他的部下悲憤地唱著復仇之歌：「海可枯，石可爛，死也忘不了南瓜店！」表示要堅決爲張自忠將軍報仇。翌年 5 月，其部在當陽地區將圍攻張自忠將軍的日軍酋首橫山武彥擊斃。1940 年 8 月 15 日，延安各界 1000 餘人隆重舉行張自忠將軍追悼大會。毛澤東同志親筆爲張自忠題寫「盡忠報國」的輓聯。

新中國成立後，人民政府追認張自忠將軍爲革命烈士，將張自忠烈士墓擴建爲張自忠烈士陵園，並於 1986 年 10 月，由民政部批准爲第一批全國重點烈士紀念建築物保護單位。北京、天津、武漢等大城市相繼恢復了「張自忠路」的名稱，以示對這位抗日烈士的永遠紀念。

——《人民日報》2005 年 7 月 27 日

不難看出，傳媒對加藤克己、張自忠兩位英雄的敘事結構和內在邏輯是完全一致的：

（1）首先介紹英雄的身份——加藤克己是被強徵到中國戰場的日本人、張自忠是國名黨高級將領；

（2）其次對英雄的業績進行敘述——加藤克己為中國人民的抗日戰爭、解放戰爭和社會建設作出了貢獻，張自忠將軍的卓越戰功和民族精神；

（3）最後介紹英雄的結局——加藤克己的去世，張自忠英勇殉國。

傳媒中關於其他抗戰英雄的敘事基本上都按這種結構進行，我們可以用下圖來描述這種共同的敘事結構。

傳媒抗戰英雄記憶的敘事結構

敘事要素	具體內容
英雄的身份	共產黨員、愛國將領、普通群眾、外國友人、其他
英雄的業績	英雄的顯赫戰績、英雄的英勇不屈、英雄的英勇就義、英雄克服重重困難、英雄的其它貢獻
英雄的結局	遇難（被敵人殺害、意外致死）、自然死亡、其他

英雄的身份、業績與結局從三個視角共同塑造了英雄。

從出身的角度來說，英雄記憶強調英雄所屬群體的特徵，體現了中國傳統文化中重出身、重關係的特質。所以，對英雄的敘事會強調英雄與所屬社會群體、與他人的關係，從中找到英雄之所以成為英雄的外在條件。從中國大眾傳媒的抗日英雄敘事來看，強調英雄的身份意識，如張自忠將軍始終強調的民族觀念、民族意識。

從英雄的業績來看，敘事重點是英雄之所以成為英雄的主要表現。無論是顯赫戰績、面對敵人的英勇不屈、英勇就義，還是面對重重困難的鬥爭精神，體現的是人類對英雄的一般觀念，如堅強、勇敢、敢於應對困難、奉獻精神、犧牲精神。

英雄的結局特別是遇難使英雄具有了不同的象徵意義。一類是戰場犧牲型的英雄，這類英雄是具有高度愛國情感的軍人英雄，他們代表了軍人的品質。張自忠就是這類英雄的代表，在身負重傷、頑強戰鬥之後，以身殉國，體現了他作為軍人的高貴品質。第二類是英勇不屈型，他們有堅強的意志，在被日本和國民黨反動派抓獲後，經受了嚴刑拷問，最後被折磨致死，這類英雄主要是中國共產黨員，他們顯示了中國共產黨人的高貴品質，如前面提到的趙一曼。第三類是艱苦犧牲型，主要是因為戰爭帶來的其它傷害導致死亡，體現了中國人民所遭受的戰爭磨難。

在英雄記憶的敘事結構中，英雄記憶的內在邏輯也清晰地呈現出來，主要包括三方面，一是中國傳統文化中的英雄觀念，二是人類社會中對英雄的一般觀念，三是英雄身上集中體現的抗戰精神。

在抗戰記憶中，創傷記憶體現的是抗日戰爭悲的一面，英雄記憶體現的則是壯的一面。悲與壯既是一種矛盾，又是相互映襯，處境之悲，更顯露出英雄的壯，反之亦然。抗日英雄是中國人民抗戰精神的體現。悲的記憶讓後人記住屈辱的一面，壯的一面激勵後人珍惜和奮進。

第三節　勝利記憶

對自己的過去和自己所屬團體的過去的認知和詮釋，是個人和集體自我認同的出發點。對國家的認同感和對民族的自豪感源自對這個國家和民族的認識和瞭解。國家認同感是個人承認和接受自己的民族文化與政治身份後產生的歸屬感〔註 18〕。抗戰勝利是中國從鴉片戰爭開始的百年屈辱後的首次真正意義上的勝利，在經歷了百年的民族自卑後第一次感受到國家的強大和民族的自豪。所以抗戰勝利對於國家認同感和民族自豪感的樹立具有重要的作用。當抗戰已經遠離我們成爲歷史時，這種意義通過對勝利的記憶仍然繼續存在，大眾傳媒在抗戰勝利記憶中發揮著重要影響。本節我們將對新時期傳媒抗戰記憶中的勝利記憶進行專門分析。

一、勝利記憶的內容及特徵

日本侵略給中華民族帶來巨大的災難，抗日戰爭牽動著每個中國人的心，這場持久戰爭的結局決定著中國的命運也決定著每一個中國人民的命運。當中國宣佈抗日戰爭勝利的那一剎那，人們激動的心足以使整個中國沸騰起來。當這場戰爭離我們越來越遠的時候，那種勝利帶來的喜悅、自豪、激動等強烈的感情和氛圍依然爲戰爭親歷者和後代所記憶。那麼，在新時期，大眾傳媒如何開展抗戰勝利記憶？其記憶的內容、敘述的邏輯是什麼呢？

正如剛剛所言，抗戰勝利是國家的勝利，也是每個人的勝利。因此，我們以官方和民間兩個記憶的主體視角來探討傳媒抗戰勝利記憶的內容，本節主要

〔註 18〕鄭富興、高瀟怡，經濟全球化與國家認同感的培養，教育研究與實驗，2005年第 3 期。

關注的是新聞類文本，其中官方的勝利記憶主要指媒體對官方的紀念活動、政府發言等的報導，民間的勝利記憶指媒體對個人的回憶、民間的紀念活動等的報導。不管是官方的還是民間的，都是媒體所關心與報導的主要內容。

（一）勝利記憶的內容

官方的勝利記憶

官方勝利記憶有多種形式，尤其在每年的 8 月 15 日到 9 月 3 日（中國抗戰勝利紀念日）這段時間內的紀念活動最具代表性，官方將開展多種紀念活動，媒體會圍繞這些活動進行相關報導，形成抗戰勝利記憶的高潮（我們在第三章還會對這樣的特殊紀念場合進行分析）。2005 年中國關於抗戰勝利六十週年紀念活動的安排顯現了官方抗戰勝利紀念活動的盛況，對這些活動的報導構成中國大眾傳媒抗戰勝利記憶的主要內容。

中國紀念抗戰勝利 60 週年　官員介紹活動具體安排〔註 19〕

> 中新網 8 月 30 日電，國務院新聞辦公室副主任王國慶今天上午在公開場合表示，中國紀念中國人民抗日戰爭暨世界反法西斯戰爭勝利 60 週年的各項籌備工作已基本準備就緒，有的紀念活動也已經展開。
>
> 王國慶在國務院新聞辦公室舉行的記者招待會上說，今年是中國人民抗日戰爭暨世界反法西斯戰爭勝利 60 週年。爲隆重紀念中國人民浴血奮戰 14 年、付出了 3500 萬傷亡和數千億美元財產損失的沉重代價而取得的勝利，中國專門成立了紀念活動籌備工作辦公室。
>
> 王國慶介紹說，中國人民抗日戰爭暨世界反法西斯戰爭勝利 60 週年重要紀念活動有五場，即 9 月 2 日至 3 日將舉行的文藝晚會，向人民英雄紀念碑敬獻花籃，中央領導同志爲部分抗戰老戰士、愛國人士、抗日將領代表頒發紀念章，紀念大會和招待會。
>
> 第一場是文藝晚會。定於 9 月 2 日晚 7 點 45 在人民大會堂大禮堂舉行，參加人員包括黨和國家領導人及各界代表 6000 人。
>
> 第二場是向人民英雄紀念碑敬獻花籃。定於 9 月 3 日上午 9 時在天安門廣場舉行，參加人員包括黨和國家領導人及各界代表 1 萬人。
>
> 第三場是中央領導同志爲部分抗戰老戰士、愛國人士、抗日將領代

〔註 19〕http://www.chinanews.com/news/2005/2005-08-30/8/618271.shtml

表頒發紀念章。定於9月3日上午敬獻花籃結束後，約9：30在人民大會堂湖南廳，由國家主席胡錦濤向抗戰老戰士、海內外愛國人士和抗日將領代表頒發紀念章。

第四場是紀念大會。定於9月3日上午10時在人民大會堂大禮堂舉行，參加人員包括黨和國家領導人及各界代表6000人。

第五場是招待會。定於9月3日晚6時在人民大會堂宴會廳舉行，參加人員包括黨和國家領導人及各界代表約2100人左右。

王國慶說，以上五場重要紀念活動是整個紀念活動的重頭戲。此外，還有其他一些紀念活動。一是學術研討會。學術研討會定於9月2日至4日在京西賓館召開。二是大型主題展覽。已於7月7日在中國人民抗日戰爭紀念館隆重開幕，中央政治局常委參觀了展覽。李長春、劉雲山、陳至立等黨和國家領導人出席了開幕式。

此外，還有兩個進京展覽和香港舉辦的展覽：第一個是「太行精神光耀千秋」展，已於7月1日至15日在北京展出，後在重慶、長沙、哈爾濱等地巡展。第二個是8月9日在國家博物館開幕的南京大屠殺史料展。第三個是國家博物館、香港《大公報》等六家單位8月10日開始在香港聯合舉辦的展覽。

三是海內外愛國人士、抗日將領或其遺屬紀念中國人民抗日戰爭勝利60週年座談會。座談會定於9月3日下午4時在人民大會堂東大廳舉行。

四是群眾性抗戰歌曲大聯唱活動，由中國文聯和中央電視臺主辦「愛我中華——抗戰歌曲大聯唱」。8月14日演出，8月15日曾在中央電視臺黃金時段播出。

另外，還製作了紀念冊，組織展映、展播和出版一批優秀文藝作品。中國政府成立了專門的籌備小組，可見對紀念活動的重視。多種形式的紀念活動多表現爲紀念儀式，每年在固定時間開展的這些紀念儀式使抗戰勝利的歷史進入每個中國人的記憶。肯奈斯・福特曾經說過：「這個場所爲什麼重要，這個事件爲什麼需要記住，這些都需要通過某種儀式清楚地告訴人們。」〔註20〕親

〔註20〕黃東蘭主編：《身體・心性・權力》，浙江人民出版社，2005年版，第122頁。

身參與這些儀式的人數是有限的，但儀式通過電視、報紙、網絡等大眾媒體的播報（特別是現場直播）成爲一種媒體儀式，令收看（聽）、閱讀的人能夠猶如親歷一般。導論中提到過保羅·康納頓關於儀式記憶的著名觀點，「有關過去的形象和有關過去的回憶性知識，是在（或多或少是儀式的）操演中傳送和保持的。」〔註 21〕對抗戰勝利的歷史的記憶和感悟在這些儀式中不斷深化，愛國意識和強烈的民族自豪感也在這個過程中悄然升起。

民間的勝利記憶

官方的記憶正式而宏大，能夠讓人感受到抗戰勝利記憶的重要；民間的記憶則通過充滿感情色彩的講述，更加貼近人們的感受，更容易打動人們，讓人們真切感受到勝利的喜悅。所以說民間的勝利記憶是對官方的勝利記憶的一個必不可少的補充。我們僅舉三例予以說明：

（1）葉林根（上海寶山人，普通農民。1937 年 8 月 13 日，淞滬抗戰爆發，日軍登陸上海寶山，一場屠殺隨之而來。其母親、父親、哥哥、奶奶均在戰爭中死去）：勝利的消息，我是從在鎮上讀報的先生那裏聽來的。那天，和其他人歡天喜地不同，我獨自來到墳前，給父親、母親、哥哥、奶奶敬上一柱香，灑上一杯酒：「你們的仇報了！」說完，就嚎啕大哭起來。戰爭無妄，百姓何辜？八年抗戰，幾千萬百姓死去，沒有留下姓名。在每年勝利的那一天，我都要去墳頭上香，祈願人間不再有戰爭。

（2）白麗詩（英國人，72 歲，現居上海。當年隨教書的父母來到上海。1943 年 4 月，10 歲的她與家人一起被日軍帶到龍華集中營，過了兩年多的集中營生活。）：1945 年 8 月的一天，一隊美國飛機呈 V 字型從集中營上飛過，在集中營裏的難友們看到了希望，「V 代表勝利啊，勝利不遠了。」8 月 15 日中午，瑞士方面接管了集中營。戰爭終於結束了。多麼值得慶祝！晚上 7 點，難友們作了露天感恩禮拜。我來到集中營門口，跨出去，又跨回來，再跨出去……我自由了！我可以自由進出這個大門了。

〔註 21〕【美】保羅·康納頓著：《社會如何記憶》，納日碧力戈譯，上海人民出版社，2002 年版，第 76 頁。

（3）孫平（87 歲，1936 年 3 月參加東北抗日聯軍第五軍。1938 年到延安。）：1945 年 8 月 15 日，日本投降的消息傳到延安後，軍民一片歡騰。不論是老百姓還是機關幹部、學校學生都載歌載舞，慶祝勝利。人們欣喜若狂，熱淚盈眶。各機關、學校門前和窯洞前都生起了大火，殺豬宰羊。那些曾經因爲抗日坐過牢的人尤其激動，有人不知從哪裏弄來了酒，不少人都醉了，那種興奮之情眞是無以言表。

——《難忘 63 年前抗戰勝利那一天》，

見 www.xinhuanet.com／2008－08－15

民間的記憶也包括民間組織的儀式等，但是它最突出的特點是以普通個體的角度去回憶和構建對勝利的記憶。語言平實而眞摯，表達勝利的形式淳樸，故事性和感染力強。個人的悲歡離合以細緻的充滿人性化的方式呈現出來，一些細節打動人心，如上述第一個文本中，主人公勝利之際悼念親人，「說完，就嚎啕大哭起來。」，第二個文本中，主人公「來到集中營門口，跨出去，又跨回來，再跨出去……」，第三個文本中，勝利時人們「欣喜若狂，熱淚盈眶」，每一個情景，都將勝利的記憶呈現於眼前，令閱讀和觀看的人能夠眞實地感受這段歷史的存在，也能夠深刻地明白個人命運和國家命運的密切相連。

（二）勝利記憶的特徵

新時期中國大眾傳媒抗戰勝利記憶具有兩個明顯特徵，一是從世界人民反法西斯戰爭勝利的立場對抗戰勝利的意義進行確認，二是記憶中表現出既悲壯又喜悅的情緒。

置於世界反法西斯戰爭勝利背景下的勝利記憶

中國抗日戰爭是世界反法西斯戰爭的重要部分，反法西斯戰爭的勝利是全人類追求和平反對戰爭的共同努力。單單看中國抗日戰爭，其中帶著強烈的民族性和國家性。而將其作爲世界反法西斯戰爭的一部分，這場戰爭的勝利就是全人類追求和平的勝利。站在世界的立場與全世界人民共同紀念抗戰勝利，能夠讓其他國家理解中國在這場戰爭中所起到的關鍵作用以及所遭受的悲痛經歷，有利於世界對中國抗戰的認知，有利於世界對中國抗戰勝利意義的認知。正是基於此種觀念，近年來的抗戰紀念被命名爲「紀念中國人民抗日戰爭暨世界反法西斯戰爭勝利□□週年」。媒體在進行抗戰勝利記憶時，也逐漸在立足中國的基礎上強化世界的角度，更加注重中國在這場戰爭中與世界各國的互動，在肯定中國的同時也讚賞了世界各國所做出的努力，同時表達出人類對和平的追求和對戰爭的厭惡。胡錦濤在抗戰勝利 60 週年紀念大會上發表的講話深刻表達了這一立場：

> 胡錦濤同志在紀念中國人民抗日戰爭暨世界反法西斯戰爭勝利 60 週年大會上的重要講話，面向世界，面向中華民族全體同胞，以「建設一個和平發展、文明進步的世界」爲主題，全面回顧了中國人民抗日戰爭和世界反法西斯戰爭的歷程，深刻揭示了這場戰爭勝利的原因和意義，系統總結了歷史的經驗教訓，並面向未來，全面闡述了堅持和平發展道路、推動人類文明進步的主張〔註 22〕。

記憶情緒既悲壯又喜悅

勝利應用喜悅來表達，甚至可以是狂歡。但是有些勝利太過沉重，喜悅被悲痛等等複雜的感情融合。對於抗日戰爭來說，便是如此。抗戰是中國當代經歷的一個巨大的創傷，抗戰勝利付出了巨大的代價。因此，儘管抗戰勝利意義如此重大，在對勝利進行記憶時，人們更加注重對戰爭勝利來之不易的記憶，更多地提到傷痛。新時期的中國傳媒抗戰記憶亦是如此，傳遞了悲壯中的歡喜，體現出一種既悲壯又喜悅的情緒。有一首紀念抗戰勝利的詩歌《勝利的記憶》很好地傳達了傳媒抗戰記憶的情緒特徵。

> 勝利的記憶是戰鬥的記憶，不屈的記憶
> 不是歡呼，是對死亡報以無畏和英勇
> 是流血和犧牲，對生命和生活充滿敬意
>
> 這就是記憶。血的記憶，和大地一樣沉重
> 老老少少，栽下頭顱長出壯士
> 一個民族，種下落日收穫黎明
>
> 記憶本來是一種權利，我們卻要
> 用生命換取。勝利的記憶，來之不易

〔註 22〕李忠傑，《建設一個和平發展、文明進步的世界——學習貫徹胡錦濤同志在紀念中國人民抗日戰爭暨世界反法西斯戰爭勝利 60 周年大會上的重要講話》，人民日報，2005 年 9 月 23 日第 009 版。

已經成爲莊嚴的法典，爲我們護衛眞理〔註 23〕

如同詩歌所說的，抗戰勝利的記憶是「戰鬥的記憶」、「血的記憶」，是「流血和犧牲」，是用生命換取的來之不易的勝利，因此，對抗戰的記憶需要充滿敬意並懷有沉重之情，需要體會抗戰的艱辛和不易，需要緬懷和思考。當然，我們說勝利記憶中有濃郁的悲壯之情，並非要否認或者弱化喜悅之情，恰恰相反，對於勝利的喜悅的體驗是必不可少的，前面列舉的民間抗戰記憶的三個文本都表達了人們的欣喜之情。

對於勝利的慶祝可以更好地提升民族自豪感和民族自信心。新時期以來，每當中國紀念抗戰勝利時，日本總有人做出某些傷害中國人感情的行爲，例如參拜靖國神社，引起中國人民的憤怒。相關報導對中國抗戰勝利記憶的喜悅的表達也會受到影響。這種情況下，以勝利者的姿態表達對抗戰勝利的喜悅心情尤顯重要。二戰時著名的「勝利之吻」給世界留下了深刻的美好的印象，那是一種勝利帶來的發自內心的喜悅和激動〔註 24〕。雖然中國的歷史和文化影響下可能不會允許這樣的慶祝方式，但是更多的勝利的喜悅之情也應該在大眾傳媒的抗戰勝利記憶中得以自信的表達。

二、勝利記憶的敘事結構

「與故事的可續性關係最密切的就是事件的因果關係」〔註 25〕。媒體抗戰勝利記憶的敘事內在結構便是一種因果關係，而「果」是確定無疑的——中華民族取得了抗戰的最後勝利，不同的記憶只是對於「因」的探討，媒體抗戰勝利記憶的豐富性便在於「因」的豐富。從因果關係進一步探討，其更深層次的敘事結構是「成長」與「勝利」:「個人成長」和「國家成長」是對抗戰勝利的「因」的探討;「勝利」是確定無疑、深入人心的結果。勝利記憶的敘事圍繞個人成長和國家成長這兩條線索展開，兩條線索是並行不悖的，

〔註 23〕劉向東：《勝利的記憶》，《中國作家》，2005 年第 9 期。

〔註 24〕1945 年 8 月 14 日（北京時間 8 月 15 日）發生在紐約時代廣場的一幕親吻。那天日本宣佈無條件投降，紐約民眾紛紛走上街頭慶祝勝利。一位水兵在時代廣場的歡慶活動中親吻了身旁的一位女護士，這一瞬間被《生活》雜誌的攝影師阿爾弗雷德·艾森施泰特抓拍下來，成爲傳世的經典歷史畫面。從此以後，每年 8 月 14 日都有數百對男女在時代廣場重現「勝利日之吻」，以紀念二戰結束。

〔註 25〕羅鋼：《敘事學導論》，雲南人民出版社，1994 年版，第 80 頁。

個人成長背後是國家成長，國家成長表現爲個人成長。接下來我們以電視劇《一個鬼子都不留》爲例進行分析。

電視劇《一個鬼子都不留》改編於同名暢銷小說，王濱導演，於震主演，2011 年 11 月 4 日上映，在浙江衛視、貴州衛視等電視臺的黃金檔播出。劇情梗概如下：

> 抗日戰爭時期，河北冀中柳林鎮的莊家營村，殘暴的駐柳林鎮日軍，爲抓捕八路軍傷員，血洗了莊家營村，殺害了全村男女老幼共計 200 餘人。幸免於難的屠戶莊繼宗，與同樣對鬼子滿懷深仇大恨的雜耍班主李占魁結成兄弟，秘密潛入柳林鎮。
>
> 他們租用桃園酒家爲據點，由此開展了驚心動魄、悲壯的殺鬼子復仇行動，以各種靈活巧妙的方式、方法，殺得日本鬼子心驚膽寒。他們鋌而走險，在柳林鎮、黃羊嶺發生了一連串的故事。懷著殺鬼報國的一腔熱血，他們投靠了八路軍。在以岳明華政委領導下的八路軍游擊隊的感召教育下，他們逐漸明白要想徹底戰勝日本侵略者，必須在共產黨的領導下，廣泛團結民眾，有思想、有組織、有紀律開展人民戰爭。
>
> 經過戰火洗禮，莊繼宗、李占魁失去了二愣、白隊長、王金龍、洪吉永等抗戰友，並逐步由一名單純復仇者，成長爲爲民族而戰的傳奇英雄。最後李占魁、王金龍、二愣、白隊長、洪吉永等人爲國捐軀，游擊隊乘勝追擊，一舉解放了柳林鎮。莊繼宗深情地和杏花告別，踏上了抗日的新征程，去迎接新的戰鬥。

在這個熱播劇中，結果是「游擊隊乘勝追擊，一舉解放了柳林鎮」，在與日軍的對抗中我方取得了最終的勝利。電視劇的精彩之處在「因」的敘事中，由於日軍「血洗了莊家營村」，幸免於難的莊繼宗等準備殺鬼報仇，又由於他們在八路軍的感召教育下「有思想、有組織、有紀律開展人民戰爭」，最終取得了勝利。在這個過程中，他們逐步由一名單純復仇者，成長爲爲民族而戰的傳奇英雄，這是個人成長的路線，隱藏其後的是國家的成長：人民更加團結抗日，已經逐步取得勝利，國家的抗日力量已經開始增強。

有些傳媒抗戰勝利記憶中，儘管不能明確地找出「個人成長」和「國家成長」的兩條線索，不能明顯地找到其中的因果關係，但是這一內在結構深藏其中。

三、勝利記憶的內在邏輯

傳媒抗戰勝利記憶在成長與勝利的結構下進行敘事，其內在的邏輯是什麼呢？我們認為，傳媒抗戰勝利的記憶和我們即將討論的反思性記憶都遵循了一種基本的邏輯：沒有抗日戰爭的勝利，就沒有中國的獨立，也沒有中國人民今天的幸福生活。這種邏輯的核心是抗戰勝利是國家和人民的勝利，國家和人民的命運緊密相連。

中國傳統文化中一直強調將個人的命運和國家的命運緊緊連在一起，無數詩文表達了這種觀念，如文天祥的著名詩句「山河破碎風飄絮，身世浮沉雨打萍」將國家和個人的命運融為一體。杜甫的《聞官軍收河南河北》也表現了個人的情感和命運與國家的統一和團結安定息息相關：「劍外忽傳收薊北，初聞涕淚滿衣裳。卻看妻子愁何在，漫捲詩書喜欲狂！白日放歌須縱酒，青春作伴好還鄉。即從巴峽穿巫峽，便下襄陽向洛陽。」

抗日戰爭的勝利，是中國人民近百年來第一次取得反對帝國主義的完全勝利，是中華民族由危亡走向振興的歷史轉折點，它標誌著中國的眞正獨立，也標誌著中國人民的眞正獨立。不管是從歷史的文化傳統還是抗日戰爭勝利的意義來看，傳媒抗戰勝利記憶都遵循上述邏輯展開。

第四節　反思性記憶

傳媒抗戰記憶既有偏重於敘事的創傷記憶、英雄記憶、勝利記憶，也有對這段歷史進行評述的反思性記憶。為什麼單獨列出反思性記憶進行討論？原因有二：

其一，反思性記憶文本在傳媒抗戰記憶中大量存在，而且較之創傷記憶、英雄記憶和勝利記憶，它常常在大眾傳媒中佔有更重要的位置（如以社論的形式出現）；

其二，反思性記憶具有更突出的功能。我們導論中對歷史記憶的現實功能進行了比較充分的討論，具體到傳媒抗戰記憶來看，最直接地服務於現實功能的便是反思性記憶。「功能記憶有各種各樣的變體。它們的共同點是都在某種程度上利用了過去；而它們利用過去的動機卻是不盡相同的。三個最重要的動機是：合法化、非合法化和致敬。」〔註 26〕在中國媒體性質的影響下，

〔註 26〕阿萊達・阿斯曼：《昨日重現——媒介與社會記憶》，見阿斯特里特・埃爾、

傳媒反思性的抗戰記憶打上了鮮明的官方記憶的烙印。「官方記憶政治的特點就在於打造一種現實的記憶來篡奪過去的記憶結構」〔註 27〕。當中國共產黨取得合法政權後，傳媒抗戰記憶成爲其合法性確認和保持的最重要的歷史資源。反思性抗戰記憶直接地承擔了此功能。

反思性記憶中，敘述與反思的結合，不斷強化了一個觀點，沒有共產黨就沒有抗日戰爭的勝利，就沒有新中國，艱苦卓絕的經歷鑄就了共產黨的不可動搖的地位。通過歷史記憶確認現行權力體系的合法性。當然，除此之外，抗戰歷史的多重意蘊也可以在反思性抗戰記憶中得以直接的表達。首先是對抗戰精神的總結。抗戰精神是反思和總結性記憶的重要對象，也是抗戰記憶持續發揮社會影響力的力量源泉。因此，反思性記憶文本中最多的便是此類。其次是對抗戰歷史意義的總結。如抗戰勝利對中華民族意味什麼，官方的文本反覆論及這個問題，強調抗戰是偉大的戰爭，是中華民族歷史的重要轉折點成爲其核心內容。同時，反思性記憶還將中國人民的抗日戰爭置於世界歷史的高度上進行思考上，分析抗戰的歷史意義。總之，反思性記憶既表明這一歷史在今天仍然發揮巨大的凝聚力量，有助於中華民族在新的歷史場合中團結穩定、繼續發展，同時也通過不斷的論述來強調或者確立、建構它在當下的意義。

與各種大眾傳播媒介的特性相適應，影視在塑造英雄記憶、創傷記憶中發揮了巨大作用，報紙則因其深刻性在反思性記憶中有得天獨厚的優勢。

一、反思性抗戰記憶的內容及特徵

（一）反思的內容

對戰爭的反思是傳媒抗戰記憶的核心和重點。新中國成立後，大眾傳媒抗戰記憶的一個持續不斷的內容就是對戰爭進反思。新時期，傳媒抗戰反思性記憶在反思內容和反思視角方面發生變化。

新時期，傳媒抗戰反思性記憶的內容日益豐富，除宣傳抗戰的人民戰爭、全民戰爭性質外，著重對抗戰經驗、抗戰精神、抗戰意義等多方面進行深入總結與反思。

馮亞玲：《文化記憶理論讀本》，北京大學出版社，2012 年版，第 28 頁。

〔註 27〕阿萊達·阿斯曼：《昨日重現——媒介與社會記憶》，見阿斯特里特·埃爾、馮亞玲：《文化記憶理論讀本》，北京大學出版社，2012 年版，第 29 頁。

以抗戰經驗的總結和反思爲例，傳媒對抗日戰爭的經驗進行了持續、反覆地反思與宣傳。《人民日報》、《光明日報》、《參考消息》等影響很大的主流報紙在周期性的抗戰記憶中反覆凸顯了這一主題。綜合來看，關於抗戰經驗的總結主要包括四個方面內容：（1）政權建設經驗；（2）抗日民族統一戰線；（3）堅持黨的領導；（4）抗戰時期的文化建設。

抗戰精神是抗日戰爭留下的寶貴財富，記憶抗戰就是要弘揚抗戰精神。新時期的傳媒記憶反覆強調記憶抗戰就是要將抗戰精神傳承下去，爲現行的國家建設、社會進步服務。「什麼是抗戰精神」成爲反思記憶需要總結和宣傳的重要內容。《光明日報》2005 年 8 月 30 日發表署名文章論述抗戰精神。文章指出：

> 抗戰精神是以愛國主義爲核心的民族精神的時代體現，是中國共產黨團結帶領全國各族人民實現民族獨立和人民解放偉大鬥爭實踐中的精神結晶。抗戰精神有著豐富的內涵，具體而言，可概括爲：天下興亡、匹夫有責的愛國精神；萬眾一心、共禦外侮的大局意識；百折不撓、愈挫愈奮的必勝信念；不畏強暴、血戰到底的英雄氣概。60 年前的硝煙散盡，60 年前的精神永存。中國共產黨領導全中國人民的革命鬥爭和實踐，豐富和發展了偉大的民族精神。抗日戰爭使民族精神提升到一個新境界，凝聚成具有時代特色的抗戰精神。今天，中華民族用鮮血和生命鑄就的抗戰精神，仍然和井岡山精神、長征精神、延安精神等一樣，充滿無限生機和活力，是值得我們永遠繼承和弘揚的寶貴精神財富〔註 28〕。

抗戰精神說到底是一種愛國主義的民族精神。中國大眾傳媒是黨和人民的喉舌，愛國主義宣傳是其主要功能之一。在傳媒抗戰反思記憶中，新時期對抗戰精神的總結與宣傳始終強調愛國主義教育的立場。

（二）反思的特點

反思內容多樣化

反思什麼體現了抗戰反思性記憶的方向和目的。新時期以前，傳媒抗戰反思性記憶主要從戰爭的性質、戰爭體現的愛國精神、中國共產黨的中流砥柱地位三個角度進行。如 1965 年中國人民紀念抗日戰爭勝利 20 週年，當時最主要的新聞傳媒——報紙從毛澤東關於人民戰爭的思想出發指出抗日戰爭

〔註 28〕李向軍、危兆蓋：《論抗戰精神》，《光明日報》，2005 年 8 月 30 日，第 5 版。

的性質是人民戰爭，抗日戰爭的勝利是人民戰爭的勝利。《人民日報》、《解放軍報》、《工人日報》等全國性大報和一些省市日報如《北京日報》、《湖北日報》、《鞍山日報》等都有相關的論述，諸多傳媒以幾乎完全相同的題目報導新聞和發表社論〔註 29〕。同期，影視傳媒以相同的立場拍攝影視作品，觀眾亦以相同的角度解讀作品。當時最引人注目的影片是大型紀錄片《人民戰爭勝利萬歲》，它被認為是「人民戰爭勝利的史篇」〔註 30〕，抗戰影片被視為「人民戰爭勝利的讚歌」〔註 31〕。總的來看，傳媒此期的抗戰反思性記憶內容比較單一，雷同現象突出。

新時期以來，傳媒中反思性的抗戰記憶內容呈現出多樣化趨勢。抗日戰爭具有多重意義，以往的傳媒抗戰記憶重點在於思考抗日戰爭對於中華民族的意義。新時期則將這種反思推進了一步，站在多元的角度進行思考。這體現了傳媒抗戰反思性記憶的第二個特點。

反思視角多元化

反思性記憶在新時期的發展不僅表現在反思的內容的豐富上，還反應在反思的角度變化上。新時期的反思性抗戰記憶反思視角有兩個變化趨勢，一個是從原來集中於中國共產黨、中國人民視角的抗戰反思擴充為從以共產黨、人民為主的包括其他各種參加抗戰的力量的抗戰地位反思，另一個是從原來的國家、民族內部的反思到國家的、世界的雙重視角。這種視角的變化標誌著全面客觀反思抗戰是新時期大眾傳媒抗戰反思性記憶的取向。前一種情況表現在對國民黨、民主黨派、外國友人等抗日力量的抗戰貢獻的正確認識上，新時期的英雄記憶類型的豐富正是這種反思的結果。前文已經分析，不再贅述。第二種情況在勝利記憶中有所涉及，這裏將進一步進行深入闡述。

如何正確認識抗戰是抗戰史研究的重要課題，也是關係到抗戰記憶內容和形式的重要根據，前者往往又決定了後者。「中國近代史研究長期圍繞在以中

〔註 29〕當時報紙以相近題目發表的文章如：《人民是眞正的銅牆鐵壁》，《河南日報》，1965 年 8 月 27 第 3 版；《人民群眾是眞正的銅牆鐵壁》，《北京日報》，1965 年 8 月 17 日第 3 版；《人民是銅牆鐵壁》，《內蒙古日報》，1965 年 9 月 18 日第 3 版。

〔註 30〕張力：《人民戰爭勝利的史篇——看大型紀錄片〈人民戰爭勝利萬歲〉》，《北京日報》，1965 年 9 月 3 日第 6 版。

〔註 31〕達仲文：《人民戰爭勝利的讚歌——看反映抗日戰爭影片的幾點感想》，《大眾電影》1965 第 9 期第 25 頁。

國歷史爲主題之下來討論中國史與世界史的關係，好像將世界當做一回事，中國史又是另一回事，這是百年來一直存在的現象。」〔註32〕但事實上，從鴉片戰爭以來，中國歷史已經被迫捲入世界歷史的洪流之中。這與史學研究中中國只重中國歷史，國外則將中國歷史邊緣化、角落化的情形產生不諧調。抗日戰爭本身就是第二次世界大戰的重要組成部分，其地位的確立自然應該置於世界的立場。但長期以來的研究慣例和新中國成立後相當長時期的特殊情況導致大眾傳媒中所進行的抗戰地位反思也局限於戰爭對中國自身的意義。抗日戰爭無疑對中國的歷史發展有相當重要的意義。進入新時期以來，特別是在全球化浪潮的衝擊下，我們發現國際社會對抗日戰爭的歷史瞭解不多，甚至存在很多的誤區。作爲戰爭的受害者一方，中國有必要全面審視中國抗戰的意義。因此，新時期以來的傳媒將抗戰地位放在世界史的視野中考察。

1985 中國人民抗日戰爭勝利 40 週年的傳媒抗戰反思記憶中，關於中國抗戰地位的全面思考明顯增多，到 1995 年中國人民抗日戰爭勝利 50 週年之際，相關反思更多，到 2005 年紀念中國人民抗日戰爭勝利 60 週年之際，更是形成了一股強大的潮流。如正確認識中國國民黨對法西斯勢力的武裝抵抗；抗日戰爭在戰略全局上對法西斯侵略勢力的重要牽制；中國抗日戰爭具有世界性的意義〔註33〕。

正如《人民日報》2005 年 9 月 13 日一篇文章所說，正是由於中國的抗日戰爭在世界反法西斯戰爭中做出了巨大貢獻，奠定了中國的世界大國地位。還是在戰爭正在進行著的時候，中國的國際地位就已經得到了盟國的承認，地位得到空前的提高。中國不僅躋身世界反法西斯四大國行列，而且成爲聯合國的發起國之一。同時，由於中國地位的提高，西方帝國主義列強近代強加在中國人民頭上的不平等條約基本上被廢除，中國洗雪了自鴉片戰爭以來百年的民族恥辱〔註34〕。

全球化的過程中，歷史文化資源成爲資源分配與重組的重要力量，抗日戰爭對中國來說，有利於我們對中日戰爭意義的認識，也有利於中國國際地位的確立。中國應該主動將自己置於世界歷史發展的軌跡中去。對抗日戰爭

〔註32〕許倬雲：《中國文化與世界文化》，廣西師範大學出版社，2006 年版，第 9 頁。

〔註33〕金沖及：《抗日戰爭在世界反法西斯戰爭中的地位》，《光明日報》，2005 年 9 月 6 日，第 5 版。

〔註34〕江藍生：《抗日戰爭在世界反法西斯戰爭中的重要地位和作用》，《人民日報》，2005 年 9 月 13 日，第 10 版。

在整個二戰中的地位與意義進行更加深入的總結和思考，並通過大眾傳媒進行廣泛宣傳，以豐富中華民族對歷史的記憶，增強世界其它民族對中國抗日戰爭歷史的關注。

另外，由於抗戰給中華民族、中國民眾造成了深刻的創傷，中國傳媒抗戰記憶不可避免地具有明顯的情感性特點。即使是對抗戰的反思性記憶，也體現了情感力量的作用。不過，新時期以來，隨著對抗戰反思的深入，抗戰反思性記憶的理性化趨向增強。

二、反思性抗戰記憶的內在邏輯

抗日戰爭是對中華民族全方位的考驗，政治、經濟、文化等各方面經歷抗戰後都發生了巨大變化，取得了豐富的經驗。大眾傳媒對抗戰進行的反思記憶是中華民族、中國人民、中國政府、中國共產黨等主體對抗戰歷史思考的傳媒表達，它遵循的內在邏輯是中國傳統文化中對歷史進行思考的邏輯。

首先，遵循傳統文化中以史爲鑒的記憶目的。中華民族是一個注重歷史記憶與傳承的民族，這種記憶有明確的現實指向性，即爲現實提供借鑒。傳媒抗戰記憶遵循這種邏輯，強調對抗戰經驗的總結和宣傳。

其次，遵循傳統文化中重精神內涵的歷史記憶核心。中國傳統文化所強調的歷史記憶的重點不是具體的歷史事實，而是歷史的精神內涵。傳媒抗戰反思記憶因此十分注重抗戰精神的總結。歸根結底，抗戰記憶要記住的就是抗戰精神。

最後，遵循傳統文化中歷史思考的宏觀視野。中國是一個多民族的國家，傳統文化中的歷史思考與歷史實踐相應，體現了對跨民族視野的重視。當中國歷史被迫捲入世界歷史的洪流之中，更需要一種宏大的視野，將中國史置於亞洲史、世界史的角度關照。對抗戰地位的全面分析、合理定位就是在這種歷史傳統和現實需要的共同作用下進行的。

我們還應該注意到，上述三種邏輯不是獨立起作用的，抗戰經驗的總結是基礎，抗戰精神的反思是深化，抗戰地位的思考是拓展，它們相互交織、共同形成對抗戰的全面的豐富的反思性記憶。

第三章　傳媒抗戰記憶的表徵

表徵是文化研究的一個重要術語，其通常用法爲：「表徵意味著用語言向他人就這個世界說出某種有意義的話來，或有意義地表述這個世界。它是某一文化的眾成員間意義產生和交換過程中的一個重要組成部分。它的確包括語言的、各種記號的及代表和表述事物的諸形象的使用。」〔註 1〕概括而論，對於經由語言的意義表徵的運作，有三種解釋的途徑，分別是反映論的、意向性的和構成主義的或結構的途徑。在反映論途徑中，意義的表徵如同鏡子那樣，反映眞實的意義；在意向性的解釋中，意義的表徵就是言說者把自己的獨特意義強加於世界，詞語的意思是作者認爲它們應當具有的意思。構成主義的或結構的途徑的根本問題在於強調事物的意義在於我們的建構，即使用各種表徵系統，包括各種概念和符號，我們構成了意義。以傳媒而論，通過傳媒，文化的、語言的各種概念系統以及其它表徵系統建構了意義，使世界富有意義並向他人傳遞有關這個世界的豐富意義。

大眾傳媒抗戰記憶從文化研究的角度來看，也是一個表徵的實踐。無論是通過語言式的新聞報導，還是借助於影視等藝術再現，都是一個意義的建構過程。正是基於這樣的理解，我們可以將大眾傳媒中所有關於抗日戰爭的記憶的表徵看作一個整體的文本，從表徵的主體與權力、表徵的歷史語境（場合）、表徵的模式來解讀傳媒在建構這種歷史記憶方面的努力，或者從更廣泛的意義上說，解讀大眾傳媒通過這種記憶建構「中國性」的努力。因爲從傳媒抗戰記憶的表徵來看，它不限於表徵主體所強調的「面向未來、以史爲鑒」，經由大眾傳媒的廣泛傳播，不僅對於抗日戰爭本身的認識得到統一、推廣、

〔註 1〕斯圖爾特·霍爾：《表徵的運作》，見斯圖爾特·霍爾：《表徵：文化表象與意指實踐》，徐亮、陸興華譯，商務印書館，2003 年版，第 15 頁。

傳承，而且，圍繞抗日戰爭精神的總結，中國大眾傳媒強調民族精神的力量，從中發掘、鼓勵、傳承、弘揚的是民族文化，是中華人民共和國作為一個獨立的主權國家和中華民族作為一個古老優秀的民族的基本精神，簡言之，這種精神是中國之成為中國的獨特性的呈現。

第一節　表徵的主體與表徵的權力

記憶問題不僅關係到記憶什麼，還關係誰在記憶、如何記憶的問題。大眾傳媒作為現代社會建構歷史記憶的重要渠道，不僅在記憶的內容上呈現出選擇性、豐富性、時代性，而且在記憶的主體（即誰在記憶？）和記憶的方式（如何記？）呈現出鮮明的特點。記憶的主體和記憶的方式關係到的是記憶的權力的問題。

從記憶的主體的角度來看，大眾傳媒中進行抗戰記憶的不外乎三類人，一是親自參與或親身經歷了抗戰的人，二是戰爭親歷者的後代，三是包括官方代言人、記者、文藝工作者在內的未經歷這個階段但擁有媒介話語權而以種種形式通過傳媒參與記憶表徵的人，後兩類都可以稱之為「代言人」。

一般來說，第一類人被賦予了歷史記憶的合法敘事權，第二類則是歷史記憶合法敘事權的代際傳承，第三類則是被現實社會賦予了代言權。由於對真實性的追求是歷史的本質特徵，歷史記憶也不例外。因此，在歷史記憶的傳媒表徵中，第一類人是最重要的表徵主體，但由於生命個體受制於時間，在生命體終結時，除原有的文本外，便不會產生新的文本。第二類表徵主體雖不直接具備合法的敘事權，但由於血緣關係，他們一定意義上繼承了敘事權，並體現出較其他人的敘事優勢（口口相傳、耳濡目染的代際傳承使他們擁有更多的敘事資源）。但這種合法權和優勢在第二代、第三代之後便漸漸地減少直至消失。但歷史記憶卻不能也不會因合法表徵主體的消失而結束，因此，必然會產生新的表徵主體，即為現實社會所允許的代言人。與第一類表徵主體不同，第二、三類儘管有差異，但都屬於記憶的代言人。前者在記憶表徵中表徵的是自己，後者表徵的是他人（即第一類人）。

一、主體融合：參與者的自傳體記憶

所謂主體融合，這裏指的是表徵的主體與被表徵的主體是一致的。對於

抗戰記憶而言，具體地指那些經歷過抗戰的人（作爲表徵的主體）將自己的抗戰經歷（作爲被表徵的主體）進行編碼，並在大眾傳播中進行公開傳播。從記憶分類的角度來看，它屬於一種自傳體記憶。這裏可能還有一種情況，即戰爭親歷者對抗戰經歷的回憶不是爲了對自己進行表徵，而是爲了對相關的他人的記憶，儘管與前面的情形有差異，但從表徵主體和表徵的內容來看，基本上是相同的，因此，我們不做具體區分。在下面的分析中，我們將選擇的是更具典型性的符合前一種情形的文本。

（一）抗戰親歷者的自傳體記憶

自傳體記憶（autobiographical memory）是個人生活事件的記憶。它在廣度上極大地豐富了記憶的研究內容，使以往桎梏於由艾賓浩斯（Hermann Ebbinghaus）等人發軔的實驗室死記憶研究開始擺脫人工雕琢的作弄，眞正走入眞實生活中、走進人類所獨有的活記憶，即日常生活事件的記憶。塔爾夫（E.Tulving）曾將自傳體記憶劃歸爲情節記憶。他認爲，記憶可以分爲三種：程序記憶（Procedural Memory）、語義記憶（Semantic Memory）和情節記憶（episodic memory）。其中，程序記憶一般是指在自動化心理活動中使用的對信息的表徵貯存。語義記憶包括關於世界狀態的信息且以公告或公理的形式存在。情節記憶是指這種情況，其中人們記下了包括時空知識的一個體驗過的事件〔註2〕。自傳體記憶是對複雜事件（如婚禮）的混合性記憶，其中包括高度的自我參照，在特徵上感覺、知覺與反映相平行且與其它記憶緊密相關〔註3〕。抗戰參與者在戰後對抗戰的記憶便是高度融入了自我的情節記憶，即表徵了個人意義（personal meanings）。

（二）自傳體記憶的特點

傳媒抗戰記憶中個體記憶如何將個人意義與國家的、民族的歷史記憶鎔鑄在一起呢？我們來看一個例子。

每一寸土地都是我們自己的——訪楊得志總參謀長（節選）

「我們一路廝殺到了陝北。」楊總長向我們述說當時紅軍指戰員進行艱苦征戰的崇高目標。「我們是爲了挽救亡國滅種的劫難而來的！

〔註2〕楊治良、郭力平等：《記憶心理學》，華東師範大學出版社，1999年，第418頁。

〔註3〕楊治良、郭力平等：《記憶心理學》，華東師範大學出版社，1999年，第423頁。

我們是爲了拯救在日寇鐵蹄蹂躪下的骨肉同胞而來的！當時對於整整八個年頭的抗戰中出現的錯綜複雜的局面、殘酷曲折的鬥爭和空前巨大的民族犧牲，我們還是始料不及的，但是有一點我們有充分準備：爲了祖國的獨立與自由，爲了人民的榮譽和尊嚴，爲了不當亡國奴，我們將不惜自己的一切！」

我平素只會哼幾句湖南花鼓戲，然而，對《游擊隊歌》卻有特殊的感情。因爲歌詞中寫到：我們生長在這裏，每一寸土地都是我們自己的。無論誰要搶占去，我們就和他拼到底。我們就是唱著這激越昂揚的歌，在敵後的冀魯豫根據地堅持下來的。

一九四一年日寇對冀魯豫發動了極其殘酷的「四·一二」大掃蕩。楊總長對那次歷時九天的反掃蕩鬥爭記憶猶新，他告訴我們：「當時，日、僞軍一萬多步騎兵，一百多輛汽車和坦克，二十多門重炮，兵分五路向我根據地猛撲。我們借助夜暗冒著大風，從兩路敵人中間穿插出來。而負責掩護的兩個連同數十倍於己的日、僞軍進行了一天一夜的浴血奮戰，最後全部壯烈犧牲。同志們知道消息後，心如刀割，喊著要殺回去爲戰友報仇。此時此刻，我悲憤交加。但是這個時候作爲指揮員要冷靜。我們肩負著保衛整個根據地的機關和人民群眾的重任啊！」

一九四一年冀魯豫平原大旱，從春到秋沒下一場透雨。田地開裂，河流乾枯。有一段時間黃河的水幾乎都幹了。根據地全區有一千六百多個村莊受災，八十萬人斷了糧。我們到達山東範縣的時候，見到的情況令人不忍目睹：到處是在飢餓和瘟疫下呻吟的群眾。一位年過五十的婦女，領個頭插草標、面黃肌瘦的姑娘，哀求行人：『哪位先生行行好，把俺閨女領去吧，給她碗剩湯就行，救她一命吧……』群眾淒慘的淚水，就像刺入我們心上的鋼刀，指戰員們把能拿出來的東西全都給了群眾。

人民有了我們才有，人民富了我們才富。爲了戰勝敵人，我們發動群眾組織災民合作社，進行各種各樣的生產自救活動。我們部隊也一手拿槍一手拿鋤，在頻繁的戰鬥中堅持生產。人民擁護軍隊，軍

隊熱愛人民。軍民團結一致，並肩戰勝了困難，贏得了勝利。〔註4〕

分析上述文本，可以看出這樣幾個特點：

首先，該文本的表徵主體具有特殊性。該文本涉及到兩個表徵主體——記者與被採訪對象。二者共同參與了記憶的建構。但從文本的主體內容來看，被採訪對象的個體抗戰經歷的講述構成了文本的主要內容，所以，被採訪對象既是抗戰記憶表徵的主體，又是被表徵的抗戰記憶的主體。符合我們所說的主體融合的情形。

其次，表徵主體從崇高目標的角度將個體的抗戰經歷融入了民族的抗戰歷史之中：「我們是為了挽救亡國滅種的劫難而來的！」、「我們是為了拯救在日寇鐵蹄蹂躪下的骨肉同胞而來的！」、「為了祖國的獨立與自由，為了人民的榮譽和尊嚴，為了不當亡國奴，我們將不惜自己的一切！」。這些表述直接將個體行為的意義確認為「拯救民族的偉大事業」。

再次，表徵主體將自己的情感傾注在記憶中，使之具有的鮮明的情感性特徵。對游擊隊歌的特殊感情，1941 年冀魯豫大掃蕩中戰友犧牲後的「悲憤交加」，對災區慘景「不忍目睹」，面對群眾淒慘的淚水時的「心如刀刺」，種種情感交織在主體的記憶中，感人肺腑。這是此類記憶最值得珍視的特點，也是記憶社會影響力得以發揮的重要原因。

最後，表徵主體的抗戰記憶具有碎片化的特點。媒體的選擇性、記憶的選擇性都使得個體豐富與曲折的抗戰經歷不可能完整地呈現在大眾傳媒中，表徵的主體往往選取自己抗戰經歷中記憶深刻的片斷構築成傳媒中的自傳體記憶，而不是完整地對抗戰經歷的回憶，更不是全面的抗戰歷史記憶。

上述特點是傳媒抗戰記憶中自傳體記憶的共同特點。即將個人意義的確立與抗戰對民族、國家的意義的確立結合起來，並通過情感性的、碎片化的記憶來建構集體記憶。這裏，體現了個體記憶與集體記憶（或者說群體記憶）的複雜關係。莫里斯・哈布瓦赫對此有一段值得我們關注的表述，他說：

> 群體記憶是基於社會的邏輯在社會的框架中建構起來的，他通過個體記憶得以呈現，但並非是個體記憶的加總。它存在一種組織的邏輯，這種邏輯考慮的是群體的整體利益，而不是個體記憶首先需要關注的個體的利益。群體記憶也不同於群體中的記憶，後者的本意

〔註 4〕葉妍等：《每一寸土地都是我們自己的——訪楊得志總參謀長》，《中國青年報》，1985 年 9 月 1 日。

是群體中的個體的記憶。因爲群體記憶是一種組織化的記憶，它雖然通過個體記憶得以形成和表徵，但整個過程是在社會的壓力下進行，而且一旦形成，並具有某種穩固性，不會因爲個體的肆意改變而發生立即的改變，除非運用同樣的組織化的手段〔註5〕。

用這種觀點來分析大眾傳媒中自傳體式的抗戰記憶與作爲集體的國家、民族的抗戰記憶之間的關係，就會發現它們之間具有複雜的關係，首先，個體的抗戰記憶是抗戰集體記憶的呈現，但抗戰集體記憶不是個體自傳體記憶的加總；其次，個體自傳體記憶遵循集體記憶的社會框架（我們將在第四章對此進行專門探討）。

落實到抗戰主體的意義建構來說，自傳體的抗戰記憶必需在抗戰對國家的意義和對民族的意義的框架之下進行。這是因爲，與一般的個體記憶不同，抗戰記憶屬於歷史記憶，屬於中華民族的共同記憶，個體的抗戰記憶是作爲整個抗戰記憶的中的一部分而存在的，只有置於其中，個體抗戰記憶的意義才能得到最全面、最眞實的理解。因此，大眾傳媒中，抗戰參與者在對抗戰記憶的表述中，往往自覺地將抗戰的國家意義、民族意義與個人意義鎔鑄在一起，通過對抗戰經歷的回顧，爲塑造共同的歷史記憶而努力的同時，建構其個人的意義。這也正是我們從上述文本分析中所發現的，即將宏觀層面的對民族、國家、世界的立場的戰爭意義的解讀與個人意義的建構結合起來，將個人的命運融入民族的、國家的、世界的命運之中。

（三）必需面對的問題

從記憶的角度來說，對於抗日戰爭的自傳體式記憶不可避免地逐漸減少，並直至消失。這從大眾傳媒的表徵中體現出來。如 2005 年中國人民抗日戰爭勝利六十週年紀念期間，許多大眾傳媒不得不請抗戰英雄的下一代接受採訪，講述他們記憶中的英雄前輩。如何抓緊時間留下幸存者的聲音，保護已經擁有的口述記憶，成爲大眾傳媒建構抗戰記憶的一種緊迫的任務。

最後，關於合法敘事權擁有者的抗戰記憶，我們還必須面對一個爭議：自傳體式的抗戰記憶的眞實性問題。在記憶研究中，這是難以迴避的問題。我們在導論中也已經表明了本書的基本立場。這裏，結合具體問題，再次予以強調。由於表徵的主體將個體的情感鎔鑄其中，其歷史眞實性難免遭到質

〔註5〕莫里斯·哈布瓦赫：《論集體記憶》，畢然、郭金華譯，上海人民出版社，2002年版，第71頁。

疑。一方面，因爲表徵的生動性——表徵主體因爲有身臨其境的體驗，在傳播自己的記憶時也會採用相應的語言策略增加眞實感——這類自傳體記憶更加吸引受眾的興趣並更容易打動受眾、引起受眾的共鳴，從而取得實際的效果；另一方面，關於自傳體記憶研究的成果表明，自傳體記憶在眞實性上並不能提供令人滿意的證據。我們並非有意迴避這種處境，但大眾傳媒畢竟不是歷史研究的主體，它可以探討歷史、傳遞歷史知識，卻不以歷史科學的眞實追求爲最高目標。況且，就抗日戰爭來說，無論是對於國家層面，還是對於民族層面，個體層面，都無法完全拋開情感因素。對於親身經歷者來說，更是如此。我們不能爲了追求科學歷史的眞實性而排斥個體表達他們眞實情感。

二、主體分離：代言人的記憶建構

主體的分離相對於主體融合而言，指沒有經歷過抗戰的人對抗戰的記憶。它不是主體對自身經歷過的事件的回憶，而是試圖通過種種途徑尋找並傳播他人關於抗戰的記憶。從主體的角度來看，他們作爲表徵的主體與被他們表徵的主體是不一致的，他們就像親歷抗戰者的代言人，力圖通過對抗戰的間接記憶重建抗戰對於被他們表徵的主體、對於中華民族、對於新中國、對於世界以及對於他們自己的意義。

（一）抗戰記憶的代言人

在傳媒高度發達的社會，代言人的產生是必然和必需的。

首先，大眾傳媒與歷史記憶的密切關係決定了大眾傳媒不僅會爲親歷抗戰者提供言語空間，還會充分運用自身的資源，主動地進行記憶，這爲代言人的產生提供了沃土。當代歷史記憶對大眾傳媒具有依賴性。傳統社會中，歷史記憶的主渠道是人際傳播，如民間的講故事、說書、戲曲等。當代社會中，傳媒深刻捲入日常生活，傳統的記憶渠道逐漸被大眾傳媒取代。人們關於歷史的知識、信息越來越多來源於大眾傳媒。大眾傳媒的迅速、快捷、廣泛有助於歷史記憶的強化。另一方面，傳媒要加入記憶行列從而提升自己在社會中的地位與作用。隨著大眾傳媒的發展，行業內部的競爭日趨激烈。爲謀求自身發展，各種傳媒不斷豐富自己的社會功能。以自身爲平臺表達歷史記憶既體現了傳媒承擔社會功能的積極性，又是它提升社會地位與作用的重要手段。當歷史記憶與現行秩序具有一致性關係時，傳媒表達會得到鼓勵與支持，如果失語，結果可能影響到自身的發展。因此，傳媒會主動地參與到歷史記憶的建構中去。歷史記憶憑藉大眾傳媒強化了人們的歷史記憶，而大眾傳媒通過參與歷史記憶的建構鞏固了自身的地位。

其次，親歷抗戰者逐漸減少並最終會消失，但抗戰記憶不能消失，所以，大眾傳媒必需充分運用代言人進行抗戰記憶。而且，隨著親歷抗戰者日趨減少，以官方代言人、記者和文藝創作者等社會認可的代言人將逐步成爲大眾傳媒建構抗戰記憶的主體。

（二）代言人抗戰記憶的特點

代言人是戰後成長起來的一代，他們通過歷史教科書、父輩或者爺爺輩的講述、小說、影像資料等渠道瞭解這段歷史，又在大眾傳媒發達的現代生活中，肩負起傳承、塑造抗戰記憶的重任。代言人涉及到的種類比較複雜，既有合法敘事權的繼承者，也有社會公認的代言人，他們的共同點在於都沒有親歷這段歷史，代言人在進行記憶建構時更多的從「義」的立場出發解讀歷史，試圖通過義的方式理解被表徵的主體。這種記憶與自傳體抗戰記憶具有不同的特點，爲了更好地與主體融合的情況進行比較，我們選擇擁有媒介身份的記者代言人對同一個英雄人物——楊得志將軍的記憶文本進行分析。

將軍英勇炳千秋——楊得志〔註 6〕

> 楊得志，1911 年生，湖南醴陵人。1928 年 2 月參加工農革命軍。同年 10 月加入中國共產黨。1930 年起任中國工農紅軍排長、連長、團長、師長。長征途中曾組織「十七勇士」強渡大渡河，1937 年春入抗日軍政大學學習。
>
> 抗日戰爭全面爆發後，任八路軍第 115 師 685 團團長，在威震中外的平型關戰鬥中，他指揮本團與兄弟部隊並肩浴血奮戰，殲敵 1000 餘人，給日軍精銳阪垣師團以沉重打擊，極大地鼓舞了中華民族抗日勝利的信心。1938 年 2 月，率部進入呂梁山區，開展游擊戰爭，爲建立以呂梁山區爲中心的晉西南抗日根據地作出了重要貢獻。後任第 344 旅副旅長、代理旅長，帶領 100 餘人翻越太行山，越過平漢鐵路封鎖線，在滑縣與 689 團會合後，取得全殲僞軍扈金祿部的勝利。隨

〔註 6〕http://www.cnhbei.com，2005 年 8 月 29 日。

後於平漢路東、漳河以南、衛河兩岸開闢抗日根據地。1939 年春任冀魯豫支隊支隊長，率部在冀魯豫地區開展游擊戰爭。1940 年任八路軍第 2 縱隊司令員、冀魯豫軍區司令員。在殘酷、緊張、複雜、多變的環境中，廣泛發動群眾，建立民主政權，壯大抗日武裝，組織軍民開展敵後平原游擊戰爭，領導廣大軍民粉碎了日僞軍的頻繁「掃蕩」和「蠶食」，將豫北、冀南、魯西南地區連成一片，爲創建和鞏固冀魯豫抗日根據地，配合全國贏得抗日戰爭的最後勝利作出了重要貢獻。1944 年 4 月率部返回延安，任陝甘寧晉綏聯防軍教導第 1 旅旅長，擔負守衛黄河河防、保衛延安、保衛黨中央的重任。

解放戰爭時期，歷任晉察冀野戰軍司令員，華北軍區第 2 兵團司令員。中華人民共和國成立後，曾任濟南軍區、武漢軍區、昆明軍區司令員，國防部副部長，人民解放軍總參謀長，中共中央軍委副秘書長，中華人民共和國中央軍委委員等職，1955 年被授予上將軍銜。1994 年 10 月 25 日在北京逝世。

（新華社北京 8 月 28 日電）

與前面所選的自傳體記憶文本不同，這是傳媒作爲代言人對楊得志將軍的記憶，屬於主體分離的抗戰記憶。比較兩個文本，我們可以清晰地看到這個文本的幾個特點：

首先，該文本的表徵主體是記者，職業媒體工作者。他們構成傳媒抗戰記憶新聞報導類文本的表徵主體。在我國，記者在大眾傳媒中進行的抗戰記憶是其工作內容之一，是媒體社會責任的體現，也是媒體社會功能的實現。這決定了此類表徵的第二個特點，表徵具有客觀性。

其次，表徵的客觀性。與自傳體記憶不同，這種代言人的表徵由於表徵主體身份的特殊性，爲了符合大眾傳媒和歷史本身對記憶的眞實性的追求，從表述的策略來看，代言人更注重從客觀敘事的角度進行表徵。

最後，與自傳體記記憶的碎片化不同，代言人的記憶文本可以採用時間順序，完整地、簡約地、客觀地介紹被表徵主體的生平和抗戰功績。

（三）代言人建構抗戰記憶的文化信碼

我們討論了代言人參與抗戰記憶的必然性和特點，但我們尚未涉及另一個更重要的問題：代言人對抗戰記憶的建構如何成爲可能？我們一直強調記憶的情感性、建構性，對於代言人的抗戰記憶而言，缺少親歷者的情感特徵介入的記憶能如何實現對抗戰歷史記憶的建構？答案是共享的文化信碼，代言人依賴於關於抗戰的共享的文化信碼使關於抗戰的傳媒表徵成爲大眾傳媒歷史記憶的一部分。正如霍爾所言：

> 作者決定她想說的，但她若想被理解，就不能「決定」是否使用或不使用語言規則。我們生於一種語言及其各種信碼和意義之中。因而，對索緒爾而言，語言就是一種社會現象。它不可能是個人的事情，因爲我們不能爲我們自己由個人來創造各種語言規則。它們來源於社會，來源於文化，來源於我們共享的文化信碼，來源於語言系統，而不是來源於自然或單個主體〔註7〕。

當代言人通過大眾傳媒進行抗戰記憶時，他們對抗日戰爭歷史的表述必須遵循中國文化既定的文化信碼。這種文化信碼不僅僅是一種語言的規則，它甚至規定了進行記憶表徵的基本範疇。就抗日戰爭的歷史記憶而言，表現爲多組二元對立的範疇，如「抵抗」與「侵略」、「進步」與「落後」、「正義」與「不義」、「受害」與「施害」、「勝利」與「失敗」。對於中國來說，抗日戰爭是正義的、抵抗的、進步的、受害的、勝利的，對於日本來說，抗日戰爭是侵略的、落後的、不義的、施害的、失敗的。無論選擇什麼事件、人物來記憶，都在這種二元對立的範疇下展開。這種二元對立的敘事模式是抗戰結束以來在中國的歷史語境中形成的，具體受制於對於抗戰史的基本認識，在此基礎上逐漸產生了相應的話語表達。同時，大眾傳媒中普遍存在的這種表徵模式又必然不斷傳承甚至可能在一定歷史時期強化這種對立的觀念。

儘管我們區分了表徵的主體與被表徵的主體的融合與分離的情形，但從二者的敘事模式來看，同處於以侵略／抵抗爲中心的二元對立狀態中。這說明，中國大眾傳媒關於抗戰記憶的表徵不是由主體本身定義的，各種主體的表徵只是提供了豐富多彩的作爲能指的文本，其意義的建構是社會地決定的。

三、權力與主體的建構

（一）權力與權威話語的建構

當我們說表徵的主體提供的是作爲文本的能指，而意義則是由社會決定

〔註7〕斯圖爾特・霍爾：《表徵的運作》，見斯圖爾特・霍爾：《表徵：文化表象與意指實踐》，徐亮、陸興華譯，商務印書館，2003年版，第34頁。

的（或者說建構的），就已經牽涉到權力的問題。權力是政治學關注的焦點，也是文化研究的核心概念。傳統的權力觀是單向的——從上到下，並有其特殊的來源——統治者、國家、統治階級等等。法國傑出的哲學家福柯提出了全新的權力觀念，認爲權力並不以一種鏈的形式起作用，權力是循環的。它從不被一個中心所壟斷。它「經由一個網狀組織被配置和行使」〔註 8〕。由此，福柯解構了傳統的權力觀。當然，他並不是從根本上否認國家、法律、君主或統治階級會擁有統治地位和統治權力，但他把我們的注意力從宏大的、總的權力策略轉移到權力得以循環的許多局部的範圍、策略、機制和效能上，即被他稱爲細小儀式或權力的微觀物理學的東西上。用福柯的權力觀來審視我國當代大眾傳媒的抗戰記憶，我們發現，其間體現的主要是自上而下的傳統式權力的運作，是在國家權力主導下的實踐，或者，用巴赫金的話來說，是一種「權威的話語」。

俄國文藝理論批評家巴赫金在批判主流語言學家的靜態、中立的語言觀的同時，進一步闡述了「權威的話語」這一概念。他認爲，在人的成長的各個階段中，在任何一個社會集團中，家庭、朋友、親戚的任何一個圈子裏都「存在權威定調子的表述」〔註 9〕。人們信賴、引用、模仿、追隨的言語中存在著「該時代心靈主宰的某些表現爲語言的主導思想，某些基本的任務、口號等」〔註 10〕。它們是文化、社會的各個領域內，作爲時代的發揮作用的權威言論。巴赫金認爲，專制的話語有「宗教的、政治的、道德的語言；有父親的、成人的、教師的語言等」、「話語同權威相結合會獲得特別的強調。有種特別的獨立性。權威的話語要求外界同它保持一定的距離。」〔註 11〕權威的話語在自己周圍組織起一些解釋，誇讚權威話語的其他話語，卻不會和它們融合，權威話語總是「鮮明地不同一般，死守一隅，陳陳相因，它的語義結構穩定而呆滯，它是沒有歧義的話語；它的含義用它的字面意義已足以表

〔註 8〕布萊頓：《權力／知識》，哈維斯特出版社，1980 年版，第 98 頁。見斯圖爾特·霍爾：《表徵：文化表象與意指實踐》，徐亮、陸興華譯，商務印書館，2003 年版，第 50 頁。

〔註 9〕北岡誠司：《巴赫金：對話與狂歡》，魏炫譯，河北教育出版社，2001 年版，第 177 頁。

〔註 10〕北岡誠司：《巴赫金：對話與狂歡》，魏炫譯，河北教育出版社，2002 年版，第 177 頁。

〔註 11〕Bakhtin M M. The Dialogic Imagination〔M〕.Austin：University of Texas Press，1981。

達。該含義變得凝滯而無發展」。〔註 12〕在這個意義上，權威話語是典型的獨白型原則的話語。獨白型原則的極限就在於否認處於自己之外，與自己具有同等權限的他人，否定了具有同等應答權限的他人意識，否定其他具有同等資格的「我」、「你」的存在。「他人」不是其他的意識而是單純的意識指向對象。從「他人」那裏，得不到任何可能改變「我」的意識的期待。獨白敘述完成後，不傾聽他人的應答，不期待他人會做出應答，否認自己以外的決定力量。獨白處於唯我無他的狀態下。因此，在一定程度上物質化了現實的一切，獨白自負地認爲「自己」是最後的語言。巴赫金從獨白型原則的角度解釋權威話語。權威話語要求人們單方面無條件接受。因此，人們只能是全部肯定地接受或者全部否定地拒絕。在權威話語中根木沒有對話關係成立的餘地。權威話語與政權、制度、個人權威密切地結合在一起，無法分開〔註 13〕。

（二）抗戰記憶的「權威話語」

大眾傳媒抗戰記憶的表徵始終是圍繞在巴赫金所說的「權威話語」規範之下的。一方面因爲抗戰本身是關係到國家、民族和每一個個體的根基性的歷史事件，它一定意義上擁有對中華人民共和國的合法性的解釋作用，因此，已經從國家層面歷史地形成了一般性的認識；其次，中國共產黨是領導中國人民抗日戰爭的主要力量，並在戰後取得了國家領導權，因此，基於中國共產黨領導權、領導地位的合法性的抗戰敘事也成爲傳媒抗戰記憶的權威話語。最後，中國大眾傳媒的基本性質決定了其主要任務是宣傳黨的方針、政策，它責無旁貸地承擔起宣傳抗戰意義的職責，而意義的確定正是來源於國家、政黨層面業已形成的觀點。

我們可以以 1980 年代以來黨和國家最高領導人的講話爲例進行分析。在紀念抗日戰爭勝利的各種儀式中，領導人（特別是最高領導人）發表的講話具有重要意義，因爲講話代表了整個國家、民族在不同的歷史語境中對抗日戰爭的整體認識。大眾傳媒往往將領導人的講話原文刊載。我們選擇 1985 年代至 2005 年期間《人民日報》全文刊發的中國最高領導人關於紀念抗日戰爭的 3 篇講話爲案例進行分析。這 3 篇講話分別是：

〔註 12〕北岡誠司：《巴赫金：對話與狂歡》，魏炫譯，河北教育出版社，2002 年版，第 177～178 頁。

〔註 13〕張紅燕，易立新：《對權力話語的思考》，《中南民族大學學報》（人文社會科學版），2006 年第 2 期，第 160～162 頁。

（1）1985 年 9 月 4 日刊載的彭眞同志《在首都各界人民紀念抗日戰爭和世界反法西斯戰爭勝利四十週年大會上的講話》；

（2）1995 年 9 月 4 日刊載的《在首都各界紀念抗日戰爭暨世界反法西斯戰爭勝利五十週年大會上江澤民同志的講話》；

（3）2005 年 9 月 4 日刊載的胡錦濤同志《在紀念中國人民抗日戰爭暨世界反法西斯戰爭勝利 60 週年大會上的講話》。

三位國家領導人的講話發表的場合有一致性又有差異性，一致性體現在都是在抗日戰爭勝利日即 9 月 3 日發表，都是在紀念抗日戰爭暨世界反法西斯勝利的整十年的時候發表的；差異體現在發表談話的具體年代不同：1985 年代、1995 年代、2005 年代對於中國來說，處於發展的不同時期，無論是國家內部的環境還是國際處境都不斷發生變化。儘管有這種差異，但從三位領導講話的主要內容來看，呈現出高度的一致性。具體來說，可以概括爲以下幾點：（1）抗日戰爭的歷史意義，其中包括對中華民族、對中國革命、對國際社會的意義；（2）抗日戰勝勝利經驗的總結；（3）抗戰精神的總結，目的明確指向當下；（4）對國際政治經濟局勢的分析與展望，重點是探索如何建設中日關係，如何最終完成統一大業。

三位領導人的重要講話主要從上述四個方面表達了一致的內容，表明自 1985 年代以來，中國政府對於抗日戰爭的基本觀點具有持續性，一致性，形成了新時期國家關於抗戰的權威話語。這種權威性的話語在傳媒抗戰記憶中的運作過程可以描述如下：

首先，領導人的權威性話語經《人民日報》等權威的大眾傳媒進一步傳播，其權威性得到更加突出、更加廣泛的傳遞，它成爲傳媒抗戰記憶諸多文本的「元文本」；

其次，這種元文本規定了大眾傳媒進行抗戰記憶表徵的基本框架：侵略與反侵略、正義與不義、勝利與失敗等二元對立範疇在權威性的話語表達中被強化，進而影響並最終規範了大眾傳媒抗戰記憶的表徵，形成一致的敘事模式；

最後，元文本與其它傳媒抗戰記憶文本共同影響受眾對抗戰意義的解碼。

（三）權威話語與主體建構

這種權力運作對於抗戰記憶的表徵主體會產生何種影響？除了表徵主體的傳媒表徵整齊化、規範化外，它對於主體來說還有何意義？借助於福柯對於權力與主體關係的認識來分析這個問題，我們可以得出結論：大眾傳媒關於抗戰記憶的權威性話語建構了記憶表徵的主體。在此意義上，我們不限於前面對表徵的主體與被表徵的主體的界定，還應該引入另一個潛在的主體——大眾傳媒的受眾。因爲，抗戰記憶遭遇權力生產出權威的話語，話語表面上建構的是表徵的主體，規定其表徵的範式，但實質上其意指在於受眾。即主體提供的是基於權威話語限制下的話語，這個話語對於表徵的主體來說是蘊含了意義的符號，但對於受眾來說，它們是羅蘭·巴特（Roland Barthes）所說的含蓄意指層。羅蘭·巴特是法國著名文學批評家、文學家、社會學家、哲學家和符號學家。其研究領域廣泛，對後現代主義思想發展產生了很大的影響。在關於符號的研究中，羅蘭·巴特將意指層區別爲直接意指層和含蓄意指層。

> 直接意指是單純的、基礎的、描述的層次，在那裏存在著廣泛的一致性，大多數人會認可其意義。在第二層次——含蓄意指——上，這些我們已經能夠在簡單水平上加以「解碼」的能指，進入了一個範圍更廣泛的第二種信碼中，將它們與更廣泛的主題和意義聯接起來，加國內它們與我們可稱爲我們文化的更廣義的語義學領域聯繫在一起。這第二層較寬泛的意義不再是一種明確解釋的描述層。在此我們開始根據社會意識形態——普遍信仰、概念結構以及社會價值體系等更廣泛的領域，來解釋各種完成了的符號〔註 14〕。

在大眾傳媒的抗戰記憶傳播過程中，受眾通過解讀形成關於文本的第二層含義。此過程中，受眾解讀的視角、方法爲權威性話語所建構和確立。從這個意義上說，權威性話語建構了抗戰記憶的主體。權威性話語的建構是以一種我們沒有意識到的方式進行的，如主體化。福柯這樣定義主體化：「我把主體化稱爲一種程序，通過這種程序，我們獲得了一個主體的構成，或者說主體性的構成，這當然只是一種自我意識的組織的既定的可能性之一。」〔註 15〕福柯臨終前一年在一篇論文中寫道：「我研究的總題目不是權力，而是主體」〔註 16〕。可見，福柯哲學的核心問題是主體問題。在受眾的主體化過程中，他不斷接受到權威話語的衝擊、影響，權威性話語的排他性使之成爲唯一的，其內在的邏輯逐漸內化爲受眾在接觸大眾傳媒抗戰記憶表徵時的自然視角，

〔註 14〕斯圖爾特·霍爾：《表徵的運作》，引自斯圖爾特·霍爾：《表徵：文化表象與意指實踐》，徐亮、陸興華譯，北京：商務印書館，2003 年，第 39 頁。

〔註 15〕福柯：《權力的眼睛——福柯訪談錄》，上海人民出版社，1997 年版，第 119 頁。

〔註 16〕福柯：《福柯的附語：主體與權力》，見 L·德賴弗斯，保羅·拉比諾《超越結構主義與解釋學》，張建超、張靜譯，光明日報出版社，1992 年版。

而這時，他便眞正主體化了。

上述分析似乎將我們對抗戰記憶的主體的注意力從表徵的主體轉移到了大眾傳媒抗戰記憶的受眾身上，事實上也正是如此，但不是爲了取而代之，而是試圖表明：

（1）我們前面所有討論的記憶的主體採用的是狹義的視角，即大眾傳媒中誰在表徵抗戰記憶。

（2）從大眾傳媒抗戰記憶的目的來看，最終擁有抗戰記憶的主體應該是廣義的概念，不僅包括傳媒表徵主體，還包括傳媒抗戰記憶所影響的對抗戰進行記憶的主體。

（3）正是從這個意義上講，傳媒抗戰記憶過程中權力對主體的建構包含了受眾的主體化。

第二節　「抗戰記憶」表徵的場合

「抗戰記憶」表徵的場合關注的是記憶的時間和空間的問題，簡單地說，便是在什麼時間在哪裏記憶的問題。一般來說，當事情成爲過去，記憶便可能發生。對抗戰的記憶也不例外。本研究選擇的是新時期中國大眾傳媒的抗戰記憶，所以，這裏已經對時間和空間有一個大體的限定。但這和本節所討論的記憶場合不是完全一致的概念。記憶場合在此更偏向於一個狹義的概念，即大眾傳媒在什麼時間什麼地點會更多更主動地進行抗戰記憶表徵活動。我們將運用心理學關於長時記憶的場合因素研究來分析這個問題。

心理學研究表明，一個人從長時記憶中提取什麼樣的信息，並用它來指導行爲，和他所處的環境和場合有密切的關係。根據場合因素與目標信息聯繫的程度，可把場合因素分爲三種：

（1）綜合的場合因素，即與目標信息有明顯關係的、並對提取目標信息具有外顯提示作用的場合因素。

（2）有影響的場合因素，即與目標信息沒有明顯關係，但卻影響了目標信息編碼的場合因素。

（3）偶然的場合因素，即與目標信息無關，同時也未以任何明顯的方式影響對目標信息進行理解的場合因素〔註17〕。

〔註17〕楊治良、郭力平等：《記憶心理學》，華東師範大學出版社，1999年版，第475、476頁。

場合因素對個體的記憶提取產生影響，大眾傳媒對抗戰記憶的建構與此相似，也體現出場合因素的影響，既反映在特殊場合對表徵主體的影響方面，也呈現於大眾傳媒的抗戰記憶相對集中在特定的場合中。

一、綜合的場合因素：紀念日

經過幾代人的傳承，對抗日戰爭的記憶已深深烙印在中華民族心靈深處，成爲不能忘卻的記憶。大眾傳媒作爲建構、強化和傳承這種記憶的重要渠道，反覆、經常地進行抗戰記憶是必需的。但大眾傳媒還具有其它的諸多功能，按傳播學奠基人施拉姆的說法，大眾傳媒有監督功能、雷達功能、教育功能、娛樂功能。在全面履行各種功能的同時，不同時期，大眾傳媒應該有不同的議事日程。從抗戰的記憶角度來說，除了日常的記憶外，大眾傳媒應該在固定的紀念日期間進行聲勢更加浩大的記憶。那麼，哪些紀念日會成爲影響傳媒抗戰記憶表徵的綜合性場合因素呢？我們認爲，至少包含以下情形：

（一）合法的抗日戰爭紀念日。這裏指的是抗日戰爭本身涉及到的重要時間點，我國最重要的抗戰紀念日有兩個：抗日戰爭爆發紀念日、抗日戰爭勝利紀念日。

關於抗日戰爭爆發的紀念日，存在兩種觀點，一種是 1931 年 9 月 18 日以東北「九・一八」事變爲標誌；一種是 1937 年 7 月 7 日以「盧溝橋事變」爲標誌。兩個事件在中日間的這場戰爭中都有重要意義，前者意味著日本開始侵華，後者則是開始全面的大規模侵華。一直以來，兩個紀念日都被官方和民間關注。政府、傳媒和民眾都沒有明確表達二者的區別，而是模糊使用，或者兩者兼用。

中國抗戰勝利紀念日爲 9 月 3 日。1951 年 8 月 1 日，毛澤東在胡喬木關於抗戰勝利紀念日的請示報告上批示：以 9 月 3 日爲全國統一的戰勝日本紀念日。8 月 13 日政務院發佈通告：「本院在一九四九年十二月二十三日所公佈的統一全國年節和紀念日放假辦法中，曾以八月十五日爲抗日戰爭勝利日。查日本實行投降，係在一九四五年九月二日日本政府簽字於投降條約以後。故抗日戰爭勝利紀念日應改定爲九月三日。」1999 年國務院對《全國年節及紀念日放假辦法》修訂頒佈，沿用了這一修改的紀念日。

抗戰爆發紀念日和抗戰勝利紀念日是抗戰記憶的最重要的場合性因素。

（二）中華人民共和國國慶日和中國共產黨誕生紀念日。在關於表徵的主體、表徵的權力的研究中，我們已經表明，中國傳媒抗戰記憶的權威話語屬於官方話語，核心是確認中華人民共和國國家的合法性、中國共產黨的合法領導地位等。因此，國慶日和黨的生日也成爲傳媒抗戰記憶表徵的重要場合性因素。由於國慶的具體表現形式爲國家慶典，我們將在下面專門討論。這裏重點關注中國共產黨的誕生紀念日。

綜合性的場合記憶研究表明記憶的場合對記憶的效果有重要影響。隨著時間的推移，抗日戰爭離我們越來越遠，但只要它對國家、民族和個體的意義存在，我們就需要記憶它。抗戰紀念日可以爲我們提供進行記憶的綜合性場合。從這個角度來看，紀念日對抗戰記憶具有重要意義的。

綜合性場合因素對新時期大眾傳媒抗戰記憶的影響表現爲兩點：一是傳媒抗戰記憶主要集中在每一年抗戰紀念日和國慶紀念日、黨的誕辰紀念日前後；二是每五年和整十年的紀念日是抗戰紀念的最重要時間，也是傳媒抗戰記憶表徵最主要的場合。從中國新時期以來的大眾傳媒實踐來看，也體現了這一點。本研究所採用的主要記憶文本便是 2005 年抗戰勝利六十週年紀念期間的傳媒文本。下面，我們以 2007～2012 年間報紙文本爲例再次進行驗證。

樣本來源：中國知網《全國重要報刊全文數據庫》

檢索方式：以「抗戰」關鍵詞進行主題檢索

所得樣本：893 個

按年度分佈情況如下圖：

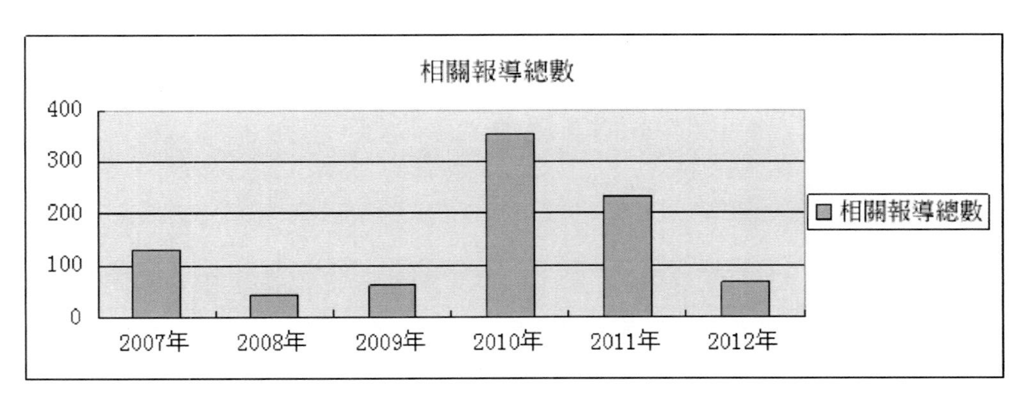

（圖一）

按月份分佈如下：

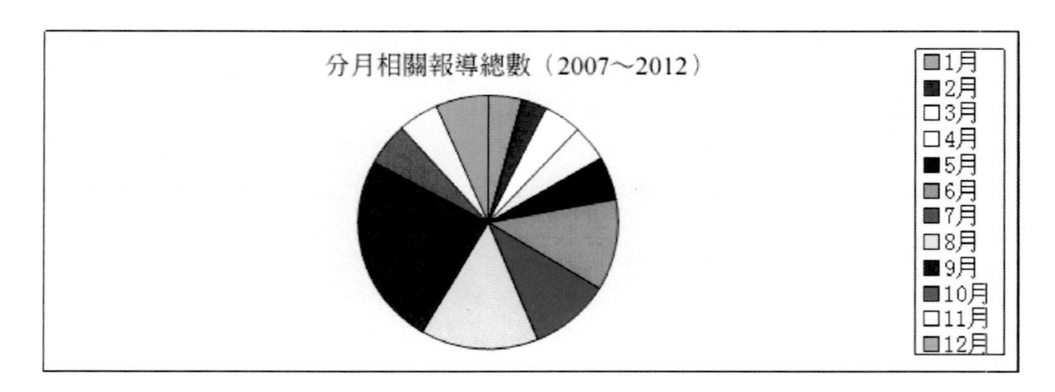

（圖二）

從圖一可以看出，六年中，最集中的文本出現在 2010 年和 2011 年。其中，2010 年爲抗日戰爭勝利 65 週年，2011 年爲中國共產黨建黨 80 週年。再看圖二，12 個月中，文本最多的是 6、7、8、9 月四個月之間。這四個月包含了抗戰勝利紀念日和黨的誕辰紀念日。這表明，大眾傳媒抗戰記憶確實與綜合性的場合因素密切相關。抗戰紀念日和國家、黨的重要紀念日是傳媒抗戰記憶表徵最集中等場合。此外，臨近紀念日的 5 月也存在不少的文本。這仍然受制於綜合性場合因素。

總之，與抗戰事件本身緊密相關的各種場合因素屬於綜合的場合因素，它們決定了對抗日戰爭的最集中的紀念時間。與國家、社會層面組織的各種紀念儀式相應，大眾傳媒也集中進行記憶，特別是每逢整十年的時候，將會有大規模的報導，以強大的傳媒攻勢產生深刻的影響。

二、有影響的場合因素：國家慶典

有影響的場合因素指與記憶的目標信息不是一種直接的明顯的關係，但它對記憶構成了影響，具體說，可能促成了記憶的發生。正如上面所分析指出的，由於抗戰紀念日、國慶紀念日、中國共產黨的誕辰紀念日等與抗戰發生密切的關係，它們構成對傳媒抗戰記憶產生直接影響的綜合性場合因素。這裏，我們從時間性的紀念日場合因素轉向一個偏空間概念的行爲場合因素——慶典。它作爲傳媒抗戰記憶有影響的場合因素對傳媒抗戰記憶的表徵產生影響。

有影響的場合因素中，影響最大的莫過於國家慶典。慶典是隆重的慶祝典禮。國家慶典則是以國家的名義組織的慶祝典禮，是一種規模宏大的儀式。

儀式是來自人類學的概念，是那些為了傳承和紀念過去或者為了期望將來而舉行的活動，它表現為按一定流程進行的活動，這種活動具有某種象徵意義。顯然，儀式涉及到記憶問題，甚至是早期人類社會記憶的最重要的途徑。因此，保羅·康納頓從社會記憶的角度對儀式進行了專門研究。他認為若存在社會記憶，那便可能在紀念儀式上找到它，儀式性的操演傳遞和保持了有關過去的回憶性知識。在保羅·康納頓的觀念中，儀式本身就是社會記憶的方式。我們在此強調的是儀式對記憶產生的另一個層面的意義——作為記憶的場合性因素。在大眾傳媒對抗戰進行記憶的場合因素中，慶典等儀式自身包含了抗戰記憶的內容，也促成了大眾傳媒對它的表徵。

在中國，最具有代表性的國家層面的儀式是每年 10 月 1 日的國慶典禮。國慶典禮涉及到對國家意義的敘事，抗日戰爭正是可以確定中國國家意義的一個重要歷史事件。自 1949 年 10 月 1 日中華人民共和國宣佈成立以來，關於國家合法性的敘事在各個層面鋪開。這種合法性不僅僅涉及政權的合法性，還涉及一個國家的國家性（如國家精神、民族精神等）。抗日戰爭的勝利是中國國家合法性的前提條件，是國家精神、民族精神的重要體現。因此，在國慶典禮期間，大眾傳媒關於國家意義的敘事中包含了對抗日戰爭的記憶。國慶典禮，也就成為抗戰記憶表徵的一個場合。而且，國家慶典也越來越媒介化，實際上新時期的國家慶典已經成為媒介儀式，成為新時期的一種媒介景觀。

自傳播學家丹尼爾·戴揚和伊萊休·卡茨在《媒介事件》中提出媒介事件概念以來，關於媒介與現實事件的關係得到更多關注，媒介儀式研究正是在此基礎之上提出的。現實社會中的儀式在媒介社會中已經不是單純的現實事件本身，媒介的參與（特別是現場直播）令它同時成為媒介儀式。一旦國家慶典儀式媒介化，本身的內涵便成為媒介表徵的重要內容。從這個意義上看，媒介化的國家慶典儀式本身就成為傳媒抗戰記憶的一種表徵。

當然，作為有影響的場合因素的慶典儀式，不僅僅局限於國家慶典，民間的重要節慶活動也能夠成為抗戰記憶傳媒表徵的重要場合，如中國民間最重要的節日春節。春節是紀念與祈福的節日，人們會舉行各種民間的慶祝儀式，儀式既包括對新年到來的欣喜與祈福，也會表達對過往事件與人物的記憶。大眾傳媒也可以利用這種場合進行抗戰記憶。

由於抗日戰爭是中華民族歷史上距今最近的最重要的一段歷史，中國民眾對戰爭的創傷和勝利的自豪都仍然擁有深刻的記憶。因此，以各種慶典活動和節日為契機，大眾傳媒也會把握機遇，進行相關的記憶建構與傳遞。

三、偶然的場合因素：中日關係敏感時期

無論是在與抗日戰爭本身緊密相關的紀念日，還是在其它的與抗日戰爭有某種關聯的場合，大眾傳媒的確積極參與了抗戰記憶的表徵，不斷強化與傳遞抗日戰爭的豐富意義。除此之外，也還有一些偶然性的場合，催發了大眾傳媒關於抗日戰爭的記憶。

偶然性相對於經常性而言。抗戰紀念日和國慶等都是在固定的時間周期性重複，往往在整五年和整十年的時候舉行規模宏大的儀式隆重紀念。與此相反，偶然性意味著一種不確定，由偶然發生的事件促成。就新時期以來抗日戰爭的傳媒表徵來看，這種偶然性場合主要表現為中日關係的變化。

中日關係在戰後經歷曲折發展的過程，從相互間不能正常交往到建立正常的邦交，國家外交和民間的交往都從小心翼翼嘗試到以極敏感的戒備心進行比較廣泛的交往，每一次衝突、每一次進步，都與對一個關鍵性的問題——抗戰歷史——的認識緊密相關。所以，在中日關係的敏感時期，大眾傳媒在關注兩國關係現狀的同時，不能迴避歷史，不可避免地會對歷史進行表述。我們以新世紀以來的中日關係為例說明偶然性場合因素對抗戰記憶的影響。

新時期中日關係最引人注目的三個代表性階段是：

（1）日本前首相小泉不顧世界人民尤其是亞洲人民的強烈反對，執政期間 6 次參拜供有二戰甲級戰犯牌位的靖國神社，導致了中日關係出現緊張的局面。

（2）2007 年日本首相安倍晉三訪華和中國總理溫家寶訪日使中日關係出現轉機。

（3）2009 年以來的釣魚島問題（特別是 2012 年購島事件）使中日關係再現危機。

在第一種情況影響中，中日傳媒圍繞參拜靖國神社事件本身，對相關歷史進行記憶，如東京審判、戰爭施害者的罪行等，還涉及到對抗戰歷史的認識問題。雙方對此產生了競爭性的記憶。

在第二種情況中，中日傳媒在高度關注領導人的訪問的同時，也必然關注到雙方對歷史的記憶。領導人的互訪本身是為促進國家間的交往和合作，因此，在這種場合下，雙方媒體都會避免關於抗戰歷史認識中的敏感問題。

在第三種情況中，釣魚島問題作爲一個戰爭歷史遺留問題，近年不斷升溫，成爲影響中日關係危機的主要問題。甲午戰爭後，日本通過《馬關條約》攫取了臺灣及附屬各島嶼（包括釣魚島）。二戰後，日本將釣魚島交給了美國託管。1971 年，美日兩國在簽訂歸還沖繩協定時，私自把釣魚島等島嶼劃入歸還區域。中國政府強烈抗議此舉，由此引發釣魚島主權之爭。在中日邦交正常化之初，釣魚島問題被暫時擱置。20 世紀 90 年代以來，民間和官方圍繞釣魚島產生的爭論不斷，特別是 2012 年東京都知事石原慎太郎表示東京政府有意購買釣魚島，釣魚島問題再次成爲影響中日關係的重大問題。它與日方參拜靖國神社、否認南京大屠殺等問題結合在一起，激起中國人的關於抗戰的記憶，甚至被認爲是中國抗日戰爭的繼續。

由於抗戰歷史記憶是中日關係在敏感時期最容易被喚起的話題，在這種偶然性的場合中，對抗日戰爭的記憶更加吸引了雙方的關注。從輿論學的觀點來看，大眾傳媒在塑造輿論環境、形成相關輿論方面的作用是強大的。而輿論一經形成，必將對兩國關係的實際建構產生重大影響。我們發現，在兩國關係敏感期，中日兩國傳媒都會高度重視自己和對方對歷史的記憶與表徵。

以上分析了大眾傳媒建構抗戰記憶的主要場合因素。基本的立場是記憶存在場合性因素，抗戰記憶自不能外。抗戰紀念日是傳媒抗戰記憶表徵的最重要的場合，國家慶典等構成了傳媒進行抗戰記憶的又一重要場合，而中日關係的敏感時期作爲偶然性的場合因素在大眾傳媒的抗戰記憶中也顯示出了自己的力量。

第三節　大眾傳媒抗戰記憶的表徵模式

如前所述，大眾傳媒中抗戰記憶的主體不同，既有親歷抗戰者的回憶，也有代言人的表達；大眾傳媒抗戰記憶的場合不同，有紀念日、慶典和一些偶然場合，也包括日常生活中的記憶。但無論如何，大眾傳媒都是當代社會歷史記憶的重要渠道，無論是通過新聞報導還是運用文學、影視等藝術手法來表述歷史，都離不開人的參與。即便是虛擬身份或以媒介組織的身份出現，其背後仍是作爲傳播主體的人。對於歷史的表述，因爲表述主體的不同，自然會呈現出不同的特徵。因此，在第一、二節論述的基礎上，本節將以大眾傳媒職業傳播者爲主體，根據敘事主體敘事視角、方式的差異和敘事場合的不同，大致將大眾傳媒建構歷史記憶的表徵模式分爲兩種：（1）以歷史和現實的事實建構抗戰記憶；（2）以藝術的想像建構抗戰記憶。

一、以事實建構抗戰歷史記憶

新時期傳媒以歷史和現實的事實建構抗戰記憶包括兩種情形，一是報導現實的各種抗戰紀念活動；二是敘述各種抗戰史實。從文類來看，這兩種都屬於新聞。

（一）對抗戰紀念活動的報導

我們仍以2005年中國人民抗日戰爭勝利六十年的傳媒歷史記憶爲例分析這種表徵模式的特點。當時，各種大眾傳媒都高度關注這一重大歷史紀念活動。紛紛以專欄、專題等形式進行抗戰歷史事實的表述。如《人民日報》在2005年7月7日抗日戰爭全面爆發紀念日當天，第八版推出紀念專版，以「難忘的往事」爲總題爲抗日戰爭的健在者提供言語的舞臺，通過他們的敘述來提醒中國人「不忘抗戰歷史 弘揚抗戰精神」。2005年9月3日，《人民日報》更是整闔第五、六、七、八版四個版面，以強大的聲勢打造《紀念中國人民抗日戰爭勝利 60 週年特刊》，推出「眞理之路」、「勝利之師」、「英雄之歌」三個專版，營造出全國、全民族共同慶祝勝利的氛圍。既有經典歷史場景回放，也有對歷史的深刻反思，更有對美好未來的熱烈憧憬。同時，大眾傳媒對政府和民間組織的各種形式的抗戰紀念活動進行了充分的報導。

在抗戰紀念活動的報導中，大眾傳媒往往具有雙重身份，他們是活動的參與者，也是活動的報導者。在中國人民抗戰勝利六十週年這個全民族乃至全世界的重大慶典活動中，記者是參與者、策劃者，也是新聞報導者。前者使他們能以見證人的身份參與歷史活動，後一個身份則使大眾傳媒肩負起歷史敘事的重任。這樣的身份和視角顯示了大眾傳媒作爲歷史建構者的獨特之處，它以新聞報導的眞實感滿足人們對歷史的眞實感需求，大眾傳媒因此成爲歷史建構的一個重要途徑。

（二）對抗戰史實的敘述

新聞報導式的傳媒記憶確實非常重要，但它需要特定的時空情境，即新聞事件發生的獨特的時間和空間。那麼，在歷史事件已經消逝後的日常生活時空中，傳媒如何將歷史記憶傳承和延續下去？哈布瓦赫認爲在歷史事件與日常生活的斷裂中，集體記憶維持了社會。在群體和社會生活中，不存在空白點；表面上看，在創造性時期之間存在著眞空，但這些眞空是由集體記憶充塞著的〔註 18〕。我們不妨追問，這時的集體記憶又靠什麼得以維持？記憶理論告訴我們，記憶的產生和維持與提取記憶的線索相關。那麼，在日常生活中，要凝聚群體，我們就需要不斷爲群體提供能夠進行記憶的線索，這時，大眾傳媒的歷史敘事發揮著重要的作用。當然，它不同於新聞報導的敘事方式，採用了再現歷史的方法，以對歷史事實的敘述來建構歷史記憶。

通過再現歷史事實建構記憶時，大眾傳媒實際上扮演了兩種角色：一是作爲一種平臺，爲戰爭親歷者通過回憶的方式敘述歷史提供了可能；二是作爲記憶表徵的代言人，他與被表徵的主體發生了分離，於是二者間產生了距離。大眾傳媒不是事件的參與者，他純粹是一個觀察者，他可以通過查閱歷史文獻、參觀博物館、考察戰爭舊地、採訪當事人等種種途徑，力圖展現歷史事件發生當時的情狀，然後經由大眾傳媒傳遞出來。與紀念活動有關的新聞報導不同，這類記憶文本內容是抗戰史實本身，它們努力展示抗戰史實的眞實面貌，一般具有較強的故事性，更能夠喚起和傳承後代對這段歷史的想像和記憶。

以歷史和現實的事實建構抗戰歷史記憶是大眾傳媒以新聞報導者的身份進行抗戰記憶的主要表徵模式。紀念活動是傳媒抗戰記憶的重要場合性因素，大眾傳媒對它的報導又形成了對抗戰歷史事實進行表述的場合性因素，這種歷史事實建構的記憶反過來又爲各種紀念儀式與活動提供支持。

二、以藝術想像建構抗戰歷史記憶

歷史本身是嚴肅的，但我們表述歷史的方式卻可以多樣化，正如喜劇和悲劇其實都可以用來進行宏偉的敘事。對於一個社會來說，歷史記憶的意義就在於將歷史中有助於當下的合法性和聚合力的東西從歷史事實中凸顯出來，使之進入社會的表層，爲社會所關注，從而爲當下的社會提供一種合法性。這正是歷史記憶不同於一般記憶的地方，政治性、實用性是其本質特徵。這樣的一種實用目的決定了多種敘事方式的可能。即在不違背歷史本質眞實性的前提下，可以依據歷史進行藝術創造。不過，這種創造是在一定的社會

〔註 18〕莫里斯·哈布瓦赫：《論集體記憶》，上海人民出版社，2002 年版，第 45 頁。

記憶框架中發生，它必須遵循一定的原則。說到底，它是基本事實眞實基礎上的創造。如果完全脫離歷史眞實，它就不是我們所指的關乎一個國家、一個民族根基的歷史記憶了。

新時期以來，中國大眾傳媒運用藝術方式塑造抗戰記憶的主要途徑是拍攝以抗日戰爭爲題材或爲背景的影視作品。1949 年新中國成立後，大陸拍攝的抗日戰爭題材電影出現了一個新的高潮，作品內容轉向中國共產黨所領導的抗日鬥爭，數量眾多藝術成就突出。這些抗日題材影片在風格和樣式上也逐漸超越了僅僅「寫實」，而更加充滿了傳奇色彩〔註 19〕。到了 21 世紀初期，中國抗日題材的影視劇在規模和藝術上較 20 世紀呈現出不同的特點。在 20 世紀 80 年代到 20 世紀末，抗戰影視劇的數量較少，拍攝時間比較分散，手法上以寫實爲主。代表作品有《一個和八個》、《黃土地》、《喋血黑谷》、《南京大屠殺》、《晚鐘》、《紅高粱》、《血戰臺兒莊》、《七七事變》〔註 20〕。21 世紀初，圍繞中國人民紀念抗日戰爭勝利 60 週年活動，2005 年前後掀起了抗戰影視劇的一個高潮。電視劇如《八路軍》、《亮劍》、《大上海風雲》、《呂梁英雄傳》、《血色紫羅蘭》，電影如《太行山下》、《東京審判》、《我的母親趙一曼》等等。

此期的作品，拍攝時間比較集中，手法上寫實與藝術的想像並重，題材更豐富，人物形象更多元。它們與以往抗戰題材的影視作品一起，以豐富的內容、生動的形象全面地記憶了抗戰歷史。它們所塑造的人物成爲中國影視形象中光彩奪目的形象，並成爲活在人們記憶中的栩栩如生的人物。比如，在中國，小兵張嘎是家喻戶曉的抗日小英雄。人們心目中的小英雄張嘎是一位機智、勇敢、幽默又不乏稚氣的小少年。這個形象正是通過熒屛在我們心目中塑造的。新版的電視劇中，張嘎的傳奇性故事吸引了小孩，也吸引著成人，在觀看的過程中，觀眾不僅體驗到一個民族小英雄戰勝日本侵略者的勝利快感，湧起民族自豪感，還會留下對這位小英雄的深刻記憶。小英雄張嘎

〔註 19〕如《平原遊擊隊》（1955）、《小兵張嘎》（1963）、《雞毛信》（1954）、《衝破黎明前的黑暗》（1956）、《古剎鐘聲》（1958）、《撲不滅的火焰》（1959）、《回民支隊》（1959）、《鐵道遊擊隊》（1959）、《狼牙山五壯士》（1959）、《苦菜花》（1963）、《獨立大隊》（1964）、《節振國》（1965）等等，情節生動，人物形象豐滿，深爲觀眾喜聞樂見。

〔註 20〕李一鳴：《中國抗戰電影簡史：最早的二戰題材電影》，http://ent.sina.com.cn，2005 年 8 月 15 日。

就是這樣成為我們抗戰記憶的一部分。藝術方式的加入使歷史記憶變得栩栩如生。

這裏，我們可以借用文學記憶研究的相關理論來分析抗戰題材的影視作品。記憶研究是文學的文化研究的一個主題，它對文學作為記憶的媒體進行深刻思考，認為文學在個體記憶、集體記憶、歷史記憶的形成與傳播中扮演著重要角色。在文學藝術領域，隨著大眾傳媒的發展，文學藝術的表現形態發生了重要變化。一定意義上說，影視劇就是在文學、戲劇等藝術形式基礎上借助於電影、電視等大眾傳播媒介發展起來的新的藝術樣式，它們具備文學藝術的基本特徵——以想像的方式表徵生活。因此，我們可以借用文學記憶理論對影視劇與歷史記憶問題進行研究。我們將就以下問題進行進行探討：抗戰題材影視劇如何參與抗戰歷史記憶的建構？抗戰題材影視劇有何特點？抗戰題材影視劇有何社會功能？以及如何實現這些功能？

影視劇是以想像的方式表徵生活，那麼，它如何可以成為影響歷史記憶的媒介？或者說本身就是一種歷史記憶的表徵方式？在文學記憶研究中，保羅・利科（Paul Ricoeur）提出了一個「模仿的圓圈理論」，認為文學作品創作出現實需要經過一個動態的轉換過程，即跟文本的「原型」共同產生影響，也就是說，文學作品首先與文本以外的過去世界產生聯繫（模仿第一步），然後對其進行「藝術造型」，使之成為虛構的形象（模仿第二步），最後通過讀者對其進行「再塑形」（模仿第三步）〔註21〕。這樣，利科揭示了文學對現實的的主動、建構特徵。文學在此過程中以想像的方式豐富了現實的形象。在利科的「模仿的圓圈」理論基礎上，阿斯特莉特・埃爾、安斯加爾・紐寧區分了文學與記憶之間的關係的各種不同的層面：第一，文學作品跟外界的記憶有關；第二，它通過虛構媒介展現外界記憶的內容和運作方式；第三，它可以影響個體記憶和記憶文化〔註22〕。抗戰題材的影視劇正是在這樣的過程中與抗戰歷史記憶發生了聯繫，成為傳媒抗戰記憶的重要組成部分。

首先，抗戰題材的影視劇無論是以抗戰歷史為敘事內容還是敘事背景，它首先都與抗戰本身（文本以外的過去世界）產生聯繫，要麼是選擇抗戰史

〔註21〕轉引自：阿斯特里特・埃爾、馮亞玲：《文化記憶理論讀本》，北京大學出版社，2012年版，第222頁。

〔註22〕阿斯特莉特・埃爾，安斯加爾・紐寧：《文學研究的記憶綱領：概述》，見阿斯特里特・埃爾、馮亞玲：《文化記憶理論讀本》，北京大學出版社，2012年版，第222頁。

實，要麼是選擇抗戰人物，要麼是抗戰精神。接著，在影視劇中，運用想像進行藝術造型，使抗戰成爲一種影像文本（即利科所說的模仿的第二步），最後，在觀眾的參與中影像文本的意義被闡釋（即利科所說的模仿的第三步，實現了影視作品對個體記憶和文化記憶的影響）。

上述過程清晰地表明，這種表徵模式最突出的特點就是藝術想像方式的參與。以藝術的想像建構歷史記憶這種表徵模式最主要的特點就是藝術的想像參與了歷史記憶的建構，由此引發的問題就是這種記憶的眞實性的問題，也是歷史眞實、藝術眞實和記憶眞實之間的關係問題。從我們對於歷史記憶的理解來說，抗戰是中華民族新時期最重要的歷史記憶之一，關於抗戰的優秀影視作品和其它一些反映中國革命的優秀作品共同構成了中國影視作品中的紅色經典，它們描繪和體現了中華民族精神，成爲中華民族文化的重要組成部分。因此，藝術的想像應該是建立在這種認識之上的，基於歷史眞實的合理的想像（這也是利科的圓圈理論中的第一步所強調的）。如果違背了這個基本點，就會陷入前面所說的解構英雄、甚至解構抗戰精神的誤區。

我們繼續借用文學記憶關於文學作爲記憶媒介的功能的觀點來分析抗戰題材影視劇的記憶功能。阿斯特莉特・埃爾指出，文學作爲記憶的媒介具有三個功能：存儲功能、傳播功能和暗示功能。存儲功能也就是媒介必須存儲集體記憶的內容（以及事件），並且可以隨時喚起這些記憶內容。它是集體記憶的媒介的經典功能（Regier，2001）〔註23〕。抗戰題材的影視劇在抗戰歷史記憶的建構和傳播中，作爲一種記憶的媒介和記憶的方式，也具有存儲功能、傳播功能和暗示功能。儘管媒介技術的發展令存儲已經不再是記憶的核心問題（在依賴個體記憶的時候，存儲功能曾經與個體的生命存在保持同步，因此存儲是一個重要問題；在大眾傳媒高度發達的時代，當數位化的存儲成爲現實後，存儲本身已經不再是問題。），但影視作爲最具有影響的媒介形式，其存儲功能仍然是不能忽略的。傳播功能則指空間擴散和傳播。暗示功能指的是記憶媒介具有召回記憶的功能，即媒介暗示了某種記憶。就抗戰題材的影視劇來說，劇中人、劇中情、劇中景，都有可能成爲喚起觀眾關於抗戰記憶的線索。當然，喚起的是什麼樣的記憶會因人而異。儘管暗示提供的是一種線索，一種可能，但抗戰題材的影視劇等文學藝術作品對個體記憶是具有

〔註23〕阿斯特莉特・埃爾：《文學作爲集體記憶的媒介》，見阿斯特里特・埃爾、馮亞玲：《文化記憶理論讀本》，北京大學出版社，2012年版，第232頁。

影響的，它可能作爲哈布瓦赫所說的社會框架因素而起作用（對此我們將在下一章進行具體分析）。

抗戰題材影視劇等文學藝術作品作爲抗戰歷史記憶的媒介，能夠實現上述功能，和文學記憶媒介一樣，是以一個矛盾的繼承方式爲基礎的：

> 文學性的文本被認爲是文學，同時有實現這個符號體系所特有的能力（作爲一個多義的和高等級的表達形式，其在對過去的再現中也包含了想像的元素）的可能。但同時也有相互的關聯性。與現實相關的這種形式並不是和一個前敘事的過去時間的關聯，而是要參考當下集體記憶的意義範疇，以及考慮一個已經是高度象徵的、敘述結構化的，以及通過類型模式再次加工的「事實」。
>
> 這是集體記憶意義上的「事實」。集體文本必須「符合」意義層面特殊文化模式和敘述模式以及在同時代的記憶文化中對過去的想像，並還能與之相承接〔註24〕。

這裏我們所關注的是兩點：一是以藝術想像的方式進行的抗戰記憶表徵與抗戰歷史本身是有關聯的，作爲對涉及到國家、民族重大歷史事實的想像，它不應當拋開歷史的嚴肅性，而應該是基於嚴肅的歷史觀基礎上的合理的想像。二是這種抗戰記憶表徵是當下的集體記憶的意義範疇，要符合當下的集體記憶意義上的事實。

作爲抗戰記憶媒介的一種類型，或者一種表徵模式，影視類文學藝術作品在當代中國影視作品中佔有相當大的比重〔註25〕，它們已經形成一種結構化、模式化的表徵模式。從當下的表徵來看，中國抗戰題材影視劇中存在的問題恰恰就在於這兩方面。就第一點而言，藝術的不合理想像導致影視劇對抗戰歷史的娛樂化。抗戰劇的武俠化、偶像化、鬼子臉譜化等爲觀眾和評論界詬病，根本原因就在於商業利益驅使下的不合理想像。這也導致了這種表徵與歷史的斷裂。就第二個方面來說，簡單的結構化、模式化，如日本鬼子的無能與八路軍的神勇成爲「經典敘事模式」，這種簡單化、臉譜化使抗戰劇難以實現其作爲歷史記憶媒介的正面功能。反而會傷害正確的歷史觀，對個體乃至集體的歷史記憶造成傷害。2013 年初中國媒體關於抗戰劇的討論證明

〔註24〕阿斯特莉特・埃爾：《文學作爲集體記憶的媒介》，見阿斯特里特・埃爾、馮亞玲：《文化記憶理論讀本》，北京大學出版社，2012 年版，第 240 頁。

〔註25〕2012 年，中國國產電視劇中，抗戰題材的就占了 30％以上，遠超其它類型。

了這一點。近年來，中國電視劇市場上抗戰題材劇泛濫，有增無減，質量參差不齊。2013 年初許多媒體對此展開討論，對抗戰題材電視劇存在的諸多問題（特別是武俠化、偶像化、臉譜化等），各媒體多有批評。新浪網的在線調查數據表明，抗戰劇最不能忍受的因素中，排在第二位的便是劇情娛樂不符歷史：

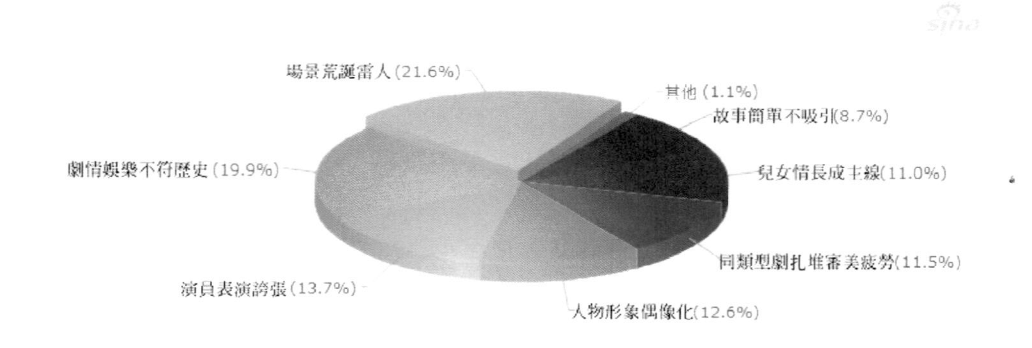

資料來源：http://survey.ent.sina.com.cn/result/77401.html 敍 f=1

本章我們從傳媒抗記憶的幾個本質問題進行了探討，重點關注的是傳媒抗戰記憶表徵的主體、表徵的場合、表徵的模式。借用霍爾關於文化表徵的理論、福柯關於主體與權力的論述我們分析了大眾傳媒抗戰記憶的表徵主體和表徵的場合，借助一般的新聞報導理論和阿斯特莉爾等關於文學記憶的理論，我們對傳媒抗戰記憶的新聞報導式的表徵模式和藝術想像式的表徵模式進行了具體分析，特別是對藝術想像式的表徵模式（主要針對抗戰題材影視劇）進行深入闡釋，對其作爲記憶媒介的功能及其功能實現的路徑等都進行了分析。總之，我們認爲大眾傳媒塑造歷史記憶的兩種模式共同存在，它們各有自己的敘事特點，如新聞報導式加強了歷史記憶的眞實感；歷史事實的回顧填補了事件發生與相關儀式間的空白；藝術方式的歷史塑造使歷史記憶更加豐富、生動、深刻。

第四章　傳媒建構抗戰記憶的社會框架

在描述中國大眾傳媒抗戰記憶的內容時，本書試圖發現時間因素的某些影響，如在不同歷史時期，我們強調了一些什麼，忽略了一些什麼。在分析大眾傳媒抗戰記憶的表徵時，從表徵的主體與權力的角度，我們一定程度上解答了爲什麼會這樣。但整體看來，這都屬於表層上的思考，我們還應該從更深層次，從影響記憶生成的社會機制方面來考察大眾傳媒建構歷史記憶的現象。如果記起阿萊達・阿斯曼關於文本的概念，我們可以說，就大眾傳媒抗戰記憶而言，對其記憶生成的考察本質上便是要弄清楚記憶文本是如何被生產出來的。我們將運用框架理論來解答這個問題。

第一節　社會框架的兩種要素：語言與總體觀念

一、關於框架理論

（一）理論來源

就本書而言，有兩個重要的理論來源奠定了我們所採用的框架研究的理論基礎。

集體記憶的社會框架

關於集體記憶的社會框架理論是莫里斯・哈布瓦赫關於集體記憶研究的最基本的觀點，也是他關於這個問題的最重要的貢獻。他認爲「人們通常正是在社會之中才獲得了他們的記憶的。也正是在社會中，他們才能進行回憶、識別和對記憶加以定位。」〔註 1〕大眾傳媒植根於具體的社會中，它不是對歷史記憶進行實錄，而是在特定的社會情境中建構我們的記憶。「正是在這個意義上，存在著一個所謂的集體記憶和記憶的社會框架；從而，我們的個體思想將自身置於這些框架內，並彙入到能夠進行回憶的記憶中去。」〔註 2〕

傳播學領域的框架理論

「框架」(frame)的概念源自人類學家格雷戈里·貝特森(Gregory Bateson)1955 年發表的論文《一項關於玩耍和幻想的理論》，他將「框架」作爲考察人的認知與傳播行爲的學術概念。貝特森將訊息（message）傳播分爲報告層面和命令層面，前者指傳播所包含的信息（information），後者指傳播所包含的關係，它傳遞傳播過程中的兩個或更多的參與者的人際關係。一個訊息（message）的關係深度對於訊息的內容進行分類或予以構造，因此，它是一種「元傳播」〔註 3〕。顯然，這種元傳播構成了我們理解信息意義的一個基本框架。之後，20 世紀最著名的社會學家之一歐文・戈夫曼（Erving Goffman，1974）將這個概念引入文化社會學。基於人必須使日常生活有意義或有條理的假設，戈夫曼提出眞實的東西就是他或她對情景的定義。這種定義可分爲條和框架。條是指活動的順序，框架是指用來界定條的組織類型。框架分析因此是由檢查一個人的活動經歷的組織方式所構成。這個框架可以是這個人確認並理解反之對他也有意義的事件，並給予持續進行的各種生活活動以意義。戈夫曼認爲框架來源於人們過去的經驗，同時經常受到社會文化意識的影響〔註 4〕。簡單地說，戈夫曼強調的框架是一種對日常生活（經驗）進行認知的心理圖式。這種圖式取決於過去的經驗，也深受文化的影響。加姆桑（Gammson）進一步認爲框架定義可分爲兩類，一類指界限，另一類是架構〔註

〔註 1〕莫里斯・哈布瓦赫：《論集體記憶》，上海人民出版社，2002 年版，第 68～69 頁。

〔註 2〕莫里斯・哈布瓦赫：《論集體記憶》，上海人民出版社，2002 年版，第 68～69 頁。

〔註 3〕E・M・羅傑斯：《傳播學史——一種傳記的方法》，殷曉蓉譯，上海譯文出版社，2005 年版，第 84 頁。

〔註 4〕斯蒂文・小約翰：《傳播理論》，陳德民，葉曉輝譯，中國社會科學出版社，1999 年版，第 299～300 頁。

〔註 5〕孫彩芹：《框架理論發展 35 年文獻綜述》，《國際新聞界》，2010 年第 9 期，第 19 頁。

5〕。「框架是人們藉以觀察世界的鏡頭，凡被納入此鏡頭實景，都成爲人們認知世界中的一部分。人們藉由框架來建構意義，以瞭解社會事件發生的原因與脈絡。前者代表了取材的範圍，後者則顯示意義的結構，是一種觀察事物的世界觀。」〔註 6〕加姆桑的定義有助於更清晰地理解框架的作用機制和功能，它通過選擇、排斥等方法確定了界限，然後又通過建構的方法將選擇出來的材料進行安排以傳播意義。

20 世紀 80 年代開始，在戈夫曼框架思想的影響下，框架理論開始被引進到新聞與傳播研究領域，誕生了「媒介框架」、「新聞框架」、「受眾框架」等學術概念。媒介框架即媒介機構信息處理的組織框架，它適用於多種類型的媒介信息生產和傳播過程的研究。新聞框架概念則應用於新聞的選擇、加工，新聞文本和意義的建構過程的研究。受眾框架概念著重於框架的效果研究，關注受眾如何對信息進行選擇、解讀。坦卡德（Tankard，1991）認爲框架是新聞的中心思想。恩特曼（Entman，1993）認爲框架涉及選擇和凸顯，框架一件事，就是選擇所感知的現實的某些方面，並使之在傳播文本中更加突出，用這樣的方式促成一個獨特問題的界定、因果解釋、道德評價以及如何處理的建議〔註 7〕。坦卡德和恩特曼這種理解側重於媒介框架和新聞框架。

（三）本書採用的框架分析方法

在本書中，我們對於傳媒抗戰記憶的研究既涉及到媒介框架——即大眾傳媒整體上如何對抗戰歷史相關信息進行處理的組織框架，也涉及到新聞框架——傳媒抗戰記憶的新聞報導類文本是基於何種框架的新聞生產。事實上，不僅個體記憶依賴於社會框架，作爲一種集體記憶，歷史記憶更加明顯地受制於社會框架，傳媒建構歷史記憶自然也必須遵循社會框架。我們採用的框架構建的理論假設遵循的是社會建構主義的核心命題，即「社會現實是人們經過社會行動和互動而構建的」，因此，所關注的焦點是探討新聞傳播過程中各種因素的互動關係〔註 8〕。這種總體的社會框架最終決定了大眾傳媒如何進行記憶。就這點來看，加姆桑對框架的定義具有相當重要的啓示意義，

〔註 6〕藏國仁：《新聞媒體與消息來源——媒介框架與眞實建構之論述》，臺北：三民書局，1999 年版，第 33 頁。

〔註 7〕Entman，R.M.，"Framing：Toward Clarification of a Frac-tuned Paradigm"，Journal of Communication.1993，Vo1.43，No.4.

〔註 8〕潘忠黨：《架構分析：一個履需理論澄清的領域》，《傳播與社會學刊》，2006 年第 1 期，第 22 頁。

因爲記憶的社會框架實質上就是一種界限（告訴我們哪些可以進入記憶），也是一種架構（規定我們該如何建構記憶）。

無論是哈布瓦赫的集體記憶的社會框架（借助於語言來進行）分析，還是新聞傳播領域關於媒介框架和新聞框架（框架理論認爲新聞是符號系統內符號間互動的結果）的分析，具體的分析範式都借助於符號進行。因此，我們也將採用兩個分析維度，一個是語言，即通過話語分析來觀察傳媒抗戰記憶的框架是什麼，如何形成；另一個分析維度是總體觀念，即通過文本解讀來考察傳媒抗戰記憶表徵的總體觀念，這種觀念無疑是基於多種因素互動中的一種選擇，它是媒體表徵的框架，也是受眾解讀的框架。我們可以從這兩個維度來具體考察大眾傳媒建構抗戰記憶的社會框架。

二、作爲框架要素的語言與總體觀念

（一）總體觀念

沒有記憶能夠在生活於社會中的人們用來確定和恢復其記憶的框架之外存在。

> 一切似乎都表明，過去不是被保留下來的，而是在現在的基礎上被重新建構的。同樣，記憶的集體框架也不是依循個體記憶的簡單加總原則而建構起來的；它們不是一個空洞的形式，由來自別處的記憶填充進去。相反，集體框架恰恰就是一些工具，集體記憶可用以重建關於過去的意象，在每一個時代，這個意象都是與社會的主導思想相一致的〔註 9〕。

即是說，歷史記憶的社會框架內在地決定了記憶的形式和內容。那麼，社會通過什麼途徑作用於記憶呢？莫里斯·哈布瓦赫研究了夢境，「睡夢中綿延不絕的一系列意向，就像一堆未經細琢的材料疊放在一起，層層疊疊，只是出於偶然，才達到一種均衡狀態，而一組記憶就像是一座大廈的牆壁，這座大廈被整體框架支撐著，並受到相鄰大廈的支持和鞏固。兩者之間的差別就在於此。夢建立在自身的基礎之上，我們的記憶依靠的是我們的同伴，是社會記憶的宏大框架。」〔註 10〕「做夢者不能從集體的視角對總體進行思考，這些總體是由人物和事實、地區、時段、對象群體和一般意向構成的，它們就

〔註 9〕莫里斯·哈布瓦赫：《論集體記憶》，上海人民出版社，2002 年版，第 71 頁。
〔註 10〕莫里斯·哈布瓦赫：《論集體記憶》，上海人民出版社，2002 年版，第 75 頁。

位於社會記憶的前沿，因此，做夢者無法逃離自我。」〔註 11〕也就是說，夢境研究告訴我們，總體觀念是集體記憶的一個社會框架要素。

（二）語言要素

對失語症病人的研究則使莫里斯・哈布瓦赫得出語言是集體記憶社會框架的又一要素的結論。作爲一個框架要素，語言到底有多大影響？我們不妨借用認知心理學的研究結果來看看。心理學對框架效應（frame effect）進行了比較豐富的研究。框架效應是指對一個問題的兩種在邏輯意義上相似的說法（言語）卻導致了不同的決策判斷。例如，實驗表明，從經濟學的角度來說，當消費者感覺某一價格帶來的是「損失」而不是「收益」時，他們對價格就越敏感。經濟決策的理論歷來認爲，人從根本上來說是理性動物。然而，人類在許多方面有非理性的特徵，其中最引人注目的例子就是「框架效應」。在這一效應下，以肯定或否定的方式做出一種選擇對後來的選擇具有戲劇性的影響。

一個經典的研究案例是 Tversky 和 Kahneman 的「亞洲疾病問題」實驗。實驗想像美國正準備對付一種罕見的亞洲疾病，預計該疾病的發作將導致 600 人死亡。現有兩種與疾病作鬥爭的方案可供選擇。假定對各方案所產生後果的精確科學估算如下所示，你會贊同那一個方案？

情景一：對第一組被試敘述下面情景：

如果採用 A 方案，200 人將生還。

如果採用 B 方案，有 1／3 的機會 600 人將生還，而有 2／3 的機會將無人生還。

情景二：對第二組被試敘述同樣的情景，同時將解決方案改爲 C 和 D：

如果採用 C 方案，400 人將死去。

如果採用 D 方案，有 1／3 的機會無人死去，而有 2／3 的機會 600 人將死去。

結果：

情景一：對第一組被試（N＝152）敘述下面情景：

如果採用 A 方案，200 人將生還。（72％）；如果採用 B 方案，有 1／3 的機會 600 人將生還，而有 2／3 的機會無人生還。（28％）。

〔註 11〕莫里斯・哈布瓦赫：《論集體記憶》，上海人民出版社，2002 年版，第 78 頁。

情景二：對第二組被試（N＝155）敘述同樣的情景，同時將解決方案改爲C和D：

如果採用C方案，400人將死去。（22%）；如果採用D方案，有1／3的機會無人死去，而有2／3的；機會600人將死去。（78%）

實際上，實驗中的兩種情景方案是一樣的，但言語方式不同。也正是由於這小小的言語的改變，人們的認知參照點（認知框架）發生了根本改變，由情景一的「收益」心態到情景二的「損失」心態。即以死亡還是救活作爲參照點，使得在第一種情況下被試把救活看作是收益，死亡看作是損失。不同的參照點影響了人們對風險的感知態度。面臨收益時人們會小心謹慎地選擇風險規避；面臨損失時人們卻甘冒風險。實驗表明，在第一種情況下實驗對象傾向於規避風險，第二種情形下實驗對象傾向於風險尋求。這裏的關鍵在於損失和收益並非實際的判斷，而是在不同語言框架影響下的認知參照點選擇。

證明語言的框架效應的例子還有很多，如津巴多在《心理學與生活》中講到框架效應時就說了一個「祈禱時抽煙——抽煙時祈禱」的故事：

有這樣一個小夥子，平時煙癮很大，就連禮拜天上教堂做禮拜那段時間也忍不住。但教堂裏有規定，在教堂內不能抽煙。小夥子問神父：「我煙癮太大，您說在祈禱時可以抽煙嗎？」神父的回答是當然不可以。又過了一星期，小夥子換了一種語序問神父：「我煙癮太大，您說我在抽煙時可以祈禱嗎？」神父一聽，這小夥子不錯，抽煙的時候還惦記著祈禱，就回答說可以。

在中國，也不乏這樣的例子，如「屢戰屢敗——屢敗屢戰」的故事。據說曾國藩率湘軍討伐太平天國，初期戰勢連連失利，曾國藩寫奏摺提到戰況是「屢戰屢敗」，聰明的師爺大筆一揮，將之改爲「屢敗屢戰」。

心理學的實驗研究和上述兩個案例都表明，在特定語境下，不同的言語形成了不同的框架，在框架效應的作用下，人們會對正面框架和負面框架進行判斷和識別，即受益和受損兩種情況下人們會有不同的行爲反應。我們研究大眾傳媒抗戰記憶的語言框架要素，其意義也在此，因爲受眾正是在語言框架的作用下，判斷和選擇解讀框架，並由此影響其關於抗戰歷史的記憶。

莫里斯·哈布瓦赫明確指出，「在集體記憶中肯定存在著兩個習俗系統，這兩個習俗系統通常把自身強加給人們，並且通過相互聯合而彼此鞏固，但是，它們也能分別表達自己。」〔註12〕他所說的兩個習俗系統指的便是語言習俗和

〔註12〕莫里斯·哈布瓦赫：《論集體記憶》，上海人民出版社，2002年版，第71頁。

社會的總體觀念，它們構成了社會框架的兩個要素。這兩個要素之間存在著密切的關係，共同決定了集體記憶。下面我們就專向對兩個要素關係的探討。

三、語言與總體觀念的關係

通過對語言作爲一種框架要素的效應的分析，我們明確了語言框架如何影響人們的感知和行爲。通過對總體觀念作爲一種框架要素的效應的思考，我們明確了總體觀念如何作爲一種認知圖式規定了我們如何選擇和捨棄材料，又如何通過對材料的建構來表達意義。它們確實可以分別以不同的途徑表達自己，但它們之間的緊密聯繫也同樣清晰可見。從本質上看，語言與總體觀念的關係可以理解爲言語與語境的關係，也可以理解爲知與言的關係，還可以從時間的維度將它們的關係理解爲當下與歷史的關係。

（一）言語與語境的關係

語言習俗和總體觀念的關係實質上就是言語和言語環境的關係，如果說記憶形成了某種文本，我們可以說兩種要素的關係就是文本與語境的關係。記憶總需要借助於符號來表達。按照德國哲學家卡西爾的觀點，人類的本質在於人類是符號的動物。語言是人類最重要的符號，記憶離不開語言。瑞士語言學家索緒爾的語言研究將人類引向符號學的廣闊領地。視野的拓展，使以霍爾爲代表的文化研究者將表達意義的各種符號都稱爲廣義的語言。莫里斯·哈布瓦赫認爲，言語的習俗構成了集體記憶最基本同時又是最穩定的框架。記憶總是發生在特定的背景中，語言對記憶的表達也總是受制於特定的環境。對於記憶來說，這種特定的環境以間接的方式作用於記憶，即通過在環境中形成的記憶的總體觀念的形式作用於記憶的語言表達。這樣，語境呈現爲總體觀念，成爲記憶的一個框架，語言作爲另一框架要素與之共同建構集體記憶。語言形成記憶的文本後，反過來對記憶的總體觀念也會產生影響，成爲總體觀念變化和形成新的觀念的要素之一。

當我們通過對文本進行話語分析以尋找傳媒抗戰記憶的語言框架時，我們不能罔顧文本生產的語境，即這種語言框架如何得以生成，所以我們會繼續進行抗傳媒抗戰記憶的語境框架的分析，正是後者爲語言框架提供了生存的土壤。同樣的，如果語境框架不通過文本中的語言框架彰顯出來，我們也無法理解其作爲語境框架的存在。

（二）「知」與「言」的關係

語言習俗和總體觀念的關係還可以理解爲「知」與「言」的關係。莫里斯・哈布瓦赫關於夢境的研究揭示的情形近似於「言而不知」的狀態。夢境中的人擁有語言的能力，但他的言語活動處於一種不自覺狀態，即他不能像醒時那樣運用對社會總體觀念的把握來控制自己的言語實踐。與此相反，失語症患者是「知而不言」，對於輕度患者來說，他知道、理解言語環境，也擁有對於社會總體框架的觀念，但是，他不能用言語來表達。可見，「知」與「言」的分離會導致集體記憶的喪失。所以，在集體記憶的框架中，我們強調二者的融合。近似於中國語言表達中所說的知無不言、言無不知的狀態。對於集體記憶而言，就是要在表達與表達背後的思想之間建立一種和諧的關係。

傳媒抗戰記憶社會框架中的總體觀念要素指的是傳媒對抗戰歷史的基本觀念，對抗戰記憶的基本態度，這種觀念和態度的傳播與傳承需要通過各種符號的表徵得以實現，大眾傳媒的符號表徵構成其主要形式，換句話說，關於抗戰的總體觀念通過傳媒抗戰記憶文本得以呈現。從這個意義上看，我們可以把大眾傳媒抗戰記憶的語言框架理解爲其結構性特徵，而將其總體觀念框架理解爲其傳遞的關於抗戰意義的總體觀念。

（三）當下性與歷史性的關係

集體記憶的兩種框架要素還存在時間上的關係。就語言習俗系統來看，儘管語言的形成、選擇和表達實踐也受到歷史的影響，但從記憶的發生來看，它是一種當下的言語行爲，具有當下性。當我們考察記憶的文本——言語的產品時，我們確實應首先關注文本在當下呈現出的眞實面貌。社會的總體觀念則不同，它是歷史地形成的。

記憶是什麼？從時間的角度來看，記憶關心的就是時間的連續性，它勾連過去、現在和將來。言語的環境包括情景語境和歷史語境，對語境的把握是歷史性的，正是在歷史的發展中，才形成了有關社會的總體的觀念。因此，記憶的兩種框架要素強調了記憶是當下與歷史共同作用的產物，歷史記憶是基於當下和未來對歷史的建構。對二者時間關係的理解的差異產生了記憶的差異。

就抗戰記憶而言，中國、日本之間的差異就與此有關。中國人的文化心理強調過去與現在和未來的聯繫，認爲沒有對過去的正確理解和把握，就沒有今天和未來。而日本則更強調未來。同樣，中西方也存在此類差異，如與中國人關注歷史不同，美國人傾向於強調當下。當然，如果從文化的角度看，這樣的時間觀念與中國、日本、美國的不同的歷史文化有關，中國文化的悠久性、連續性和日本文化的外來性、美國文化的短暫性等等決定了各自對待歷史、時間的觀念的差異。

此外，兩種框架要素的關係還涉及到「分」與「合」的關係。「言」不可避免地產生分，這是因爲語言本身是有限的。我們言說時，就是在分。語境因素，或者說，「知」的因素，實際是在追求「合」。對記憶來說，就是讓記憶處於一種被理解的狀態。從發展的角度看，人們從渾融走向社會規範習得後的「分」，最後又趨向更高層次的「合」。集體記憶也是要通過總體觀念的規範使「言」趨向「合」。

第二節　大衆傳媒抗戰記憶的語言框架

大眾傳媒對於抗日戰爭的記憶屬於集體記憶中的歷史記憶，因此，大眾傳媒對抗戰記憶的建構遵循集體記憶的社會框架。本節將運用話語分析的方法來解析大眾傳媒建構抗戰記憶文本的語言框架。莫里斯·哈布瓦赫的社會框架要素之一語言習俗強調語言的實踐性，他對失語症病人的研究關注的是語言對於記憶的內在制約性，表明失去語言的人們難以重建記憶。大眾傳媒對歷史的記憶實際上就是運用各種符號進行的表徵實踐，這種實踐的產物就是各種各樣的文本，主要是我們在上一章論及的新聞類文本、影視藝術類文本。我們的研究採用的是溯回法，即運用話語分析的方法從現成的文本反觀語言作爲記憶框架的要素如何作用於記憶，以及大眾傳媒的抗戰記憶語言框架有什麼特點。

一、傳媒抗戰記憶的話語分析

話語分析是一門從語言學、文學理論、人類學、符號學、社會學、心理學以及言語傳播學等人文科學和社會科學中發展起來的新的交叉學科〔註13〕。傳播學領域有三種基本的話語理論：言語行爲理論、命題一致性理論和會話分析理論。第一種是對待話語的基本認識，即話語是一種表達意圖的言語行爲。就本書而言，這也是一個基本的觀念。就傳媒抗戰記憶的話語分析而言，第二種理論是最重要的。因爲它強調話語意義如何組織，既提供了理

〔註13〕托伊恩·A.梵·迪克：《作爲話語的新聞》，曾慶香譯，華夏出版社，2003年版，第18頁。

論，也提供了分析範式。第三種理論強調的是具體語境中的話語交際行為，「對話」是話語行為，也是達到某種目標的途徑，我們第五章關於抗戰記憶的競爭與對話中會運用這一理論。

荷蘭學者托伊恩・A.梵・迪克（Teun A.Van Dijk）是命題一致性研究領域的優秀代表，他第一次試圖把話語研究和傳媒研究結合起來，集中論述了傳媒中最重要的一種話語類型：報紙新聞。我們將借用他關於新聞話語的研究結論和方法探討語言作為傳媒抗戰記憶框架的要素。理由是：本研究所關注的大眾傳媒的歷史記憶中，新聞話語是重要的範式之一。其它的記憶範式儘管各有特點，但從語言的角度來看，都是運用社會的語言（這裏指以霍爾為代表的文化研究者所說的表達意義的各種符號）進行的記憶的建構。因此，我們將以大眾傳媒的新聞文本為例來考察語言如何作用於記憶。

托伊恩・A.梵・迪克從新聞結構、新聞製作、新聞理解等角度對作為話語的新聞進行全面的研究，他關注作為話語的新聞從生產到接受的全過程。由於我們希望從新聞文本的角度考察語言如何作用於記憶，所以僅選擇其中的一個角度——從分析結構的方法來探討我們需要解決的問題。

托伊恩・A.梵・迪克指出，「文本的主題是建立在世界的常識性知識和個人信仰與興趣的基礎之上通過宏觀過程（macroprocesses），即規則和策略的作用，從命題族群（sequences of propositions）策略地推導出一個宏觀命題。這樣的主題是語義宏觀結構這一層級性的話題或主題結構的一部分，可以用概要的形式進行表達並主觀地確定文本中最重要的信息、主旨和要點。」「從總體上看，宏觀規則是通過刪減政治宏觀行為的細節和常見組成部分、運用常識性和具體的政治知識而相當直接地運作。」〔註 14〕下面的分析就採用從命題族群概括主題的方法進行。

要說明的是，與第一章關於抗戰記憶的內容研究不同，我們從對抗戰記憶的所有文本的宏觀分析轉到了對具體文本的微觀分析，落實到了一個個文本內在的命題與結構，深入到抗戰記憶的文本內在主題結構，從而分析大眾傳媒抗戰記憶產生的內在語言機制。

我們選擇的分析樣本是《人民日報》2005 年 9 月 4 日在第 1 版《要聞》中發表的消息《紀念中國人民抗日戰爭暨世界反法西斯戰爭勝利 60 週年大會

〔註 14〕托伊恩・A.梵・迪克：《作為話語的新聞》，曾慶香譯，華夏出版社，2003 年，第 37～38 頁。

在京隆重舉行》。選擇這個文本的主要理由是：

第一，這則消息所報導的活動是中國紀念抗日戰爭勝利的最高級別的慶典活動，在該紀念活動中傳遞的信息代表著中國政府對抗戰歷史的權威觀點；

第二，《人民日報》是中國中央級的黨報，其新聞話語具有權威性，成爲其它同類報導的根據；

第三，它是典型的新聞話語，我們可以從中推演抗戰歷史記憶新聞話語的一般特點。

我們先分析這則消息的主題結構。托伊恩・A.梵・迪克對主題推導研究得出的結論是：

> 其一，新聞話語的主題經常以標題的形式表現出來，起著概述的功效；其二，這樣的主題可以通過刪去不相關的細節信息而得到，也就是說，這些細節信息不直接影響對其餘新聞文本的理解。從技術角度看，這意味著被刪除的命題不是後面命題的先決（條件）命題。……〔註15〕

所選文本的主題顯然如托伊恩・A.梵・迪克所言，呈現在標題中。這是一個復合標題，包括正題和副題：

紀念中國人民抗日戰爭暨世界反法西斯戰爭勝利60週年大會在京隆重舉行

胡錦濤發表重要講話強調：牢記歷史、不忘過去、珍愛和平、開創未來，更好地推進全面建設小康社會、實現中華民族偉大復興的光輝事業，更好地促進人類和平與發展的崇高事業

江澤民溫家寶賈慶林曾慶紅黃菊吳官正李長春羅幹出席　吳邦國主持

正題提供了新聞事件、發生時間；副題有兩個信息：（1）胡錦濤發表重要講話的核心內容；（2）參與會議的主要領導、會議的主持人。根據讀者的常識性知識可以明確正題構成了新聞文本的第一個宏觀主題，副題的第一個信息構成新聞文本的第二個主題。下面，我們對文本主題進行逐段概括，並在此基礎上推導宏觀主題、分析宏觀主題的實現路徑。

1、導語：新聞主題概要。

2、事件發生地點：人民大會堂。

〔註15〕托伊恩・A.梵・迪克：《作爲話語的新聞》，曾慶香譯，華夏出版社，2003年，第39頁。

3、事件發生的時間、主要人物。

4、中共中央政治局常委、全國人大常委會委員長吳邦國宣佈大會開始。

5、全體與會人員向在中國人民抗日戰爭和世界反法西斯戰爭中英勇獻身的烈士們和慘遭侵略者殺戮的無辜死難者默哀。

6、胡錦濤在講話中指出，中國人民抗日戰爭和世界反法西斯戰爭的性質、地位、意義。

7、胡錦濤強調，中國人民能夠贏得抗日戰爭的勝利，絕不是偶然的。中國共產黨人以自己最富有犧牲精神的愛國主義、不怕流血犧牲的模範行動，支撐起全民族救亡圖存的希望，成爲奪取戰勝利的民族先鋒。

8、胡錦濤指出，中國人民抗日戰爭的勝利，是同世界所有愛好和平與正義的國家和人民、國際組織及各種反法西斯力量的同情和支持分不開的。

9、胡錦濤說，中國人民抗日戰爭，是近代以來中國反抗外敵入侵第一次取得完全勝利的民族解放戰爭。

10、胡錦濤說，在那場空前壯闊的偉大鬥爭中，中華民族進一步弘揚了以愛國主義爲核心的偉大民族精神，並表現出許多鮮明的特點。

11、胡錦濤強調，法西斯侵略者一給世界帶來巨大災難，給人類文明造成空前浩劫。東京審判的正義性質是不可動搖、不容挑戰的。

12、胡錦濤表示，我們回顧歷史，是爲了獲取智慧和啓迪，從而更好地把握今天的生活和未來的方向。

13、胡錦濤強調當前中國人民的任務。

14、中國政府一貫重視中日關係，始終堅持中日友好方針，並爲中日友好作出了不懈努力。

15、胡錦濤強調，中華民族的發展正面臨著難得的歷史機遇，中華民族偉大復興的光輝前景已經展現在我們面前。

16、其他發言代表。

17、大會在雄壯的《國際歌》聲中結束。

18、出席大會的其他領導同志。

19、其他代表共約 6000 人參加了大會。

其中，第 1～5 段，16～17 段按照倒金字塔和金字塔混合的結構形式對新聞事件進行報導。第 1 段是導語，對副題中的信息進行強調、豐富、完善，是對新聞事件中最重要的信息的概括，與副題一起，構成對新聞主題的明確提示，屬於倒金字塔式結構。2～5 段，16～17 段則按照金字塔式結構從地點、時間、人物、事件內容進行報導。它們共同解釋了正題，完成了對正題的建構。也可以說，正題是這幾個段落宏觀命題的更高層次的宏觀命題，是本則消息的第一個宏觀主題。文本的第 18，19 段是這個新聞事件的次要信息的補充。

文本第 6～15 段是對副標題和導語中概括的文本第二個宏觀主題的細節化——即胡錦濤發表的重要講話的具體內容。這一重要講話精神在標題和導語中概括爲：「牢記歷史、不忘過去、珍愛和平、開創未來，更好地推進全面建設小康社會、實現中華民族偉大復興的光輝事業，更好地促進人類和平與發展的崇高事業。」這一概括可以從段落的主題分析中通過刪減的原則推導出來。第 6 段對抗日戰爭的性質、地位、意義的界定，第 7 段對中國共產黨在抗戰中的地位與作用的認識；第 8 段對國際援助與支持的肯定，的 9 段對抗戰對中華民族的意義的精要概括，第 10 段對抗戰精神的總結，共同構成了講話精神的第一層重要內容——即牢記抗戰歷史，不忘抗戰歷史的豐富內涵。第 11 段對戰爭的傷害和東京審判公正性的強調，第 12 段對記憶目標的表述是表達講話精神的第二層重要內容——珍愛和平、開創未來。13～15 段對中國現行任務的強調、中國面臨局勢的分析（包括中日關係的闡述）體現了講話精神的第三層重要內容——更好地推進全面建設小康社會、實現中華民族偉大復興的光輝事業，更好地促進人類和平與發展的崇高事業。上述分析表明，新聞的第二主題正是在這 10 個段落中得以實現的。

這則新聞文本的兩個新聞主題可以分開運用不同的新聞文本表達，也可以融合到一起。兩者之間有密切的關係，第一個主題是第二主題的語境，第二個主題是第一個主題的主要內容的深化、細化。

二、傳媒抗戰記憶的語言框架

從上面的分析中可以看出：大眾傳媒運用新聞話語的方式進行抗戰記憶建構時，它遵循新聞話語的主題結構規範。具體地說，在運用語言進行記憶建構時，一方面要遵循語言的一般特點，另一方面，應該考慮大眾傳媒作爲一種特殊的傳播媒介對語言的獨特要求。就新聞話語的建構而言，就是要按照新聞建構主題的方式進行運作。

基於這種認識，我們還可以將所選文本與其它與之緊密相關的文本進行對比，從而發現語言作用於記憶建構的規律。在同一天的《人民日報》上，還刊登了五篇相關的新聞，分別是：

（1）第 2 版：《在紀念中國人民抗日戰爭暨世界反法西斯戰爭勝利 60 週年大會上的講話》（胡錦濤）

（2）第 5 版《要聞》：《不忘歷史開創未來——紀念中國人民抗口戰爭暨世界反法西斯戰爭勝利 60 週年大會側記》（《人民日報》記者：王淑軍）

（3）第 3 版《國際》：《胡錦濤在紀念抗戰勝利大會上的講話在海外華僑華人中引起熱烈反響》（《人民日報》記者：陳一鳴）

（4）第 5 版《要聞》：《港澳臺人士表示：胡錦濤重要講話充分表達了港澳臺同胞意願》（新華社香港 9 月 3 日電）

（5）第 5 版《要聞》：《社會各界紛紛表示：胡錦濤重要講話對中華民族偉大民族精神作了高度概括》（《人民日報》北京 9 月 3 日訊綜合本報和新華社消息）

文本（1）的主題是我們分析的樣本的第二個宏觀主題，文本（2）的主題是所選樣本的第一個宏觀主題；文本（3）、（4）、（5）的主題涉及所選樣本的第二個主題。

也就是說，在同一天的人民日報上，有 5 個文本涉及到同一個主題。從報導的規模來看，這個主題無疑是被突出和強調的。它正是坦克德所言的新聞框架（新聞的中心思想），也體現了恩特曼所說的框架的選擇和凸顯作用。其中，文本（1）較之其它四個文本具有特殊性，它直接來源於社會生活中的話語行爲，是胡錦濤同志在抗戰勝利 60 週年紀念大會上的講話原稿。從時新性、接近性、重要性、顯著性等新聞價值要素來看，它無疑具有重要的新聞價值，它又不同於職業記者對同一新聞主題的報導，所以它是特殊的新聞話語，而且是具有權威性的特殊新聞話語。

上述文本的特殊性和權威性建立在以下三個基礎上：其一，文本的表徵主體的權威性；其二，文本的表徵場合的權威性；第三，文本的表徵內容的權威性。因此，該文本構成其它四個文本的元文本之一（這裏所說的元文本指的是它是其它文本敘事的依據和參照，也是解讀其它文本的參照）。用加姆桑的觀點來看，該主題界定了進入大眾傳媒的記憶的材料，也決定了運用這些材料進行抗戰記憶的方式。因此，對大眾傳媒的抗戰記憶而言，該文本具有權威性。

通過對當代傳媒建構抗戰記憶的綜合考察，我們發現上述現象具有普遍性。因此，我們得出第二個結論，大眾傳媒通過語言框架建構抗戰記憶時，受制於實際社會生活中對抗戰記憶的權威話語表達——權威性的話語表達（如上述文本 1）構成了我們前面所說的社會框架的總體性觀念要素。這種表達具有鮮明的語境特徵，成爲其他話語表達的語境。我們將在第三節對此展開詳細討論。

最後，我們從新聞話語延展到一般的大眾傳媒話語來看，語言作爲框架要素決定了大眾傳媒抗戰記憶還需考慮傳媒語言的特點。大眾傳媒可以運用各種符號進行傳播，如果我們把這些符號看成傳媒的言語，那麼我們發現，它們具有一些共同的特點。主要表現爲形式上的公開性和傳播的廣泛性。

（1）公開性：形式特點。與人類其他類型傳播比較起來，大眾傳播具有公開性的特點，這決定了傳媒言語的公開性特點。任何語言符號，一進入大眾傳播，成爲傳媒言語，就成爲公開的。公開性與私密性相對，意味著一種潛在的影響力。各種信息經由大眾傳播的公開，就成爲一種共享性的信息。在傳媒抗戰記憶中，許多個體記憶進入到大眾傳媒，經過大眾傳媒的公開傳播成爲一種公開話語，可能對他人的抗戰歷史記憶產生影響，也可能變成爲集體記憶的一部分。

（2）廣泛性（全民性）：傳播特點。從人類傳播發展的角度來看，大眾傳播最大的特點就是「大眾」，它有三層含義：大量的民眾；大批量複製的信息；大規模的媒介組織。這三層含義都意味著大眾傳播的廣泛性，從語言的角度來說，就是傳媒言語具有廣泛傳播的特點。雖然個體記憶也具有社會性，不能離開他人、集體、社會而孤立存在，但就載體而言，個體記憶是依賴於生命個體的記憶，這便是大眾傳媒抗戰記憶與個體記憶的根本區別之一。大眾傳媒抗戰記憶的載體是大眾傳媒，它意味著這種記憶不僅是公開的——個體記憶可以借助它進入集體的、社會的記憶，還意味著這種記憶是具有廣泛的傳播性的，正如阿萊達·阿斯曼在記憶與媒介的研究中所強調的，媒介影響甚至決定了人們如何記憶。在大眾傳媒技術高度發展的今天，記憶通過大眾媒介跨時間和空間的傳播，具有更廣泛更深刻的影響潛力。

傳媒言語的兩個基本特點決定了大眾傳媒在使用語言時的審慎、謹嚴、規範，在表述上要求準確、明晰。用詞造句要合乎語法規範，合乎語言的應用規律；要透過現象準確地概括事物的本質屬性；概念、判斷、推理要合乎邏輯〔註 16〕。這個要求不局限於新聞類文本，也適用於影視劇等藝術類的傳媒抗戰記憶文本。我們在第二章對我國當下的抗戰題材影視劇類文本的分析中曾批判過那些違背上述特點的文本。其理由正是因爲這點。

總之，大眾傳媒建構歷史記憶時，語言框架在三個基本規律的制約下發生作用：

第一，遵循新聞話語的主題結構規範。

第二，受制於實際社會生活中對抗戰記憶的權威話語表達。

第三，需考慮傳媒語言的特點。它們共同形成了大眾傳媒關於抗戰記憶語言表徵的定型化和類型化特點。

我們對傳媒抗戰記憶新聞類文本的語言框架產生和作用的規律的分析意在指出，這種框架是在社會、媒介、受眾等多種因素共同作用的產物。它既在我們前面所說的新聞傳播框架研究中的媒介框架層面發生作用，也在更具體的新聞生產過程中以新聞框架的方式發生作用。儘管我們沒有從框架效果的角度考察這種框架如何影響受眾解讀的框架，但我們所有的研究的出發點便是基於一種假設：傳媒框架和新聞框架與受眾框架會在互動中相互影響。相關研究通過比較新聞框架與受眾框架，證實新聞媒體在反映客觀現實的特定事件時，會固定呈現此一事件的特殊部分；受眾在閱聽新聞媒介報導時，也會依照過去經驗表現出一定的傾向，從而形成媒介框架與受眾框架的趨同、協商或對立，實現三種現實間的轉換與互動〔註 17〕。

第三節　大眾傳媒抗戰記憶的語境框架

歷史記憶不是一種面對歷史的被動的產物，它恰恰是我們站在今天的時空情境中對歷史的一種思考，一種建構。所以，我們會發現同一個歷史事件在不同的時代有不同的記憶。有的歷史事件，原本已經沉寂在歷史的長河中，卻在某一特殊時刻被重新挖掘、詮釋，成爲一個國家、一個民族的重要力量

〔註 16〕陳德三：《傳媒語言的準確與明晰》，《鷺江大學學報》，1997 年第 4 期，第 49 頁。

〔註 17〕張克旭、臧海群、韓綱、何婕：《從媒介現實到受眾現實——從框架理論看電視報導我駐南使館被炸事件》，《新聞與傳播研究》，1999 年，第 2 期。

源泉，被鑄造成他們的歷史記憶。我們還會發現，那些涉及到對立力量較量的歷史事件，因爲不同的結果不同的意義，在不同的主體那裏呈現出截然不同的記憶。有的力圖捍衛記憶，有的卻試圖忘卻歷史，重造記憶。無論是忘卻還是記憶，也無論選擇怎樣的方式記憶，無疑都與當下的情境相關。

> 當下的處境好相互是一種觸媒（accelerant），它會喚醒一部分歷史記憶，也一定會壓抑一部分歷史記憶，在喚醒與壓抑裏，古代知識、思想與信仰世界，就在選擇性的歷史回憶中，成爲新知識和新思想的資源，而在重新發掘和詮釋中，知識、思想與信仰世界在傳續和變化〔註 18〕。

就大眾傳媒來說，建構歷史記憶的行爲發生在特定的時空中，它必然會受到來自社會各種力量的控制。這些力量共同作用，構成了哈布瓦赫所說的社會框架的又一要素——總體觀念，形成抗戰記憶的語境框架。

一、新時期傳媒建構抗戰記憶的具體語境

（一）政治的影響

傳媒抗戰記憶發生的具體的社會歷史語境中，政治是影響記憶的重要因素。所謂政治的影響，對於具有世界意義的抗日戰爭來說，可以從不同的層面和角度來分析，我們選擇兩個最容易區分的視角：國內政治影響和國際政治影響。

國內政治影響

國內政治影響主要涉及對現行秩序合法性的反覆確認。這種確認包括對現行政權的確認，也包括對其它秩序，如人民的地位、民主黨派的地位、大陸與臺灣關係的確認等等一切與抗戰有關的在戰爭中及戰後逐步形成和確立的各種秩序的確認。各種秩序的確認首先通過法的程序得以實現，如 1949 年中華人民共和國政府成立，現行政權的合法性得以確立；1971 年中國重返聯合國，現行政權的國際地位獲得世界認可。然後就需要運用包括大眾傳媒在內的各種渠道解釋、強調這種合法性。

傳媒抗戰記憶在這方面意義重大。正如在第一章抗戰記憶內容分析中所指出的，抗戰記憶的重要內容之一就是反思抗戰，其中，抗戰對現行政權合

〔註 18〕葛兆光：《歷史記憶、思想資源與重新詮釋——關於思想史寫法的思考之一》，中國哲學 2001 年第 1 期，第 46 頁。

法性的確認是最主要和最經常被強調的。這表明了內在的政治需求——特別是對現行政權合法性的反覆確認是傳媒抗戰記憶的內在動力之一。這種需要不僅在政權確立之初存在，也將與政權的穩固和發展相伴隨。就我國的實際情形來看，新中國成立後，國內政治環境整體處於良好發展狀態，但也經歷了一些曲折經歷，對政權而言，意味著穩固與發展是一個持續存在的問題；對於記憶而言，則意味著內在需求和動力的持續存在。

國際政治影響

影響當代中國傳媒抗戰記憶的政治語境因素中，相比較而言，外向的，也就是國際關係的影響更爲明顯和突出。原因在於抗戰本身就是世界反法西斯戰爭的一部分，對抗戰的記憶始終是在世界反法西斯戰爭的背景下進行的。抗戰記憶的核心內容——中國人民抗日戰爭勝利的意義便是在此背景下的總結和反思。因此，中國的抗戰記憶從一開始便確立在世界反法西斯戰爭的角度。大眾傳媒抗戰記憶自不例外。正因爲如此，國際政治關係成爲影響中國傳媒抗戰記憶的重要語境因素。

這種關係以圍繞抗戰引起的中國與其他國間的關係爲主要內容，包括中日關係、中美關係、中英關係、中德關係、中國與其他深受日本侵略戰爭傷害的亞洲國家的關係，等等。其中，中日關係最重要的一個因素，它構成傳媒抗戰記憶社會框架的重要內容，很大程度上制約甚至決定了我們在該歷史情境中如何進行記憶建構。所以，我們主要對它進行分析。

總的說來，自 20 世紀 80 年代至今，中日關係受到的兩國政府的高度重視，其影響也跨越了兩國，成爲亞太地區乃至全球的重要國際關係。二十多年的中日關係呈現的總體特點可概括爲複雜、曲折、發展。

首先，中日關係是複雜的。中日兩國一衣帶水，有 2000 年友好交往的歷史，但同時也有近百年戰爭創傷的歷史。這種歷史的友好與創傷成爲中日複雜關係的一個深刻歷史原因。日本是高度發達的資本主義經濟大國，正在努力追求成爲政治大國；中國是經濟日益迅速發展的社會主義發展中國家，其國際政治地位不斷上升。不同的社會制度、不同的經濟發展狀況、不同的政治地位是中日關係複雜的現實原因。

其次，中日關係的發展是曲折的。我們在傳媒抗戰記憶的場合因素中對中日新時期以來的關係進行了簡單回顧，這裏再作簡要分析和補充。2001 年 8 月，日本前首相小泉純一郎以公職身份參拜供奉有二戰甲級戰犯的靖國神社，導致中日首腦互訪中斷四年多，兩國政治關係日趨冷淡。中日關係出現了第三次逆流〔註19〕。2005 年，中日在一系列問題上的爭議全面爆發。中日關係面臨邦交正常化以來最嚴峻、最複雜的考驗〔註20〕。2007 年，隨著中日兩國領導恢復互訪，雙方關係又進入一個新的時期。2009 年以來的釣魚島問題（特別是 2012 年購島事件）使中日關係再現危機。

最後，中日關係是發展的。儘管中日關係因爲歷史與現實的原因處於複雜的狀態，其發展過程歷盡曲折，但總的來說，中日關係在不斷發展。中日關係發展的重要意義已經遠遠超出了雙邊關係的界限，對整個亞太地區甚至世界格局都產生深遠影響〔註21〕。

中日在新時期的複雜、曲折、發展關係成爲傳媒抗戰記憶社會框架的一個重要因素，具體表現在：

第一，中日關係制約著傳媒抗戰記憶的內容選擇。從中日雙方的角度來看，大眾傳媒在抗戰記憶中選擇什麼來進行記憶，受制於中日關係。從歷史的角度看，在中日建交及以後一段時間內，中日傳媒都比較注重從正確認識歷史的角度來進行記憶，在中日關係處於曲折發展時（特別是圍繞首相參拜靖國神社產生爭論時），雙方傳媒更加注重對抗性的記憶。

第二，中日關係決定了傳媒抗戰記憶的目標指向。傳媒對中日關係的現實與前景的把握以及對中日關係的態度，決定了傳媒抗戰記憶的目標指向。1970 年代中日關係正常化過程中，雙方傳媒對中日關係持積極推動態度，對前景持樂觀態度，這影響到傳媒的抗戰記憶，體現爲通過記憶促進對歷史的共同認識和理解。

第三，中日關係提供了傳媒抗戰記憶的特殊場合。我們在記憶的偶然性場合因素的分析中已經分析過中日關係如何成爲傳媒抗戰記憶的特殊場合。可以說，傳媒抗戰記憶始終發生在中日關係的特定時期，它構成了傳媒抗戰記憶的一種具體時空場合。

儘管國際局勢的風雲變幻和中日雙方的現實需要是推動雙方關係變化的重要動力，但歷史問題——特別是抗戰問題——始終是影響雙方關係的敏感

〔註19〕馮昭奎、林昶：《中日關係的三次逆流》，《世界知識》，2006 年第 15 期，第 35～37 頁。

〔註20〕黃明：《摩擦中整合》，《科學決策月刊》2006 年 3 月，第 15～16 頁。

〔註21〕姜躍春：《新時期的中日關係》，第 23～28 頁。

話題，日本總有一部分人在歷史認識問題和臺灣問題上挑戰國際定論和人類良知，對中日關係形成嚴重干擾〔註 22〕。如何正確認識歷史、記憶歷史並承擔相應的歷史責任往往會左右雙邊的關係，這反映了歷史記憶對現實的作用。反過來，現實的關係也會影響到人們的歷史記憶，在這種語境中，宣傳抗戰歷史、傳承歷史記憶成爲必要。

要注意的是，基於中日關係的傳媒抗戰記憶框架對雙方的記憶產生都產生了深刻影響，總的看來，雙方形成了以對抗性爲主的記憶框架，這種對抗性框架在某些歷史時刻可能會因爲雙方關係的變化而有意將對抗性弱化，這也正體現了國際政治關係的影響。但整體上說，中日關係主導下的的傳媒抗戰記憶框架的對抗性是沒有改變的。

（二）文化的力量

文化是大眾傳媒抗戰記憶總體觀念框架的又一要素。具體說來，民族認同和傳統文化構成其主要力量。

民族認同：一種文化心理因素

歷史記憶以歷史的形式出現在一個社會中，與一般歷史學者所研究的「歷史」有別之處爲，它常強調一民族、族群或社會群體的根基性情感聯繫，故稱其爲根基歷史〔註 23〕。因爲歷史記憶是關乎民族、國家的根基，所以，歷史記憶對一個國家、一個民族來說至關重要。抗戰歷史對中華民族來說，是一場全民族的抗戰，對抗戰的記憶構成當代中華民族確認自身身份的重要資源。當代中國政府在確認抗戰的歷史地位和意義時，強調了抗戰對中華民族的意義。並採用多種途徑進行宣傳，強化中華民族的認同感，從而增強當代中華民族的凝聚力。社會生活中的這種基於文化心理考慮的實踐反映在大眾傳媒中，就提供了一種靈活的、生動的、豐富的途徑，塑造當代中華民族對抗戰意義的共同觀念。我們仍以三個典型文本爲例對此進行分析。

彭眞、江澤民、胡錦濤三位中國國家領導人在紀念抗戰勝利大會的重要講話中關於抗戰對中華民族的意義有如下表述：

> 抗日戰爭是中國近代歷史上最偉大的民族解放戰爭，它在整個中國人

〔註 22〕孫新：《機遇與挑戰——新時期中日關係的思考》，《日本學刊》，2003 年第 4 期，第 51～55 頁。

〔註 23〕王明珂：《歷史事實、歷史記憶與歷史心性》，《歷史研究》，2001 年第 5 期，第 137 頁。

民革命進程中具有十分重大的意義。飽受帝國主義奴役之苦的中國人民，爲抗擊外國武裝侵略，曾進行過多次可歌可泣的民族戰爭，結果都失敗了。抗日戰爭改變了這種結局，中國人民第一次取得反對帝國主義侵略戰爭的完全勝利。這樣，就一舉洗雪了十九世紀四十年代以來屢戰屢敗的民族恥辱，創造了半殖民地弱國打敗帝國主義強國這一戰爭史上的奇跡，顯示了處在進步時代的中國民族覺醒和民族團結的巨大力量。……中國抗日戰爭的勝利，是全民族團結抗戰的勝利。……對民族存亡命運的歷史責任感，對民族敵人奮戰到底的堅強意志，爲保衛祖國而不惜犧牲一切的英雄氣概，是我們能在抗日戰爭中用劣勢武器裝備打敗兇惡敵人的偉大精神力量〔註24〕。

——彭眞

抗日戰爭是近代中國反對外敵入侵第一次取得完全勝利的民族解放戰爭。……抗日戰爭是中華民族大團結的象徵，是對中華民族生命力、凝聚力、戰鬥力的考驗。……抗日戰爭的勝利，成爲中華民族由衰敗走向振興的重大轉折點，爲國家的獨立、民族的解放奠定了基礎〔註25〕。

——江澤民

中國人民抗日戰爭的偉大勝利，是中華民族全體同胞團結奮鬥的結果，……日本軍國主義的野蠻侵略，使中國陷入了前所未有的民族災難。在波瀾壯闊的全民族抗戰中，全體中華兒女萬眾一心、眾志成城，各黨派、各民族、各階級、各階層、各團體同仇敵愾，共赴國難。……中國人民的巨大民族覺醒、空前民族團結和英勇民族抗爭，是中國人民抗日戰爭勝利的決定性因素。中國人民抗日戰爭，是近代以來中國反抗外敵入侵第一次取得完全勝利的民族解放戰爭。中國人民抗日戰爭和世界反法西斯戰爭的勝利，是20世紀人類歷史上的重大事件，對於中華民族發展和世界文明進步都具有重大而深遠的意義。

〔註24〕彭眞：《在首都各界人民紀念抗日戰爭和世界反法西斯戰爭勝利四十周年大會上的講話》，《人民日報》，1985年9月4日。

〔註25〕江澤民：《在首都各界紀念抗日戰爭暨世界反法西斯戰爭勝利五十周年大會上江澤民同志的講話》，《人民日報》，1995年9月4日。

——中國人民抗日戰爭的勝利，徹底打敗了日本侵略者，捍衛了中國的國家主權和領土完整，使中華民族避免了遭受殖民奴役的厄運。

——中國人民抗日戰爭的勝利，促進了中華民族的覺醒，爲中國共產黨帶領中國人民實現徹底的民族獨立和人民解放奠定了重要基礎。

——中國人民抗日戰爭的勝利，促進了中華民族的大團結，弘揚了中華民族的偉大精神〔註26〕。

——胡錦濤

三位領導人講話的場合是1985～2005年20年間中國政府組織的紀念抗戰勝利最隆重的三次慶典活動，具有權威性。都從戰爭的性質（民族戰爭）和戰爭的意義（民族的勝利）的高度概括了抗戰對中華民族的意義，體現了抗戰在當代社會中對民族認同的重要作用。從民族文化認同心理的角度看，三篇講話具有高度一致性。作爲制約傳媒抗戰記憶的元文本，它們共同奠定傳媒抗戰記憶的民族情感基調，成爲中國大眾傳媒抗戰記憶的情感基石。

文化傳統的作用

如果說基於民族認同的文化心理主要是文化對傳媒抗戰記憶的當下性的作用，那麼文化傳統則是一種歷史性的力量。分析新時期中國傳媒抗戰記憶建構，我們還可以感觸到文化傳統的深重力量。

首先，中華民族是一個相當重視歷史的民族。中華民族燦爛而偉大的文明歷史足以令每一代人引以自豪，中國歷代統治者也倡導以史爲鑒，因此，中國有重視歷史的文化傳統。從《春秋》、《左傳》到司馬遷的《史記》，從《漢書》、《後漢書》到當代對歷史的研究與書寫，中華民族秉承了這樣的傳統與觀念：歷史延續著過去，勾連著過去、現在與未來。沒有歷史，就沒有現在與未來。抗日戰爭不僅是離當代中國距離較近的重要歷史，而且對當代的中國國際關係、國際地位和國內建設與發展有重大意義。因此，當代社會重視這段歷史，這爲大眾傳媒傳媒抗戰記憶提供了社會支持。「以史爲鑒、開創未來」是紀念抗戰的目的，也是大眾傳媒塑造抗戰記憶的目的。

其次，中華民族還相當重視歷史的表達。重視歷史需要傳承歷史，傳承歷史的主要途徑就是表達歷史。史書、歷史教科書、歷史研究專著的編撰是傳統

〔註26〕胡錦濤：《在紀念中國人民抗日戰爭暨世界反法西斯戰爭勝利60周年大會上的講話》，《人民日報》，2005年9月4日。

歷史書寫的主要表達方式。對歷史表達的重視使大眾傳媒發展起來以後，傳媒表徵迅速成爲歷史表達的重要陣地（這也正是本研究的主要原因之一）。中國幾千年形成的歷史書寫傳統在傳媒時代得到繼承和發揚，也得到挑戰和創新。繼承與發揚一味著傳媒加入了塑造、傳承抗戰歷史記憶的隊伍，挑戰和創新是說大眾傳媒傳媒對歷史的書寫不同於傳統的歷史書寫，新傳媒的加入改變了我們記憶歷史的方式，這種變化在網絡傳媒興盛起來後尤爲明顯。

再次，中華民族傳統文化中重「和」與「報」的特質影響到大眾傳媒的抗戰記憶。談中日關係時，「一衣帶水」是中國式表達中常見的一種說法。就如中國文化中有重視鄰里和睦關係的傳統一樣，對於中日關係，中國是追求「和」的。抗日戰爭打破了中國對「和」的追求。但戰爭結束後，在中日邦交正常化的過程中，中國又做出了「和」的努力，放棄戰爭賠款就是明證。放棄戰爭賠款處於多種考慮，從文化的立場來看，它隱含的一層意義是，中國倡導「和爲貴」，既然大家要建立睦鄰友好，就不必計較過去經濟的損失。但是，中國文化除了追求「和」外，還追求「報」。我們作出讓步，對方就應該有所回報——回報更多講究的是精神的、情感的回報，而不是經濟的補償。一旦「報」的需要沒有得到實現，就會產生隔閡。在抗戰記憶中，中國大眾傳媒就不可避免地反覆強調戰爭所導致的創傷。對戰爭創傷記憶的傳媒表達得不到現實中施害者的撫慰時，對創傷記憶的表達就會愈益強烈。

文化心理和文化傳統作爲傳媒抗戰記憶的總體框架要素的力量較之政治的、經濟的作用顯得隱蔽。但在中日兩國謀求相互理解的時候，文化恰恰是一個難以突破和克服的障礙。比如，我們剛才分析了中國文化中的「和」與「報」影響下中國人的抗戰記憶。同理，我們也可以分析一下日本文化影響下的日本人的抗戰記憶。人類學家本尼迪克特對日本文化中的「報恩」、「人情」等進行了精闢的論述，認爲對日本人來說，稱之爲恩，一經接受，則是永久長存的債務；報恩則是積極地，緊如張弦，刻不容緩的償還，是用另一系列概念來表達的。日本人又把恩分爲各具不同規則的不同範疇：一種是在數量上和持續事件上都是無限的；另一種是在數量上相等並須在特定時間內償還的。前者，日本人指的是對父母的「孝」和對天皇的「忠」〔註 27〕。本尼迪克特認爲「情義」屬於日本特有的道德義務範疇，它有兩類，一類是「對

〔註 27〕魯思・本尼迪克特：《菊與刀》，呂萬和等譯，北京：商務印書館，1990 年，第 80～81 頁。

社會的情義」，即報答情義，亦即向同夥人報恩的義務；另一類爲「對名譽的情義」，即保持名譽不受任何玷污的責任〔註28〕。以此文化角度分析日本戰後對中國的心態，應當是相當矛盾的，一方面接受中國免除戰爭賠款意味著受「恩」，事實上中國文化也有這樣的心理，也要求知恩圖報。按照日本人的文化心理，應當報恩的對象是父母和天皇，所以對中國不存在報恩心理。另一方面，作爲戰敗國，日本人還需承擔名譽的情義，哪怕這是因爲對天皇的「忠」而宣佈戰敗。因此，對名譽的情義也令日本人不願意面對或承認戰爭罪行。這種心理作用下，日本對抗戰的記憶（無論是通過教材還是大眾傳媒等途徑）難以有中國人期待地的戰爭罪行的眞正的反思，也缺少中國人期待的誠懇的道歉。這種狀況又會激起中國人的不滿，導致中國人強化抗戰記憶中的創傷記憶，強化對日本侵略行徑的記憶。上述分析表明，思考文化的影響有助於我們瞭解中日傳媒抗戰記憶的特點和差異。

（三）經濟的推動

大眾傳媒如何進行抗戰記憶建構還受到經濟的深刻影響。中國在全球化的過程中和其他與抗戰有關的國家間的經濟關係構成影響大眾傳媒抗戰記憶建構的一種力量，如中日間的經濟交往。如前所言，自中日邦交正常化以來，兩國關係的一個突出特點是經濟往來不斷發展，相互依賴性增強。這與政治上的摩擦形成較大的反差。從經濟的角度看，促進兩國的相互理解是進一步合作的基礎，抗戰歷史則是兩國相互理解的焦點問題之一。作爲溝通與理解的重要渠道，大眾傳媒也必然加入到這種活動中。對於中國傳媒建構抗戰記憶的實踐來說，影響更大的是國內的經濟因素，那就是 1980 代以來中國傳媒業隨著中國經濟持續高速發展而快速發展，從而導致傳媒競爭加劇，歷史記憶資源之爭成爲各傳媒競爭的一個重要內容。

中國傳媒業的發展

從動態變化的情況看，中國傳媒實力在過去 20 多年裏發生了巨大變化。據研究者統計分析，在可計算年平均增長率的指標中，中國有 8 項指標的平均年增長率在 10%以上，其中互聯網用戶數高達 227%，移動電話總數高達 133%，廣告額高達 52%，圖書出口高達 35%，電視總量高達 24%。20 多年

〔註28〕魯思·本尼迪克特：《菊與刀》，呂萬和等譯，北京：商務印書館，1990 年，第 94 頁。

前中國在世界傳播力量格局中的力量還相對弱小，今天中國已成長爲一個在世界中舉足輕重地位的傳媒大國〔註 29〕。

新世紀中國傳媒業發生了兩大重要變化：一是從事業向產業的變化，傳媒企業經歷了行業產業化和企業市場化的重大思想和結構變革；二是中國傳媒業直接跨過原始積纍階段，利用資本市場籌集發展資金，實現跨越式發展〔註 30〕。這也說明，中國傳媒業作爲一種經濟競爭的實體的特點越來越明顯。

傳媒實力增強，傳媒業的迅速發展，在傳媒業內部帶來了激烈的競爭。中國著名學者喻國明對中國傳媒產業發展的軌跡作了如下描述：

> 從傳媒產業發展的角度來說，如果把傳媒產業基本的環節分解成三個環節，我們大致可以把它理解成爲內容的生產和提供、渠道的管理和控制以及終端客户的研究和把握，或者叫終端營銷。這三個環節當中，我們過去傳媒業的一個基本重點是放在中間環節，就是渠道掌控環節，而中國傳媒業無論是宏觀的管理控制也好，還是具體的經營操作也好，實際上過去十多年的傳媒產業發展重點是在渠道方面。最近這些情況正在發生深刻的變化，最重要的一個變化，其實我們已經感受非常深刻，渠道現在越來越過剩，這種過剩既是由於傳媒產業自身的發展，更是由於傳媒新技術的發展。從報業角度來說，儘管這幾年經過報業的治理整頓報紙的數量有所減少，當然數量不大。但是，眞正進人市場的報紙總數實際是在增加，也就是說進入市場的報刊競爭強度不但沒有削弱，反而有愈演愈烈的趨勢〔註 31〕。

內容競爭是傳媒競爭的重要手段，大眾傳媒對於抗戰記憶的關注，從傳媒競爭的角度看，就是一種記憶資源的競爭，是一種內容的競爭。喻國明認爲媒介內容生產和內容競爭圍繞著使用價值、交換價值、符號價值三個基本的價值面展開。符號價值實質是一種文化價值，它是「從更高的總體上去把握一種生活方式，把握一種遊戲規則，把握一種價值體系，通過這種價值體系、

〔註 29〕胡鞍鋼、張曉群：《中國傳媒迅速崛起的實證分析》，《戰略與管理》，2004 年 2 月，第 24～34 頁。

〔註 30〕戴元光、張海燕：《新世紀中國傳媒經濟研究綜述（下）》，《當代傳播》，2006 年第 2 期，第 7～11 頁。

〔註 31〕喻國明：《中國傳媒產業發展軌跡與前瞻》，《青年記者》，2004 年第 11 期，第 21～24 頁。

生活方式的總體把握，輔導一種社會生活方式，去形成一種社會遊戲規則，這就是文化競爭的意義所在。這樣的媒介，應該說比簡簡單單強調那種影響面的規模數量的媒介，它的社會價值更大，因爲它對人的社會認知、社會判斷的影響更大。」〔註 32〕傳媒抗戰記憶之所以被關注，一個原因就是抗戰歷史成爲一種記憶資源，它具有文化價值。

作為記憶資源的抗戰歷史記憶

文化競爭體現了傳媒競爭的高度。抗戰記憶之所以成爲中國當代傳媒文化競爭的一個重要內容，有以下理由：

第一，抗日戰爭歷史距離當代社會較近，親歷者還有部分尚存，戰後出生者的上一輩或上兩輩經歷了抗戰，因此，抗戰歷史是當代中國人共享的歷史，是凝聚中華民族的重要文化資源。中國傳媒對抗戰記憶的建構，有利於當代中華民族凝聚力的增強。

第二，抗日戰爭的寶貴經驗是中國人民進行社會改革和社會建設的重要智力資源。中國傳媒對抗戰歷史、抗戰經驗的宣傳能夠起到傳遞歷史文化資源的作用，從而爲當代社會建設提供支持。

第三，對抗戰歷史的認識是現實語境中中日關係的基本問題，雙方存在的分歧和爭論使抗戰記憶仍然是民眾關注的焦點，社會焦點和熱點問題正是大眾傳媒需要關注的。如果在其他傳媒都參與建構抗戰記憶的同時失語，該傳媒就可能在同期處於競爭的弱勢。

第四，抗戰歷史爲傳媒藝術創作提供了豐富的素材，戰爭中的英雄與敵人、戰爭中的勝利的喜悅與被傷害的創痛，戰爭中的特殊經歷等等，無不成爲影視類藝術創作的重要資源。同時，國家和社會對該類題材的關注和支持也助長了該類題材的發展。我們前面提及，當前中國影視劇市場中，40%左右的都是抗戰題材或與抗戰相關的題材。

總之，無論從中國傳媒體制出發還是從產業競爭的角度看，參與抗戰記憶建構對於傳媒來說，都是必要的，既體現了傳媒的責任感，又能夠在市場競爭中，因爲對歷史記憶資源的佔有而處於優勢狀態。這也符合 20 世紀 90 年代中期以來對傳媒業「雙重屬性」論的認識。「雙重屬性」既爲當時在新聞業界已實踐的「事業性質，企業運作」提供了理論支撐，也爲傳媒業的結構

〔註 32〕喻國明：《中國傳媒產業發展軌跡與前瞻》，《青年記者》，2004 年第 11 期，第 21～24 頁。

調整和結構轉型提供了決策依據〔註 33〕。「在進行報業集團產業化定位時，必須充分考慮媒介產業所具有的特殊的雙重屬性：既要服從媒介作爲『公共事業』、『社會公器』的社會規定性，在『產業化』運作中不能『因利忘義』，不能忘了媒介必須承擔的社會責任；又要服從媒介產業作爲社會經濟組織和利益組織的『產業』規定性，在法律和政策允許的範圍內，盡力追求資本利潤的擴張，不斷壯大自己的經濟實力，以積極參與國際間的傳媒競爭。」〔註 34〕

前面，我們從政治、文化、經濟的角度對大眾傳媒進行抗戰記憶的社會框架進行了具體分析。其實，三者間各有側重，但並不是分離的，它們糾合在一起，形成抗戰記憶的社會框架的總體觀念要素。

二、傳媒建構抗戰記憶的兩種敘事框架〔註 35〕

就大眾傳媒來說，在言語及其語境共同構築的社會框架下，進行抗戰記憶時，會運用各種具體的敘事框架。因爲歷史記憶是關乎民族、國家的歷史，提到國家、提到民族，至少就意味著兩個面向，一個是對內的，一個是對外的，這兩種面向決定了兩種不同的敘事框架。「正像人們可以同時是許多不同群體的成員一樣，對同一事實的記憶也可以被置於多個框架之中，而這些框架是不同的集體記憶的產物。」〔註 36〕

（一）對內的單一敘事框架

當歷史記憶指向內部時，它遵循單一的國家主導的敘事框架。對一個國家、一個民族來說，共同的根基情感是強大的凝聚力。這種共同感來自於對共同的起源歷史的認同。就抗日戰爭來說，相對於 1949 年建立的新中國來說，它擁有一種解釋合法性、權威性的力量，它使我們確認：在抗擊日本侵略者的過程中，整個中華民族是團結一致的，因此這是全民族的勝利；同時，大眾傳媒的歷史敘事還反覆確認一個重要的觀點：沒有共產黨，就沒有新中國。於是，抗日戰爭的歷史記憶在確認民族凝聚力量的同時確認中國共產黨的合

〔註 33〕李良榮：《從單元走向多元——中國傳媒業的結構調整和結構轉型》，《新聞大學》，2006 年第 2 期，第 1～10 頁。

〔註 34〕羅以澄：《當前我國報業集團經營管理中的問題與對策》，《新聞大學》，2003 年第 1 期，第 6～11 頁。

〔註 35〕余霞：《歷史記憶的傳媒表達及其社會框架》，《武漢大學學報》（人文科學版），2007 年第 2 期，第 254～258 頁。

〔註 36〕莫里斯・哈布瓦赫：《論集體記憶》，上海人民出版社，2002 年版，第 93 頁。

法性、確認新中國政權的合法性。正是在這樣的敘事邏輯（敘事框架）中，我們可以看到，自新中國成立以來，在大眾傳媒的豐富抗戰敘事中，每一種傳媒都以這種宣傳基調確立具體的表達方式。

在抗日戰爭勝利六十週年之際，無論是黨報黨刊，還是市場化的、娛樂性的報紙，都劈出一定的時空平臺，共同參與到對歷史的敘寫中去，形成強大的傳媒合力。從傳播學效果論的立場來看，這將產生共鳴效應。麥庫姆斯（1996）認爲議程設置理論包含有兩種框架內涵：第一面向是媒介強調的議題與公眾對此議題重要性的認知顯著相關；第二面向是媒介強調的議題的屬性（或思考角度）影響受眾的選擇。戈萊姆（Ghanem，1997）認爲，新聞是以故事的形式出現，對故事怎麼報導，這就涉及到框架，框架的功能就在於爲受眾提供思考這些新聞故事的特殊角度。它將強化我們對於抗日戰爭的歷史意義的記憶。

（二）對外的多元的競爭性敘事框架

當歷史記憶指向外部時，它處於多元的競爭敘事框架中。國家和民族的產生、發展往往經歷了各種力量的較量，有內部的鬥爭，也有與其它國家、民族的競爭。內部矛盾隨著國家、民族的統一，將會逐步建立起共同的歷史記憶，以保證現行秩序的合法性。而不同國家、民族間的爭鬥情況往往很複雜。戰爭是一種最劇烈的方式。對於戰爭的雙方或多方主體來說，對戰爭會有不同的敘事，但有一個共同點：都希望建立於自己有利的合理性，結果便導致了對歷史的競爭性敘事。在關於抗日戰爭的傳媒記憶中，中、日雙方作爲記憶的主體，從整體來看，始終處於一種對抗性的敘述中。競爭性的記憶之存在從反面說明了關於抗戰的傳媒表達的必要性和重要性。正是存在不同的認識、不同的觀念，乃至不同的行爲，才爲競爭性的歷史記憶提供了存在的土壤（我們將在第五章對此展開具體深入的分析）。

就歷史取向來看，單一的歷史敘事和多元的歷史敘事是一種相對的劃分，它們都可能針對不同的歷史採取不同的歷史取向，從而在不同框架下進行歷史表達。即便在一個國家、一個民族內部，在一元敘事框架中，仍然存在著不同層面的競爭。不過，在我國這樣的民族、國家等概念具有某種高度一致的社會，通過大眾傳媒進行的歷史敘事具有更強的同一性。民族敘事、國家敘事在關乎抗日戰爭這樣的重大歷史記憶上，是等同的，個體敘事完全融入其中。當然，我們發現，在市場越來越成熟、越來越強大的時代，傳媒的這種敘事除了在主流意識形態和政府絕對權威力量的支配下進行外，也難以避免市場的某種纏繞。潘忠黨先生在談到傳媒對香港回歸的報導時指出，在構建這一民族主義敘事的過程中，「國家和市場力量的聯姻，構成了我國當代文化生產的一個頗具理論意義的景觀。」〔註 37〕應該說，在當代中國，在涉及到國家、民族的我們共同的歷史記憶中，國家主導下的國家與市場的聯姻都是一個現實的敘事語境。這種框架下的敘事在允許市場以某種方式獲取自身利益的同時，更強化了歷史敘事的一致性，這也正是我們說的構成傳媒抗戰記憶的社會框架要素具有一致性的體現。

〔註 37〕潘忠黨：《歷史敘事及其建構中的秩序——以我國傳媒報導香港回歸爲例》，《文化研究》（第一輯），天津社會科學院出版社，2000 年。

第五章　多維關係中傳媒抗戰記憶建構的複雜性

在分析傳媒建構抗戰記憶的社會框架時，我們指出大眾傳媒抗戰記憶的建構具有兩種敘事框架，即單一的國家敘事框架和多元的對抗性敘事框架。當代社會中，無論是單一的國家敘事框架還是多元的對抗性敘事框架，都呈現出複雜性。這種複雜性的原因是多方面的，有中國當代社會發展變遷的內在原因，有全球化背景下中國與其他和抗戰相關的國家間的歷史與現實的複雜關係的原因，也有大眾傳媒自身發展的原因。大眾傳媒就是在多種力量——它們共同構成記憶的社會框架——的互動中展開抗戰記憶建構的。

第一節　社會變遷導致抗戰記憶建構的複雜化

當代中國發生在政治、經濟、文化等領域的社會變化是深刻而廣泛的，在社會學等相關學科的研究中，學者們認爲這些變化具體表現在以下幾個方面：（1）從計劃經濟向社會主義市場經濟的變遷。這不僅涉及到經濟結構的變遷，而且涉及到社會生活的許多方面。因此，這是最重要的變遷。（2）由單一的公有制向公有制爲主體的所有制多元化的變遷。（3）從關閉向開放的變遷。（4）從毛澤東思想到毛澤東思想、鄧小平理論的變遷。（5）生活方式的變遷。這一變遷體現在社會生活的各個方面。（6）階級階層的變化。（7）社會心理的變遷〔註1〕。種種變遷導致了單一的國家抗戰敘事呈現出複雜的一

〔註1〕師吉金：《對50年來中國社會變遷的思考》，《錦州師範學院學報》，1999年第3期，第8～13頁。

面。其中，經濟變化的影響主要體現在市場經濟中傳媒市場的形成，政治變化的影響從國內來說主要是大陸與臺灣關係。

一、傳媒市場作用下的抗戰記憶建構

眾所周知，改革開放以來中國社會的變遷過程主要是一個經濟體制轉化的過程，這種轉化一般被描述爲從計劃經濟體制向市場經濟體制的轉化。對於大眾傳媒來說，在此過程中最重要的影響就是傳媒市場的逐步形成。單波（2004）這樣描述這種變化：

> 從 1978 年開始，中國的改革開放帶來物質生活的豐富、政治經濟的轉型、精神氣候的變化與文化觀念的更新，同時也讓媒介悄悄地恢復了自身的力量，如信息功能得以強化，輿論監督走向開放，媒介開始成爲人民參政議政文化創造的論壇，媒介的產業化、集團化、平民化、網絡化乃至時尚化，使其成爲社會、文化發展的推動力量。特別是 1992 年以後，在對計劃經濟批判性的反思中，「市場經濟」成爲社會發展的主流意識，人們不知不覺地用「市場」置換了「理性」，使其成了又一個新的神話。在這種背景下，多樣化的媒介竟爭與媒介文化已經形成，媒介集團化浪潮席卷中國，媒介悄然走上「資本經營」之路：20 世紀 90 年代以來，媒介廣告收入平均增長率大大高於同期國民生產總值的增長速度，成爲國家的支柱產業之一；美國在線一時代華納、維亞康姆、新聞集團、迪斯尼集團、貝塔斯曼集團等大型媒介集團拉開了進入中國傳媒業、娛樂業的序幕〔註 2〕。

傳媒市場的形成不僅意味著傳媒多樣化的進一步發展，還意味著事業性質的傳媒要按市場化機制運作。在記憶的社會框架中我們分析了市場競爭促使抗戰歷史記憶成爲傳媒競爭的一個重要內容，現在我們則進一步探討市場因素加入造成的傳媒建構抗戰記憶的複雜性。

市場因素與傳媒事業性質共同作用於大眾傳媒抗戰記憶建構，使得傳媒抗戰記憶在國家敘事框架主導下兼顧傳媒的經濟效益。

傳媒抗戰記憶的複雜性首先在於傳媒的事業性質和市場運作機制。與市場形成之前受國家敘事單一框架制約不同，雙重屬性要求傳媒在遵照統一的

〔註 2〕單波：《現代傳媒與社會、文化發展》，《現代傳播》，2004 年第 1 期，第 10～16 頁。

國家敘事框架的同時，還要考慮傳媒的經濟效益。以影視媒介的抗戰記憶建構爲例，新時期拍攝的各種抗戰題材的影視劇，一方面會注重從國家、民族利益的立場宣傳抗戰精神，另一方面按照市場的要求從消費者的消費需求出發增強其吸引力。在雙重屬性的作用下，傳媒抗戰記憶不僅僅是一種關注過往的回顧性行爲，在某種意義上也變成了一種針對當下的消費行爲。

各種傳媒中，影視是市場化最突出的。90 年代以來，我國傳媒格局發生了極大的變化，影視文化向大眾化轉型，從政治、啓蒙文化向娛樂文化轉變，「吸引眼球」成爲傳媒經營者的重要目標〔註 3〕。市場作用下，歷史消費主義思潮影響到抗戰題材的影視製作。「當下的歷史消費主義文藝思潮，以滿足消費受眾娛樂、遊戲、享受爲指向，從生產主體一方看，其內在根源是收視率的功利需求，從消費受體一方看，其內在根源是無深度的感觀享樂與內心麻醉需求，兩相契合，雙向互動，競相發展。」〔註 4〕在此背景下，影視媒介根據自己對市場的把握與分析來拍攝與抗戰歷史相關的影視劇。2004 年前後出現的「紅色經典」改編熱及引發的官方、學界、藝術界、民間的討論是一個典型的案例。前面已經提及，抗戰勝利 60 週年前夕，影視媒介掀起一股改編「紅色經典」的熱潮，如《林海雪原》、《小兵張嘎》、《紅色娘子軍》等等。最終促使國家廣播電視總局出臺相應政策。苗棣認爲，「紅色經典」改編熱的出現，正是因爲製作者看到了「紅色經典」所具有的巨大市場潛力才紛紛投資的。他說：「其實對電視劇的製作者來講，他們的想法很簡單，就是要在政治可靠和市場潛力之間找到一個結合點。」而「紅色經典」的內容是主旋律的，同時相當一部分 40 歲以上的觀眾對當年的這批作品尚有鮮活的記憶。於是對高收視率的預期就成爲改編的動力〔註 5〕。陳思和認爲，「在今天這樣一個市場環境當中，我們把這些所謂的『紅色經典』進行改編和包裝，看起來這些電視劇好像有一定的市場。但是這個市場取決於編創人員按照今天的市場趣味去改編演繹當年的這些作品，比如讓楊子榮扮酷，讓他有了情人，它吸取了很多今天通俗文化裏的因素，迎合了流行文化裏的趣味和需求。這裏既有作品本身的民間藝術因素，也有今天所添加的市場意識的追求。今天對

〔註 3〕李興亮：《娛樂化時代的娛樂消費》，《藝術廣角》，2005 年第 6 期，第 27～28 頁。

〔註 4〕秦勇：《中國當下歷史消費主義的出場》，《社會科學》，2005 年第 7 期，第 111～113 頁。

〔註 5〕張賀：《「紅色經典」改編爲何難如人意》，《人民日報》，2004 年 12 月 24 日。

這此作品進行改編就碰到這個悖論。在今天改編的一批所謂『紅色經典』，當然不可能在它原有的政治情節上加以發揮，那只能在民間趣味上添加想像力，但它增加的不是一種民間的因素，而是一種通俗的市場趣味。這種改編是一把雙刃劍，它一定程度上稀釋了原來的過於濃厚的政治意識形態，但同時也消解了原來的民間文化因素。因爲民間文化是不合適市場化的，一進入市場以後，就變味了」〔註6〕。

顯然，無論學者從何角度辨析，「紅色經典」改編的市場推動力是肯定存在的。在這裏，市場的力量影響到選擇，影視的製作不會面向所有的「紅色經典」平均用力，而是從中選擇出認爲在今天依然有市場的部分；市場的力量還導致改造，於是抗戰記憶中又加入了迎合今天大眾欣賞趣味的情節。更爲重要的是，市場所代表的經濟元素形成對原有政治元素的牴牾和消解，市場話語的「平民性」、「大眾性」對政治敘事的「崇高性」、「神聖性」產生稀釋作用。在市場因素的作用下，傳統英雄式敘事遭遇突破，使得傳媒抗戰記憶呈現出複雜的一面。

二、兩岸關係曲折變化下的抗戰記憶

抗日戰爭是中國大陸與臺灣共同擁有的歷史記憶，但由於兩岸關係的曲折變化，大眾傳媒對這一共同歷史的記憶呈現出相應的複雜性，既表現爲對立性的歷史敘事，又體現在對歷史的遮蔽與呈現的選擇上。我們在抗戰記憶類型的相關討論中已經涉及這個話題，如中國大陸的英雄記憶。這裏，我們進一步具體討論兩岸關係的變化對抗戰記憶的影響。

（一）共產黨、國民黨政治鬥爭影響下的對立性抗戰歷史敘事

1949 年中國共產黨建立起合法政權後，在國民黨統治臺灣時期，兩岸關係主要體現爲共產黨與國民黨兩黨之間的政治鬥爭，其特點爲雙方處於敵對狀態。在抗戰歷史認識問題上，雙方都從確認自己的主體地位角度出發，重視宣傳抗戰勝利的意義，並著重強調自己在抗戰中的貢獻，將戰爭的勝利歸功於自己，同時降低、或遮蔽對方的貢獻，這種狀況一直持續到 1980 年代。從中國大陸傳媒的抗戰記憶建構來看，1985 年以前很少有對國民黨正面戰場的正面記憶，即便提到，也是將國民黨塑造爲消極、妥協的一方，與中國共

〔註 6〕陳思和：《我不贊成「紅色經典」這個提法》，《南方周末》，2004 年 5 月 6 日。

產黨積極抗戰形成鮮明對比，從而強化中國共產黨在抗日戰爭中的主流地位。也就是說，傳媒對國民黨正面戰場的歷史功績進行了某種遮蔽。同期，國民黨主導下的臺灣抗戰記憶也蘊含著突出的政治意味，採取歪曲的方式否定共產黨對中國抗戰的作用。

海登·懷特在他那本具有顛覆性的歷史詩學著作《後現代歷史敘事學》中把歷史著作看成「以敘事散文話語爲形式的語言結構」〔註7〕由此，他把歷史看成是一種書寫，一種話語形式的敘事。作爲敘事的歷史，它像文學一樣具有闡釋性：「一個歷史敘事必然是充分解釋和未充分解釋的事件的混合，既定事實和假定事實的堆積，同時既是作爲一種闡釋的一種再現，又是作爲對敘事中反映的整個過程加以解釋的一種闡釋。」〔註8〕以此種觀點來分析兩岸對抗戰歷史的書寫，我們可以清晰看到雙方對抗戰歷史的闡釋的對立性特點。共產黨領導下的大陸傳媒側重於解釋共產黨的合法性，臺灣則側重於解釋國民黨的合法性與共產黨的非法性。

（二）兩岸關係新格局中傳媒建構共同記憶的努力

1987 年 11 月 2 日，臺灣當局開放臺灣民眾赴大陸探親，打破了兩岸自 1949 年以來的隔絕狀態，兩岸交流之門從此漸漸被打開。無論是人員交流還是貿易交流都取得了相當迅速的發展，臺灣當局的大陸政策在大陸方面和臺灣民間力量的推動下，採取了若干被動應付的放寬措施。而臺灣當局在不得已作逐步放寬後仍有較多限制，在「國家安全爲先，確保對等、尊嚴」前提下採取拖延、限制戰術，使得兩岸交流呈現出不均衡狀態，即來大陸交流的多，去臺灣的少，兩岸交往呈民間熱官方冷、經貿熱政治冷的特點〔註9〕。

與這種變化相適應，在大陸對臺政策的影響下，1978 年以後傳媒開始正面表現國民黨對抗日戰爭的貢獻，歌頌國民黨抗戰英雄和臺灣的抗戰人民。在這個過程中，大眾傳媒運用新聞報導和影視藝術的方式爲建構兩岸共同的抗戰記憶而努力。傳媒以各種各種形式記憶了淞滬、忻口、徐州、武漢等著

〔註7〕海登·懷特：《後現代歷史敘事學》，陳永國，張萬娟譯，中國社會科學出版社，2003 年版，第 370 頁。

〔註8〕海登·懷特：《後現代歷史敘事學》，陳永國，張萬娟譯，中國社會科學出版社，2003 年版，第 63 頁。

〔註9〕劉景嵐：《臺灣政治轉型及其對兩岸關係的影響研究》，中國優秀博碩士學位論全文數據庫。

名戰役，對佟麟閣、趙登禹、張自忠等爲抗日作出卓越貢獻的國民黨將領進行宣傳。1986 年以後在銀幕上出現國民黨軍人喋血抗日的正面形象，如《血戰臺兒莊》（1986）、《兵臨絕境》（1990）、《鐵血崑崙關》（1994）、《七・七事變》（1995）等等，這些影片對它們各自反映或表現的正面戰場抗戰有著不同的歷史闡釋〔註 10〕。儘管有不同，但從傳媒建構抗戰記憶的努力來看，還是提供了一種兩岸歷史理解與現實溝通的可能，爲建立中華民族共同的抗戰記憶做了努力。

20 世紀 90 年代以來，大陸對抗戰中國民黨的歷史作用有了更多提及。在重要的抗戰紀念日上，政府和官方的紀念文辭中有了篇幅越來越多的國民黨參與抗戰和正面戰場的描寫，各種報刊雜誌也都跟進報導。尤其是在近兩年隨著臺灣國民黨、親民黨、新黨等領導人物紛紛訪問大陸，對抗日戰爭期間國民黨的貢獻更是進行了客觀的評價。如 2005 年，國務院臺灣事務辦公室副主任王在在新聞發佈會上說：「爲了挽救民族的危亡，中國共產黨首先倡導建立和領導了抗日民族統一戰線，國民黨在全國人民的推動下實行了抗戰。國民黨軍隊主要在日軍進攻的正面作戰，形成了與共產黨領導的、以人民武裝開闢的敵後戰場相區別的正面戰場。」〔註 11〕

傳媒抗戰記憶受制於抗戰史觀。兩岸對抗戰史的研究折射出了各自的觀點，也反映了兩岸關係的變化。「縱觀兩岸 20 年來對抗日戰爭史的研究情況，都走過了一段頗爲相似的過程；從相互對立到相互影響，從相互影響到相互合作。從兩岸史學界在抗戰史研究態度上的變化，我們可以感受到兩岸關係潛移默化的發展趨勢：第一，從階級立場的著眼點提升到民族立場的著眼點，這是一大發展趨勢；第二，從歷史的、傳統的見解提升到現實的、客觀的見解，這是第二大發展趨勢；第三，從互相爲敵，謀取一黨一地利益提升到相互合作、謀取民族的共同利益，這是第三大發展趨勢。」〔註 12〕與此相應，傳媒抗戰記憶的建構也呈現出發展與變化的特點：從對立性的敘事到建構共同性的努力，以及這二者的共存的複雜狀態。

〔註 10〕付曉：《一寸河山一寸血：淺析新中國「正面戰場」抗戰電影中的歷史闡釋》，第 14～18 頁。

〔註 11〕《抗戰紀念邀臺灣老兵參加國民黨將領被銘記》，中國網，2005 年 8 月 31 日，文章來源：《新京報》。

〔註 12〕高平平：《臺灣史學界抗日戰爭研究述評》，《軍事歷史研究》，2003 年第 3 期，第 184～188 頁。

第二節　多元框架互動中的傳媒抗戰記憶建構

中國人民的抗日戰爭是世界反法西斯戰爭的重要組成部分，因此，對抗日戰爭的記憶應該置於世界反法西斯戰爭的整體框架中。新中國成立後的相當長時間內，中西方處於嚴重對立和相互隔絕狀態，這時的抗戰記憶側重於中國國家內部。相應地，傳媒抗戰記憶強調的是中國共產黨領導下的人民抗日戰爭的性質和對日本軍國主義侵略的勝利，對與中國抗日戰爭相關的其他國家的記憶採取單一化的視角，迴避對其他國家對中國抗戰的貢獻的記憶，也忽略了對中國抗戰的世界意義的思考。1978 年之後，中國走上改革開放之路，開始將自身眞正置於世界的整體架構中。隨著全球化浪潮席卷全球，中國不可避免地更深程度地捲入紛繁複雜的世界關係網絡中。在這種背景下，從世界的立場重構抗戰記憶是必要的。說其必要，一是因爲這符合歷史實際情況，是全面客觀認識抗戰歷史的正確選擇，二是因爲世界新格局的重新形成過程中，中國應該提升自己的國際地位，而中國抗戰對世界反法西斯勝利有重要的貢獻，但是由於中國自身的失語，國際社會對此尚未形成普遍共識，因此加強這種記憶有助於中國國際地位的確立。

從世界立場來建構抗戰記憶，就必需考慮與中國抗戰相關的其他國家的影響以及其他國家的世界反法西斯戰爭記憶。中國與這些國家的雙邊或多邊關係構成了中國大眾傳媒建構抗戰記憶的多種框架，傳媒正是在它們的複雜互動中進行記憶的。其中影響最大的是中國與日本的關係、中國與其他抗戰相關國的關係，此外反法西斯戰爭所涉及的其他國家的戰爭記憶也對中國傳媒的記憶建構產生影響。

一、中日關係架構下對抗性抗戰記憶的建構

中國和日本是抗日戰爭的兩個主體，但雙方對同一歷史事件有不同的理解與記憶，這種分歧自戰爭爆發延續至今。兩國關於抗戰的記憶借用傳媒進行公開化的爭鬥，大眾傳媒的公開性、廣泛性使得這種交鋒顯露、激烈。與戰爭理解和認識相關的事件往往引發雙方傳媒途徑的較量，進而影響到中日雙方在現實政治、經濟、文化等方面的交往行爲。因此，探討中日關係架構下傳媒抗戰記憶建構的對抗性特點及原因對我們深入瞭解傳媒歷史記憶複雜性來說，是一個重要內容。

（一）傳媒對抗性抗戰記憶的表現

「當代中日兩國間在經濟與社會兩方面的相互依賴關係更加深化了，但是戰後一代之間的共同語言反而越來越少了。造成這種隔膜的，並不是戰前那代人遺留下的『戰爭的歷史』，而是『記憶歷史的方法』、『描述歷史的方法』、『傳承的方法』」。「表現形式等社會環境的變化，增加了大眾描述歷史的渠道。南京大屠殺與參拜靖國神社等事件，就是在這個時期廣為戰後一代所知的。」〔註 13〕抗日戰爭對交戰雙方來說，都是一個深刻的歷史記憶。對這同一個事件，由於各自的利益，所站的角度不同，記憶是不同的。傳媒作為塑造中日兩國民眾抗戰記憶的主要渠道，其抗戰記憶建構具有對抗性特點。

當代語境中，中日對戰爭的認知差異從根本上決定了兩國大眾傳媒戰爭記憶建構的對抗性敘事。採用「對抗性敘事」，意指中日傳媒在戰爭記憶中呈現出來的對立與對抗，通過這種對戰爭的不同表述，實際上是對各自戰爭合法性的爭論，是對記憶資源的一種爭奪。中國從創傷記憶的角度延續並強化國民對戰爭的記憶，希望日本國民能夠認同中國的戰爭記憶，從承認侵略和施害者的角度進行戰爭記憶。日本在 20 世紀 90 年代以來，企圖以創傷記憶掩蓋施害者的記憶，將自己塑造成戰爭受害者形象，其目的在於擺脫歷史的重負，並希望中國國民能夠適應日本的戰爭記憶，從而理解日本首相參拜靖國神社的行為。從跨越國境的立場來看，中日傳媒間戰爭記憶的對抗性敘事構成了一個整體，在這個整體中，中日傳媒的戰爭記憶建構互為語境。更為重要的是，傳媒對戰爭記憶的建構本身作為一種文化的力量，又影響著兩國媒介受眾對抗日戰爭這一歷史事件的理解，並對中日間其它交往關係產生深刻影響。

我們以南京大屠殺為例分析對抗性的抗戰記憶。南京大屠殺是中日之間的一個敏感話題，是「中國人對日本政府及右翼憤怒的象徵，同時也象徵著戰後五十年來中國人和日本人感情上的創傷之難修復」。它因此成為大眾傳媒十分關注的話題。不僅每年的紀念活動、紀念儀式受到大眾傳媒的特別關注，而且大眾傳媒還主動設置議題。在抗日戰爭勝利的紀念日，大眾傳媒都會設置關於南京大屠殺的議題。或者以當事人的充滿感情的回憶，或者是後來者

〔註 13〕劉傑、三谷博、楊大慶等：《〈超越國境的歷史認識——來自日本學者及海外中國學者的視角〉序言》，北京：社會科學文獻出版社，2006 年 5 月，第 2 頁。

回顧歷史、反思傷痛以提醒後人，總之，這是最容易喚起中華民族強烈情感的記憶，而這種情感性的記憶也導致我們進行歷史敘事時的情感性特徵，用抒情性的筆調控訴日本侵略者的罪惡，用調查的數字來加深人們對日本侵略者滔天罪行的認識——這恰恰構成了日本學界、日本右翼勢力進行否定宣傳的證據，由否認 30 萬的數字到否定南京大屠殺，日本傳媒參與了這一建構過程，試圖抹掉歷史上不光彩的一筆，塑造新時代日本民眾的歷史記憶。然而，正如孫歌所言，「拘泥於 30 萬這個數字的所謂科學的良心態度，不僅將感情記憶從歷史中抹殺掉，而且還是一種把事件非歷史化的共謀行爲。」〔註 14〕

（二）傳媒對抗性抗戰記憶形成的原因

中日傳媒的戰爭記憶的差異是廣泛而深刻的，記憶方式和記憶框架的差異是最突出的兩點，前者屬於外顯層面的差異，後者更多的是深層結構方面的差異。這種差異的產生有種種原因，涉及政治、經濟、文化等等。相比較而言，政治、經濟是人們日常關注較多的，也是屬於外顯和容易把握的，而文化原因，特別是中日文化深層結構的相似性導致的認知悖反則往往被忽視，它恰恰爲我們理解中日戰爭記憶差異提供了一個突破口。因此，我們在肯定多因素共同作用於戰爭記憶並造成差異的前提下，主要從中日社會文化的深層結構來分析造成中日傳媒戰爭記憶差異的深層原因。要回答的實際問題是，到底是什麼導致了中日戰爭認知上的差異？在分析抗戰記憶的社會框架時，我們曾從「報恩」和「情義」等文化特徵角度簡要討論過日本抗戰記憶的矛盾性，這裏我們將從文化背後的結構進一步展開討論。認知產生於具體的社會生活中，它受制於社會各種因素（如政治、經濟、文化、環境等等），在各種因素背後，是支持其運行的更深層次的社會文化結構。這種社會文化結構內在地決定了中日對戰爭的不同認知，從而導致傳媒對戰爭記憶的建構差異。

「差序格局」與中國的戰爭認知

費孝通先生將傳統中國社會的結構概括爲「差序結構」〔註 15〕。他認爲，從基層上看去，中國社會是鄉土性的。在鄉土性的基層社會裏，與西方社會的團體格局相比，社會關係是按著親疏遠近的差序原則來建構的，他稱之爲

〔註 14〕孫歌：《日中戰爭——感情與記憶的構圖》，《讀書》，2000 年第 3 期。
〔註 15〕費孝通：《鄉土中國生育制度》，北京大學出版社，1998 年。

「差序格局」。費先生運用生動的比喻來說明中國社會結構的這種特質：

> 好像把一塊石頭丟在水面上所發生的一圈圈推出去的波紋。每個人都是他社會影響所推出去的圈子的中心。被圈子的波紋所推及的就發生聯繫。每個人在某一時間某一地點所動用的圈子是不一定相同的〔註 16〕。

> 以己爲中心，像石頭一般投入水中，和別人所聯繫成的社會關係，不像團體中的分子一般大家立在一個平面上，而是像水的波紋一般，一圈圈推出去，愈推愈遠，也愈推愈薄〔註 17〕。

「差序格局」是個立體的結構，包含有縱向的剛性的等級化的「序」，也包含有橫向的彈性的以自我爲中心的「差」〔註 18〕。差序格局的維繫有賴於尊卑上下的等級差異的不斷再生產，而這種再生產是通過倫理規範、資源配置、獎懲機制以及社會流動等社會文化制度實現的。在這種縱橫交織的複雜的網絡裏，隨時隨地是有一個「己」作爲中心的，「這並不是個人主義，而是自我主義。」〔註 19〕差序格局否定人格平等的可能性，不承認權利義務之間的平衡，最終導致差序人格的產生。對於等級差異的強調也決定了差序格局之下只有如費孝通所說的「自我主義」，不會有個人主義。當代中國社會雖然發生了巨大變化，但差序格局仍然可用來解釋中國的社會文化結構，只是其內涵發生了某些變化。而且，當中國被迫打開國門，進入世界交往關係中，差序結構也被自然運用來處理中國與他國這種更宏觀層面的關係。從橫向上看，中國以「己」爲中心，這個「己」指的是中國自身，將中國內部的各地各民族視爲一體（常用的表述是祖國大家庭），而外在於中國的其他國家，則被視爲疏遠，甚至不被視爲我類，中國古代的「蠻夷」之稱就帶有此意。當代對日本也是這樣，戰爭期間，日本人被成爲「鬼子」也蘊含此意，並因而確立了一種疏遠的關係。從縱向來看，差序格局講究等級差異，講究不平衡，這也表現在對日本的觀念中，中國源於幾千年文明的自豪感和中日交往史上對日本的重大影響都足以使中國產生我尊彼卑的觀念。如果從尊卑觀念看，中國人一直有天朝大國的想像，所以我們不與小國一般見識，給他們一些恩，

〔註 16〕費孝通：《鄉土中國生育制度》，北京大學出版社，1998 年，第 26 頁。

〔註 17〕費孝通：《鄉土中國生育制度》，北京大學出版社，1998 年，第 27 頁。

〔註 18〕閻雲翔：《差序格局與中國文化的等級觀》，《社會學研究》，2006 年第 4 期，第 201～246 頁。

〔註 19〕費孝通：《鄉土中國生育制度》，北京大學出版社，1998 年，第 28 頁。

正是泱泱大國的氣度。在戰爭記憶問題上，中國以戰勝國姿態放棄了戰爭賠款之後，自然希望日本從心理上滿足自己的平衡願望，也就是獲得「安心」。

「縱式結構」與日本的戰爭認知

日本社會文化的結構是什麼呢？美國人類學家魯思・本尼迪克特適應美國二戰對日政策的需要，經過研究，提出日本文化屬於與西方罪感文化不同的恥感文化〔註 20〕，成爲包括日本自身在內的世界認識日本文化的一種理論範式。中根千枝則從結構功能的角度提出的「縱式結構」來概括日本社會文化語法特點〔註 21〕。

「場所型集團」、「縱式社會」和「序列意識」這三個相互聯繫的概念，構成了中根千枝整個理論的基石。「場所型集團」表明的是日本式集團的構成方式；「縱式」社會和「序列」兩個概念有部分重合，但說明的重點不同：前者說明日本人集團的等級特點，重點在集團；後者說明個人在這樣集團中的具體位置，重點在個人。

縱式結構準確地反映了日本社會文化中對等級和序列的強調。在人際關係中，強調個體要從屬於某個集團，處於集團中的序列規範之下。不同集團之間，亦存在明確的序列。序列意識在日本國內體現在效忠天皇上，也體現在武士道精神上。日本處理與他國關係時，序列意識同樣被移植運用。特布熱津斯基在其《大棋局》一書中寫道：「日本的島國歷史，甚至帝國的神話，使勤勞而守紀律的日本人民把自己的生活方式看作生來就是與眾不同和卓越無比的。」〔註 22〕特別是在當代對中國的觀念中，「大和民族優越論」逐漸成爲日本的意識體系。日本民族文化和心態的形成，由多種因素構成。它既受

〔註 20〕魯思・本尼迪克特：《菊與刀》，呂萬和等譯，商務印書館，1990 年。

〔註 21〕「縱式社會」的理論最初在題爲《日本社會結構之我見》（載《中央公論》，1964 年 5 月號）的論文中提出，後來在這篇論文的基礎上加工爲《縱式社會的人際關係》一書。這本書中闡述了「縱式社會」的理論的基本框架。《適應的條件——日本式連續性思考》分析的角度與前一書有所不同，該書把對日本社會集團內部構造的分析轉向集團以外，「考察了在國內外新環境中，或遇到意外時，日本人會做出何種反應，並且力求從理論上探討構成這些反應的基礎的日本系統和價值觀念特點。」《縱式社會的力學》則主要分析日本集團之間的關係，說明「縱式結構的相對獨立的各個群體是如何聯結並實現其整個社會統一組織結構」，即試圖說明縱式社會是遵循一種什麼樣的「力」運作的。通過這三本著作，中根千枝建構了縱式社會結構理論。

〔註 22〕布熱津斯基：《大棋局》，上海人民出版社，1998 年版，第 226 頁。

地緣地理、自然環境影響，更由社會內部矛盾發展使然。可以說，地理、地緣、社會、經濟、文化對日本民族心態均有重要而複雜的影響〔註 23〕。但大和民族優越論無疑深刻地受到了縱式序列觀的影響。因此，日本對中國的態度也是「我尊敵卑」。影響到戰爭認識上，右翼認爲這是進步對落後的解放。

中日戰爭認知上的悖反現象

分析至此，我們便發現一個有趣的現象，即中國社會差序結構下產生的「中」尊「日」卑觀念和日本社會縱式結構下產生的「日」尊「中」卑形成悖反。這是因爲中日社會文化結構有相似性的一面，還有差異性的一面。例如，相似性是分級差，不同的是，中國人分出的是「親疏」，日本人分出的是「優劣」。

早在 19 世紀末 20 世紀初，日中關係的相互認識逐步定性，中國表述爲「侵略的日本和抵抗的中國」，日本表述爲「先進的日本和落後的中國」、「能夠建立統一國家的日本和分裂的無法建立統一國家的中國」〔註 24〕。這屬於典型的二元對立的表達框架。有人指出，不管怎樣，「守舊與開化」、「傳統與近代」、「抵抗與侵略」這種「二元對立式」的模式難以理解，既呈現出複雜的樣態，也存在各種可能性，這就是甲午戰爭前的日中關係。在甲午戰爭爆發之前，圍繞宗屬關係的屬國規定，產生了「日本＝近代」、「中國＝傳統」這種認識上的對立〔註 25〕。但從雙方社會文化結構的分析來看，我們就不難理解這種差異。因爲儘管差序結構和縱式結構體現了中日社會各自的獨特面，但同時二者呈現出明確的相似性——都強調等級序列——正是這種相似性導致了必然的矛盾——從而形成對抗性的敘事，這也是大眾傳媒建構戰爭記憶存在差異的深層社會文化原因。

（三）傳媒對抗性抗戰記憶的影響

據日本方面 20 世紀 80 年代初的統計，日本在國際新聞報導中提到的「信

〔註 23〕姜長斌：《簡論日本民族文化成因及其特點》，《日本學刊》，2006 年第 4 期，第 123～132 頁。

〔註 24〕茂木敏夫：《中日關係史的語境——19 世紀後半葉》，見劉傑、三谷博、楊大慶等：《〈超越國境的歷史認識——來自日本學者及海外中國學者的視角〉序言》，社會科學文獻出版社，2006 年版，第 5 頁。

〔註 25〕茂木敏夫：《中日關係史的語境——19 世紀後半葉》，見劉傑、三谷博、楊大慶等：《〈超越國境的歷史認識——來自日本學者及海外中國學者的視角〉序言》，社會科學文獻出版社，2006 年版，第 25 頁。

息來源國」和「涉及到的國家」的次數是：美國最多，中國次之，然後是英國、蘇聯和法國〔註 26〕。另據 2002 年 9 月中國社會科學院與朝日新聞社的聯合調查顯示，當問到「對對方國家的信息主要通過什麼方式得到？」時，中日兩國均認爲是「電視節目」和「報紙」。可見，新聞傳媒向本國民眾傳達什麼樣的信息，對兩國民眾的相互認識與相互理解極爲重要〔註 27〕。

對抗性的記憶之存在說明了關於戰爭的傳媒表達的必要性和重要性。正是存在不同的認識、不同的觀念，乃至不同的行爲，才爲對抗性的歷史記憶提供了存在的土壤。同時，對抗性的存在能夠讓兩國國民看到雙方認知的差異。約翰・彌爾頓在 1644 年出版的小冊子《論出版自由》中首次提出了影響深遠的關於新聞自由的口號和思想，主要觀點是「觀點的自由市場」和「自我修正過程」。中日傳媒對戰爭記憶的對抗性敘事從一定意義上看，也具有這種效果。「回憶和重構的相互作用只有在多樣性的條件下才能發生：許多相互競爭的敘述是確立痛苦的社會事實所必需的。只是這種從分享的、夢幻般的狀態中爭奪集體記憶的競爭的噪音才被我們稱爲神話創造。競爭的敘述在尋求實際發生之事的過程中不需要分解爲一個故事——而且這就是現代迪爾凱姆學派與於爾根・哈貝馬斯之類的社會思想家的分歧所在，後者相信這些陳述逐漸會聚合爲一個單一的、共享的故事。但是，雖然回憶的過程是共享的，但這種解釋重新創造了能夠轉化相互競爭的故事的事件和成分。」〔註 28〕中日傳媒間關於戰爭的對抗性敘事實質上就是一種記憶爭奪，因爲對方的存在，可能引起受眾對歷史眞實的追求。換個角度看這個問題，如果沒有中國傳媒對中國戰爭痛苦經歷的反覆敘事，日本受眾只接觸本國盛行的右翼傾向的美化戰爭的宣傳，其結果可想而知。

哈布瓦赫對記憶工作如何導致這種社會關係有特殊的想法。只有敘述無休無止，回憶才將保持活躍。過去的事實必須被用來抵抗人們的傾向，用他的話說，就是「讓他們自己處於他們記憶的中心」，但我們不能假定人們會成爲他們自己最嚴厲的批評者。在哈布瓦赫看來，這種批評者只能是那些有著不同中心的人——即那些對同樣一些戰爭、打擊或特定地點的意義講述不同

〔註 26〕（日）NHK 輿論調查部編：《輿論調查資料集第 5 集》，1989 年，第 1099 頁。

〔註 27〕魯義：《中日關係現狀與兩國傳媒的作用》，《日本研究》，2006 年第 1 期，第 17～22 頁。

〔註 28〕理查德・森尼特：《干擾記憶》，轉引自法拉、帕特森：《劍橋年度主題講座：記憶》，户曉輝譯，華夏出版社，2006 年版，第 6 頁。

故事的人們。中心批評的聲音既刺激了回憶也激活了敘事的重構。用文學術語來說，尋求記憶需要一個非中心的主題〔註29〕。

相對於可能存在的正面影響而言，中日傳媒對抗性的戰爭敘事已實際導致了明顯的多種負面影響。這些影響可以大致概括爲三個方面：（1）中日雙方對戰爭認知程度不一。（2）中日雙方信任感趨於下降。（3）影響中日關係的穩定性。

傳媒戰爭記憶對中日社會產生巨大的影響的原因主要是兩點：一是中日都是傳媒高度發達的國家；二是中日民眾都是深受傳媒影響的受眾。因此，對於中日傳媒來說，如何建構戰爭記憶，使傳媒成爲加強兩國戰爭理解和建構各自記憶的溝通渠道，推動兩國關係的良性發展，成爲傳媒界應該認眞思考的問題。對共同歷史的一致性理解構成雙方溝通的起點。「中國與日本的歷史學者認爲，在相互認同『1945年的視點』與『1911年的視點』的同時，還能通過傳媒就共同擁有的過去開展對話。」〔註30〕所以，中日大眾傳媒應該充分發揮自己作爲溝通平臺的功能，在尊重歷史眞實的前提下，消除歷史誤解，加強雙方對歷史的理解與認知，共同建構對於戰爭的記憶。要達到這個目標，傳媒應該以歷史眞實爲傳媒戰爭記憶建構的根本原則，以建立溝通和理解的互動平臺爲傳媒戰爭記憶的目標，以促進友好合作關係爲傳媒戰爭記憶的導向。

二、以中美關係爲主的抗戰相關國關係架構下的記憶建構

中國人民抗日戰爭除了涉及中國和日本兩個戰爭主體外，還涉及到其它一些國家，如直接支持或參與了中國人民抗日戰爭的前蘇聯、美國等。中國與這些國家在戰時和戰後的關係處於一種複雜多變中，傳媒在建構抗戰記憶的過程中，受制於這種關係，使其更顯複雜。其中，中美關係非常重要，而且美國是中國當下外交關係的重點，因此，我們以之爲代表進行分析。

影響抗戰記憶的中美關係主要是指圍繞抗戰歷史所發生的中美關係，其複雜性首先體現在它不是中華人民共和國政府與美國間的單純的關係，還包

〔註29〕理查德・森尼特：《干擾記憶》，轉引自法拉、帕特森：《劍橋年度主題講座：記憶》，户曉輝譯，華夏出版社，2006年版，第11頁。

〔註30〕劉傑、三谷博、楊大慶等：《〈超越國境的歷史認識——來自日本學者及海外中國學者的視角〉序言》，社會科學文獻出版社，2006年版，第4頁。

括戰時中國國民黨政府與美國建立的盟國關係；複雜性其次體現在中美間圍繞抗戰發生的關係還包括美國對戰後日本與臺灣的關係。它們在不同時期對中國民眾的抗戰記憶產生不同程度的作用力，從而影響到傳媒的記憶建構。

（一）戰時中美關係與戰後美國與臺灣關係對抗戰記憶的影響

戰時的中美關係主要是指抗戰期間的中國國民黨蔣介石政府與美國形成的戰時同盟關係。這種關係的最終形成經歷了一個發展過程，美國從一開始「隔岸觀火，綏靖日本」到後來「援華抗日，成爲盟友」，並在提高中國的國際地位，樹立蔣介石的大國領袖形象等方面進行了努力〔註 31〕。總的說來，戰時中美的合作是成功的，美國對中國的支持與幫助對於中國人民最終戰勝日本起到重要作用。根據美方統計，戰時美國對華貸款和軍事援助總計爲 15.157 億美元。從 1942 年 12 月 18 日起，美國志願航空隊開始對日作戰。在美國空軍人員對日作戰期間，有 800 多名美國青年爲中國人民的民族解放事業獻出了寶貴的生命。第 14 航空隊的英勇戰鬥推遲了日軍的進軍時間表。

新中國成立後，美國繼續扶植蔣介石臺灣政府。以武力霸佔臺灣，陳兵臺灣海峽，積極支持蔣介石集團反攻大陸，在外交上發起「不承認」新中國的運動，阻撓中國恢復在聯合國的合法席位，在經濟上對中國進行封鎖禁運。美國對中國採取了遏制、孤立和反對的政策，朝鮮戰爭的爆發加速和深化了雙方的敵對關係。

美國戰時對中國的幫助對於中國人民最終取得抗戰的勝利起到重要作用，但由於當時代表中國的是國民黨政府，而且戰後美國出於遏止中華人民共和國政府的需要，繼續支持其在臺灣的統治和反攻大陸的企圖。在這種情況下，中國共產黨領導下的大眾傳媒的抗戰記憶建構就很少談及戰時的中美合作，也很少關注戰爭中美國對於中國的支持。

（二）美、日關係影響下的中美關係對抗戰記憶的影響

美國與中國人民抗日戰爭的侵略者日本國的關係是中美間關係的重要影響因素。中、美、日三角關係形成於 20 世紀初年至第一次世界大戰結束的十餘年間。20～30 年代是中日美三角關係的平穩一曲折的發展階段。40 年代初

〔註 31〕薛磊：《抗日戰爭時期的中美關係》，《黨史文苑》，2005 年 14 期，第 17～19 頁。

太平洋戰爭爆發後，中日美三角關係處於破裂階段〔註 32〕。冷戰時期在對付前蘇聯的共同戰略利益中，三角關係再次結成，其後便處於一種複雜發展狀態。其中美國對日本的態度與政策對中美關係產生重要影響。

戰後初期，美國遠東政策的重點是中國，對於日本，則是旨在打倒這個長期以來美國在亞太地區的主要競爭者，消除其戰爭潛力。由於它對華政策的失敗，美國將重點轉向扶植日本。1951 年美國違背聯合國宣言，決定單獨同日本簽訂和約，美日同時簽訂了一個安全保障條約，允許美國在一個獨立的日本保留其軍事基地，並對日本的防務承擔義務，日本對此負責合作，從而確定了日本對美國的政治上、軍事上的從屬關係。冷戰結束後，美日之間的特殊同盟關係因共同敵人蘇聯不復存在而發生重大變化，兩國間的一些矛盾與摩擦凸顯出來，特別是貿易領域和東亞地區經濟的主導權之爭加劇。但它們之間的相互合作仍是主要方面，其原因是：在經濟上相互依賴很深；在安全戰略上仍有共同需要；在政治上仍需相互支持〔註 33〕。2005 年美日制定了新的共戰略目標，將「臺海形勢」明確作爲日美進行戰略合作的對象。2004 年日本新防衛計劃大綱也明確將應對「中國威脅」作爲日本強化國防、實施安全戰略略的標的。這說明在共同防禦中國方面美日仍然具有共同的戰略目標。

美日關係影響到中美關係首先表現在戰後二十多年裏在中國將美國視爲與日本一樣的敵人，因此中國傳媒抗戰記憶不僅迴避美國對中國人民抗戰支持的內容，還將記憶目標定位爲發揚人民抗戰精神，反對美帝國主義。如 1962 年 1 月 28 日人民日報發表抗戰英雄蔣光鼐的回憶文章《堅決反對美日反動派復活日本軍國主義》。在 1965 年抗戰勝利二十週年之際，各大報刊從人民戰爭的立場記憶抗戰，明確提出反對美國的軍國主義。

（三）忽「冷」忽「熱」的中美關係中傳媒抗戰記憶的複雜性

當代中美關係一方面受到其臺灣、日本政策的影響，另一方面主要取決於中美在世界格局變化趨勢中對雙方共同利益與分歧的理解與把握。兩國間在意識形態、經濟發展、文化觀念等方面有巨大差異，作爲最大的發達國家

〔註 32〕藏運祜：《20 世紀前半期的中日美二角關係述論》，《北京大學學報》（哲學社會科學版），2000 年第 6 期，第 42～52 頁。

〔註 33〕詹世亮：《冷戰後的美日關係》，《國際問題研究》，1995 年第 1 期，第 1～7 頁。

和最大的發展中國家，雙方又有某種利益的共同性。中美之間始終在忽「冷」忽「熱」的交替中發展著相互往來，並成爲當代國際關係格局中值得關注的現象。所謂「冷」與「熱」，指的是在中美關係發展過程中，時常經歷著時而高層往來頻繁、協商氣氛友好的密切時期，時而雙方對立牴觸、關係僵冷的困難時期。較之中國與其他國關係而言，中美關係這冷暖交替的現象較爲明顯〔註 34〕。中美「冷」「熱」關係的交替對中國大眾傳媒的抗戰記憶的建構的內容選擇和目標指向都有重要重要影響。

由於美國的反華政策和臺灣政策，從 1949 年一直到 1970 年，中美兩國一直處於隔絕的狀態。20 世紀 70 年代中美關係走向正常化。1979 年 1 月 1 日，中美兩國正式宣佈建立外交關係，雙邊關係進入了個新的時期。八十年代，除了一些分歧與摩擦外，中美關係總體上發展迅速、平穩。以 1989 年中國政治風波爲轉折點，中美關係結束了八十年代的平穩發展，進入了波折起伏時期。這一時期的中美關係在惡化——改善——惡化的交替中艱難前進〔註 35〕。

總的來說，在中美建交後，傳媒抗戰記憶改變了過去將美國置於與日本一樣的帝國主義國家的敘事框架中，在中美新的關係框架下展開記憶。重新確定了世界立場的記憶敘事框架，將原來遮蔽或迴避的記憶呈現出來。既肯定了美國戰時對中國的軍事援助和其它方面的幫助，又將爲中國人民抗戰作出巨大貢獻的美國人納入抗戰英雄的群體中進行記憶。如 2005 年各大媒體合作的《永遠的豐碑抗日英雄譜》中，克萊爾・李・陳納德（Claire Lee Chennault）〔註 36〕、約瑟夫・史迪威（Joseph Stilwell，1883～1946）〔註 37〕、羅伯特・斯科特（Robert L・Scott）〔註 38〕、艾格尼絲・史沫特萊〔註 39〕等成爲傳媒抗戰記憶中的抗戰英雄。

〔註 34〕房廣順、王亮：《中美關係的「冷」與「熱」》，《黨政幹部學刊》，2005 年第 10 期，第 46 頁。

〔註 35〕余志權：《中美關係的三十餘年的發展與思考》，《中國科技信息》，2005 年第 8 期，第 211 頁。

〔註 36〕《與中國人民並肩作——戰克萊爾・李・陳納德》，人民網，2005 年 8 月 24 日。

〔註 37〕《永遠的豐碑・抗日英雄譜：中國人民的朋友——約瑟夫・史迪威》，2005 年 8 月 30 日中央電視臺播出。

〔註 38〕《擊落 12 架日軍戰機的抗日英雄——羅伯特・斯科特》，人民網，2005 年 9 月 7 日。

〔註 39〕《美國革命作家——艾格尼絲・史沫特萊》，人民網，2005 年 9 月 21 日。

三、世界反法西斯戰爭記憶與中國傳媒抗戰記憶建構

中國人民抗日戰爭是世界反法西斯戰爭的重要組成部分，中國人民的抗戰爲世界反法西斯戰爭的勝利作出了貢獻。毛澤東在《論聯合政府》報告中準確概括和評價了中國抗戰的偉大貢獻：「中國是全世界參加反法西斯戰爭的五個最大的國家之一，是在亞洲大陸上反對日本侵略者的主要國家」。「中國在八年抗日戰爭中，爲了自己的解放，爲了幫助各同盟國，曾經作了偉大的努力」。〔註 40〕當我們將抗戰置於世界反法西斯戰爭中進行記憶時，記憶的視角發生變化，而且其他國家的戰爭記憶與中國的抗戰記憶發生互動關係，這兩種特點鮮明地呈現於傳媒的抗戰記憶中。

（一）超越國內視角，採用世界視角

如果說中國傳媒抗戰記憶曾長期採用的是內向型的國內敘事視角，那麼，新時期以來，傳媒超越了單一的視角，採用世界的、國內的雙重視角。在繼續運用抗戰記憶培養愛國主義精神、加強民族凝聚力、確認國內現行秩序合法性的同時，大眾傳媒從 1980 年代開始從世界的角度記憶抗戰，其主要內容包括：

1、從世界反法西斯戰爭角度分析中國人民抗戰的偉大意義，強調中國對世界的貢獻。首先，中國抗日戰場的開闢和中國全民族的奮力抗擊日軍，推遲了歐洲戰場的全面爆發，爲世界反法西斯盟國贏得了較爲充分的進行準備的寶貴時間。第二，中國軍民的英勇抗戰，爲蘇聯軍隊抗擊德國法西斯，最後戰而勝之提巨大支持。最後，中國戰場，爲盟軍在亞洲太平洋戰場的抗擊日軍，最後戰勝日本法西斯作出了極大的貢獻。

2、對其他反法西斯國家對戰爭勝利的貢獻進行肯定，強調他們對中國抗戰的幫助和支持。中國人民抗日戰爭是與世界反法西斯戰爭緊密地聯成一氣、息息相關的，因而受到反法西斯各國政府的重視，也受到各國政府和世界人民的大力支持和無私援助。不同類型國家以不同方式在不同時期進行了不同內容的支持和援助，傳媒對此進行了宣傳。

（二）與其他國家反法西斯戰爭記憶形成互動

傳媒抗戰記憶還體現了中國抗戰記憶與其他國家反法西斯戰爭記憶的互動。這種互動的形成首先是因爲這些國家的反法西斯戰爭的共同經歷，其次

〔註 40〕《毛澤東選集》一卷本，人民出版社，1967 年版，第 934 頁。

是當代國際局勢發展變化的需要，由於局部戰爭、恐怖威脅等世界不穩定因素的存在，紀念並反思反法西斯戰爭仍有十分重要的現實意義。在世界反法西斯戰爭勝利四十週年、五十週年、六十週年之際，中國與世界其他反法西斯戰爭國家舉行了大規模的紀念活動。傳媒積極主動地參與抗戰記憶敘事，發揮巨大影響。就中國傳媒的抗戰記憶來看，至少從兩個方面與其他國家的戰爭記憶發生互動。

與反法西斯戰爭中被侵略國家一起維護戰爭記憶

世界反法西斯戰爭中被侵略國家有許多共同的戰爭記憶，既包括戰爭勝利的意義，也包括戰爭造成的創傷記憶。在進行戰爭記憶時，這些共同的記憶構成了中國與其他國家相互支持、共同建構的主要內容。例如關於慰安婦的創傷記憶。「慰安婦」是日語中的特有名詞，在日本最權威的詞典《廣辭苑》中被解釋爲「慰安戰地官兵的女性」。二戰期間日軍慰安婦人數在 40 萬以上〔註 41〕，涉及中國、韓國、朝鮮、荷蘭等許多國家，其中中國人最多，在 20 萬人以上。中國傳媒對他國的慰安婦記憶進行呼應，如 1985 年 8 月 13～15 日連載了韓國一個慰安婦的控訴。在各種圍繞慰安婦問題的相關報導中，中國傳媒與世界其他國家一起控訴日本戰爭期間的暴行。2007 年初，日本首相安倍晉三對慰安婦問題的態度更是引起包括美國在內的各國關注，中國傳媒及時予以報導，與國際社會形成良好互動。

與反法西斯戰爭侵略國的戰爭記憶進行對比

反法西斯戰爭中的德、意、日等侵略國成爲戰敗國，戰後他們對戰爭的態度有明顯差異，特別是德國與日本的戰爭認識和戰爭記憶截然相反，引起亞洲被侵略國家的強烈不滿。二戰後的德國經過幾十年反省自責，主流社會已經形成一種共識：銘記這段歷史，永遠記住納粹法西斯罪行，並把這種認識世世代代傳下去。德國人還通過傳媒形式來檢討反省自己的過去，如在全球引起轟動的電影《希特勒的最後十一夜》，拍出了德國人的痛苦自省，沒有虛飾和隱瞞，讓世人瞭解一個政治狂人導致 600 萬猶太人被殺、各國共計 5000 萬人罹難的悲劇。與此相反，日本則不斷美化侵略，戰後推出《軍閥》、《尊嚴》、《山本五十六》、《啊，海軍》等許多歌頌戰犯和侵略戰爭的影視片，日本政府以創作「言論自由」將責任推得一乾二淨。在這種強烈的反差面前，

〔註 41〕《美國政府呼籲日在「慰安婦」問題上要「坦白」》，新華網，2007 年 3 月 28 日。

相對於日本的中國傳媒的對抗性戰爭記憶更加突出日本發動戰爭的侵略性、傷害性。

當傳媒在世界歷史發展的視野下審視發生在 60 年前的偉大的抗日戰爭時，我們看到來自中國與其他戰爭國間的戰時關係和戰後錯綜複雜關係對戰爭記憶的影響，它們使傳媒抗戰記憶以超越國內敘事框架的更加宏觀的架構來建立、塑造當代中國人對抗戰歷史的認識和記憶，改變了中國長期在世界反法西斯戰爭跨國境記憶敘事中的失語，有助於中國在新的國際環境中，確立自己的合法的地位。

第三節　傳播新技術與傳媒抗戰記憶建構

從外在的原因來看，傳媒建構抗戰記憶由於國內社會文化變遷和國際多維關係框架的影響而表現出現實性與複雜性；從傳媒自身來看，傳播新技術的出現與發展也促使傳媒抗戰記憶建構出現新的動向。

毫無疑問，基於計算機技術和通訊技術發展起來的網絡傳播是當代社會傳播新技術最傑出的成果。在人類傳播史上，互聯網的出現是革命性的，因爲它以無法阻擋的磅礴之力，迅疾打破了地緣政治、經濟和文化的樊籬，以超強勢力形成虛擬的、以信息爲主體的跨國家、跨文化、跨語言的全新的空間。從軍事國防走向普通的人際交往，從專家技術人員走向普通大眾，網絡的發展歷程證明了它作爲一種溝通媒介的強大生命力。在中國，網絡傳播始於 1995 年，幾乎與世界同步，中國網絡傳播從神秘、陌生到走進千家萬戶，不到十年時間。網絡是從政府走向民間，從政治、軍事的需要走向商業化，逐漸展示出它作爲數位化媒體的特徵，以強大功能征服了世人。

網絡傳播以其數位化、全球性、實時性、多媒體和交互性等特徵顯示了它在建構歷史記憶方面的獨特優勢和巨大吸引力。就抗日戰爭記憶而言，1995 年抗戰勝利 50 週年，傳媒主要運用報紙、電視、廣播等傳統媒體進行報導。10 年後的 2005 年，在全世界進行聲勢浩大的反法西斯戰爭勝利 60 週年之際，網絡傳播以無與倫比的方式參與到記憶建構中去，爲民眾的抗戰記憶提供了豐富的信息、新的方式，體現了傳播新技術建構歷史記憶的巨大力量。

一、網絡傳媒抗戰記憶內容的全面性與豐富性

到目前爲止，就信息的全面性、豐富性而言，還沒有什麼傳播渠道堪與網絡媲美。人們常常把在 Internet 上漫遊比喻爲航海。網絡猶如寬闊的海洋覆蓋著整個地球，海水從美洲流到歐洲，再到亞洲、非洲和大洋洲，信息就是在海洋中洶湧的海水。事實上，網絡首先吸引我們的正是它海量的信息。與傳統媒體的抗戰記憶相比，網絡傳播提供了更爲全面、豐富的抗日記憶內容，有翔實的抗戰歷史資料，有抗戰歷史爭論問題的詳細介紹，也有相關的各種活動（如歷史遺留問題的糾紛、紀念活動等）的及時報導。

2005 年抗戰勝利 60 週年之際，網絡傳播媒體集中顯示出它的信息的全面與豐富的特點。從國內的幾大主要網絡媒體來看，人民網、新華網、千龍網、新浪網等都以「專題」、「專欄」、「特別報導」等形式對抗戰勝利 60 週年進行了全方位、多角度的報導，從中國抗戰史到世界反法西斯戰爭的歷史資料，從日軍昔日的暴行到今日的中日關係，從各項紀念活動到各方的時評……都作了充分的報導。

其中，人民網的「紀念抗日戰爭勝利六十週年」專題開設的欄目有：「紀念活動」、「評論研究」、「抗戰回憶」、「難忘的往事」、「中國抗戰」、「鐵血忠魂」、「國際支持」、「日軍罪行」等，信息涵蓋面大，而且詳盡了然。中國網聯合中國人民抗日戰爭紀念館製作專題，不僅有中、日、英、俄四種語言的版本，還頗有特色地開設「抗日戰爭簡史」，詳盡列數了抗戰早期對華侵略、局部抗戰、全面抗戰、持久抗戰一直到獲得偉大勝利五個階段的重大事件和史實，另外的「抗戰英烈」、「國際友人」、「審判戰犯」等欄目也把歷史事件中的各色人物呈現於眼前。新浪網推出了「抗戰人物」、「歷史圖片」、「著名戰役」、「中日關係」、「抗戰尋址」、「抗戰遊戲」、「滾動新聞」、「紀念活動」、「專題圖集」、「視頻報導」、「抗戰回憶」、「綜述評論」等欄目。

與報紙版面受限和廣播、電視節目時段受限不同，網絡超強的存儲、再現、鏈接功能使得它可以便捷地匯總、整合信息，既能橫向地集納最廣泛的多元信息源，又能縱向保存歷史新聞信息。在建構抗戰記憶，尤其是在離戰爭歷史發生的時間越來越久遠的時候，網絡傳播全面、豐富的信息能夠爲網民們提供多樣化的記憶線索和記憶內容，更好地滿足新時代抗戰記憶的需要。

二、網絡抗戰記憶建構的互動性

20 世紀，在報紙、廣播、電視等大眾傳媒的激烈競爭中，受眾日漸受到關注，受眾的注意力資源成爲稀缺資源。如何爭取更多的受眾？傳統媒體紛紛使出渾身解數，吸引受眾參與，重視受眾反饋成爲各媒體競相運用的法寶。然而，這種努力終究受到局限，傳統大眾傳媒的發展始終無法擺脫信息單向傳遞的狀態。受眾的反饋總是滯後的、遲緩的。網絡傳播的發展，徹底改變了這種情況。交互性傳播一開始就使網絡傳播與傳統的大眾傳播區別開來。傳播與反饋幾乎可以同步進行。無數網民可以同時參與到一個話題的討論中，實現多向的、互動性的對話。

網絡抗戰記憶是一種互動性的記憶，表現在網絡媒體爲網民提供了便捷自由的反饋渠道和進行討論評說的平臺。網民可以通過跟帖、BBS 等形式進行抗戰記憶的交流，在媒體和網民之間共同建構記憶。2005 年 7 月 7 日，新浪網、侵華日軍南京大屠殺遇難同胞紀念館以及龍虎網在南京大屠殺遇難同胞紀念館舉行「永不忘卻」南京大屠殺史實網站的開通儀式。此消息發佈之後，一共有 124 條網友的跟貼評論，反響十分熱烈。

網絡抗戰記憶建構的互動性爲個體歷史記憶進入傳媒的集體歷史記憶提供了更爲寬闊的平臺。傳統媒體中也有個體記憶的表達，但由於版面和節目時間等的限制，能夠進入媒體記憶建構平臺的是極少數人，且大多屬於社會精英階層。網絡傳播中，不同社會階層中的個體「通過對其的討論、交流，甚至是爭鋒，受眾的意見能快速地整合成社會輿論，從而使達到了媒體報導的最佳目的。」〔註 42〕正如尼葛洛·龐帝所說：「數位化生存……讓弱小孤寂者也能發出他們的聲音」。

互動性的網絡抗戰記憶建構是對傳統傳播方式即「宏大敘事」和「元敘事」的最大挑戰，「因爲在網絡之中找不到一個起控製作用的信息發佈中心，可說是人人平等，網絡總體而言是拒絕權威的。」〔註 43〕互動性傳播意味著網絡由過去的等級式、單向式向平等性、交互性、非中心的轉化。正是這種變化使得網絡時代的傳媒抗戰記憶具有更加突出的平民化取向。

〔註 42〕曾繁娟、湯耀國：《網絡媒體盡顯風采紀念抗戰勝利 60 周年》，《中華新聞報》，2005 年 8 月 17 日。

〔註 43〕張品良：《網絡傳播的後現代性解析》，《當代傳播》，2004 年第 5 期，第 53～56 頁。

三、網絡傳媒抗戰記憶形式的創新

網絡運用傳播新技術，對傳媒抗戰記憶的影響還在於它的創新性，它爲記憶建構提供了諸多新形式。網絡傳播可以是點對點的傳播，類似於發生在個體間的人際傳播；網絡傳播也可以是點對面的傳播，類似於以專業媒介組織面向大量受眾傳遞大量複製信息的大眾傳播；網絡傳播還可以是多點對多點、多點對多面的傳播。網絡傳播渠道不是單向的，也不僅僅是雙向的，而是多向的。網絡傳播還是多媒體的，它融合了人際傳播與大眾傳播的特點，兼有了口語媒介、印刷媒介和電子媒介的功能。獨特的多媒體、多向度的傳播使網絡在建構抗戰記憶時，突破傳統媒體的舊有模式，增加了新的記憶建構方式，到目前爲止，最引人注目的包括：網絡抗戰遊戲、網絡抗戰紀念儀式、抗戰題材 flash 以及中日網絡戰爭。

（一）網絡抗戰遊戲

網絡抗戰遊戲是契合傳媒市場和社會教育雙重需要的一種民族網絡遊戲。網絡遊戲作爲一項朝陽產業，所創造的利潤空間備受矚目。2004 年，我國網遊出版市場的實際銷售收入達 24.7 億元，比 2003 年增長 47.9%，2012 年中國遊戲產業年會發布的數據顯示：2012 年，中國遊戲市場實際銷售收入達 602.8 億元人民幣。但目前網絡遊戲民族的少，進口的多，庸俗功利內容的多，體現愛國精神的少〔註 44〕。在國家支持、鼓勵發展民族網絡遊戲產業的背景下，抗戰題材爲商家所親睞。《抗日 Online》、《國魂 Online》、《長空梟龍》、《藍盔中國》、《3D 西遊》等吸引了諸多網絡遊戲愛好者。其中，由團中央網絡影視中心和寶德網絡斥資 5000 萬元聯合打造的《抗日 online》網絡遊戲影響最大。

《抗戰 online》以八年抗日爲歷史背景，反映了中國人民在面臨國土淪陷、家園破碎的情況下爲保衛家園、抗擊侵略者與敵人進行的艱苦卓絕的鬥爭。從蘆溝橋事變開始直至抗日勝利，貫穿多個抗日重大事件，讓玩家親身參與戰場戰鬥，感受彌漫的抗日硝煙，消滅入侵之敵。遊戲既注重網絡遊戲的市場性、娛樂性開發，又注重對青少年進行愛國主義教育。

以《抗戰 online》爲代表的抗戰題材網絡遊戲具有鮮明特點，如平民化的玩家身份，宏大、驚險的戰鬥遊戲風格，等等。網絡遊戲通過遊戲的方式吸引

〔註 44〕王雪冬：《民族網絡遊戲產業勃興抗戰題材成開發新寵》，http://www.sina.com.cn，2005 年 09 月 5 日。

網民在虛擬的抗戰中瞭解、認識中國人民抗日戰爭和世界人民反法西斯戰爭勝利的來之不易和偉大意義，通過虛擬的親身體驗感受抗戰，在潛移默化中培育其愛國主義精神，這適應了網民的心理特徵。同時，我們還應該注意到，網絡抗戰遊戲有兩類，一類以遊戲爲手段致力於抗戰歷史教育，一類以抗戰歷史爲依託致力於消費。前者是建構抗戰記憶的新的途徑和有效手段，後者則可能在將歷史視爲消費對象的遊戲中，解構歷史的嚴肅感、宏大感、厚重感，從而消解抗戰歷史的偉大民族意義，將其變爲純粹的娛樂時代的消費商品。

（二）網絡抗戰紀念儀式

在沒有辦法「在場」的情況下，儀式被創造出來以概括不在場的體驗。它不是一種即興的、變異的體驗，而是一種徹底不同的體驗〔註 45〕。網絡作爲一個獨立的主體，可以運用時空平臺，組織紀念性的儀式。2005 年的紀念中國人民抗日戰爭勝利 60 週年暨世界人民反法西斯勝利 60 週年的活動中，作爲一種新興傳媒，網絡在履行了塑造歷史記憶的社會功能時，承擔了組織受眾參與紀念儀式的功能。

2005 年 4 月 1 日起，由共青團中央等單位指導，「我們的文明」主題系列活動組委會等單位主辦，民族魂、血鑄中華、中華網等千家網站共同發起「全國青少年紀念中國人民抗日戰爭勝利 60 週年」系列活動，吸引數百萬網友的積極參與。廣大網民紛紛瞻仰網上「抗日英烈紀念館」，參加紀念抗戰勝利 60 週年知識競答活動，瞭解抗戰史實和偉大意義。網站訪問總量達 700 多萬人次，網民獻花、留言 10 萬餘條，參加抗戰知識競答的網民達 3 萬多人次，在互聯網上形成了緬懷抗戰英烈、弘揚民族精神和愛國主義的濃郁氛圍，廣大網民反響強烈，寫下大量感人肺腑的深情留言，表達繼承先烈精神、實現民族復興的堅定信念〔註 46〕。

較之現實社會生活中的儀式來說，虛擬的網絡儀式成本低廉，但可以無時空限制地聚合網民以個體的方式加入儀式，通過網絡儀式，個體得以進入抗戰紀念的公共領域，象徵性地參與了集體的儀式，從心理上將傳媒的抗戰記憶與個體的、社會的記憶融合。

〔註 45〕丹尼兒·戴揚、依萊休·卡茨：《媒介事件》，麻爭旗譯，北京廣播學院出版社，2003 年，第 166 頁。

〔註 46〕李亞傑：《緬懷抗戰英烈弘揚民族精神——全國數百萬青少年網上紀念抗戰勝利 60 周年》《人民日報》，2005 年 8 月 15 日第 1 版。

（三）抗戰題材 flash

本書將傳媒抗戰記憶的表徵模式分爲兩種，一種是通過歷史或現實的事實建構抗戰記憶，一種是運用藝術的想像建構抗戰記憶。就傳統媒體而言，後者主要指以抗戰爲題材的影視作品。網絡傳播繼承了傳統媒體的兩種表徵模式，並在新技術的支持下創造了新的表現方式——抗戰題材網絡 flash。

Flash 是美國的 MACROMEDIA 公司於 1999 年 6 月推出的網頁動畫設計軟件。它是一種交互式動畫設計工具，可以將音樂、聲效、動畫以及富有新意的界面融合在一起，以製作出高品質的網頁動態效果。Flash 被運用於網絡抗戰記憶建構，產生了一批在網絡中廣爲流傳的抗戰題材 flash，如：《淞滬抗戰》、《抗日英雄地道戰》、《日落時期》、《槍》（抗日版）、《抗日諜中諜》、《鬼子進村》、《蕩寇志》、《抗日三字歌》、《孤身營救》、《追憶》等等。

網絡 Flash 產生於海德格爾所說的「世界圖像時代」，「從本質上看來，世界圖像並非意指一幅關於世界的圖像，而是指世界被把握爲圖像了。……世界圖像並非從一個以前的中世紀的世界圖像演變爲一個現代的世界圖像；毋寧說，根本上世界成爲圖像，這樣一回事情標誌著現代之本質。」〔註 47〕作爲一種新興的視覺藝術形式，flash 動畫集網絡、互動、即時、音樂、動畫等各種元素於一體，這種特點使抗戰題材 flash 與其它藝術式地抗戰記憶建構具有不同的特點，具體表現在：（1）情節單一，短片化。網絡 flash 往往是幾分鐘的短片，所以情節比較單一，主題鮮明。（2）多媒體方式，吸引力強。網絡 flash 採用多種媒體表達手段，視聽效果好，吸引力強。（3）輕鬆幽默，具有強烈的解構性〔註 48〕。與傳統的抗戰記憶方式相比，網絡 flash 更強調詼諧效果，解構了歷史記憶方式的嚴肅性；（4）平民化的製作與消費。與傳統媒體主要在官方主導下的抗戰記憶建構不同，網絡 flash 的製作與消費屬於民間的，以平民化爲目標。

（四）網絡戰成為中日對抗性抗戰記憶的表述方式

前面，我們已經指出，中日雙方的抗戰記憶有巨大差異，由此形成中日兩國傳媒對抗性的抗戰記憶敘事。在網絡時代，這種對抗性的記憶採取了更

〔註 47〕海德格爾：《世界圖像時代》，孫周興編：《海德格爾選集》，上海三聯書店，1996 年版，第 899 頁。

〔註 48〕林丹丹：《FLASH 文化：新一代視覺文化》，《新聞界》，2004 年第 3 期，第 30～31 頁。

爲激烈的方式——網絡戰爭。中日之間的網絡戰最早大約出現在 1997 年抗日戰爭爆發 60 週年，廣州的幾千名網友一起向日本首相官邸郵箱群發垃圾郵件。2000 名中國黑客對日本網站的首次大規模的進攻〔註 49〕。2001 年日本日本首相小泉參拜靖國神社掀起中國黑客攻擊日本的新高潮。

「網絡戰其實是歷史抗議的一種表述方式。在這個由高技術打造的空間中，仍然存在許多現實社會的思想和情感。中國紅客〔註 50〕對日本政府的態度和思想，就是從現實平臺上得來的。而今天的中國人，在現實平臺上無法得到日本政府的眞誠和善意，他們必然會通過自己的方式，來作出反應，表達抗議。」〔註 51〕作爲一種網絡時代獨特的表述歷史抗議的方式，它傳遞出了中國民眾對抗戰的深刻記憶和對日本戰爭記憶的不滿，但網絡戰畢竟是一種缺乏理性的行爲，中國網絡黑客的大規模進攻行爲已經轉爲零星的攻擊，越來越多的黑客向理性回歸，這對於中日兩國思考如何從理性的角度加強歷史理解與現實溝通有重要的啓示意義。

綜上所述，本章在討論中所傳達的最重要的立場是：大眾傳媒在建構歷史記憶的時候，會受到國內社會文化變遷的影響，也受到國際關系歷史與現狀的影響，還會受到傳媒自身新技術發展的影響，它們的合力規定了傳媒建構歷史記憶的內在結構，制約著傳媒的表達方式。但是，這只是問題的一方面，傳媒本身是具有某種獨立性的實體，這種獨立性使傳媒在選擇、塑造、表達歷史記憶的時候，還具有獨立性的特徵。

大眾傳媒對歷史記憶具有自控的能力。因爲它可以通過元記憶來監控記憶的過程，並運用所獲取的信息來控制進一步的記憶。所謂元記憶是指對記憶過程和內容本身的瞭解和控制。M．Pressley 等人提出了一種具體的元記憶模型——良好策略使用者模型。在這種模型中，策略是最基本的成分，是指

〔註 49〕兩個事件直接導致了本次網絡進攻：（1）2000 年 1 月 21 日，日本最高法院無視歷史事實，悍然判決參加過當年南京大屠殺的老兵東史郎見證大屠殺的訴訟敗訴；（2）1 月 23 日，右翼勢力在大阪國際和平中心集會，公然否定南京大屠殺的歷史事實。

〔註 50〕紅客（redhacker），2001 年 5 月轟動全球的中美黑客大戰，中國一方的「主力軍」就是名噪一時的紅客。在中國，紅色有著特定的價値含義，正義、道德、進步、強大等等，簡單地説，「紅客」就是指精通網絡技術、強調熱愛祖國、堅持正義、開拓進取的精神網絡黑客。

〔註 51〕《中日黑客八年暗戰網絡戰成爲歷史抗議表述方式》，http://www.sina.com.cn，2005 年 6 月 13 日。

能夠促進記憶成績的技巧和方法〔註 52〕。大眾傳媒作爲獨立的主體，不僅是影響、塑造社會歷史記憶的重要渠道，而且它本身擁有的元記憶也將促使大眾傳媒根據記憶的社會框架的需要，採取良好的策略，有效的進行歷史記憶。中國大眾傳媒在抗戰記憶中的自控途徑和策略包括：（1）選擇並組織記憶的內容，對受眾的記憶進行議程設置；（2）採用傳媒儀式組織受眾參與記憶；（3）主動提供溝通、對話的平臺，促成記憶的理解與認同。大眾傳媒能夠運用自身的時空資源，主動提供溝通、對話的平臺，爲各種不同的記憶搭建民間對話的橋梁，體現了大眾傳媒作爲當代社會歷史記憶重要渠道的責任意識。

〔註 52〕楊治良、郭力平等：《記憶心理學》，華東師範大學出版社，1999 年，第 156 頁。

餘論：傳媒抗戰記憶的現狀與未來

即將結束對新時期以來我國大眾傳媒抗戰記憶的類型、表徵模式、社會框架、複雜性等問題的探究旅程，掩卷而思，還有兩個基本問題需要展開討論。一個涉及新時期傳媒抗戰記憶的整體反思，一個涉及傳媒抗戰記憶的未來走向。前面一個問題可以比作空間問題，後面一個問題則涉及時間。本書並沒有把握一攬子解決這兩個問題，只是希望通過這種方式的討論，進一步延伸對大眾傳媒抗戰記憶的思考的廣度與深度。

一、關於傳媒抗戰記憶的整體反思

本書致力於對新時期傳媒抗戰記憶的整體面貌進行研究，其中不乏對記憶中存在的問題的思考，但主要關注的是屬於官方記憶的傳媒記憶（無論是研究文本的選擇還是研究的具體內容基本上都在官方記憶的框架下進行），其實，媒體中既有官方記憶也有大量的民間記憶。此外，還有一個不應當迴避的問題，那就是傳媒記憶的選擇性。本書關注了被選擇進入到記憶中的歷史，卻未專門討論未被選擇的歷史，對於被呈現和未被呈現（或者是遺忘或者是遮蔽）的問題也沒有進行深入的思考。需要指出的是，這兩個問題對於傳媒抗戰記憶來說都是特別重要的問題，輕易繞不過去，因此，我們下面分別簡要予以探討。

（一）官方記憶與民間記憶

正如本書第三章所說的，討論歷史記憶問題，有一個問題不得不問：是誰在記憶？誰在講述過往的歷史？這個「誰」，可以從多個層面考慮，例如民族的、黨派的、階級的、地域的等等，由此或可派生出政治經濟學或文化地理學的分析。第三章中，我們從微觀的具體的表徵「主體」的角度進行了區分。現在，在對傳媒抗戰抗戰記憶進行了比較全面的思考之後，我們從更宏觀一些的角度將傳媒抗戰記憶區分爲官方記憶和民間記憶。這種區分能夠引起人們對傳媒抗戰記憶現狀和發展趨勢的重視。所有的歷史記憶都往往是現實政治、文化、經濟、社會格局的反映，而社會文化的變遷亦能令記憶發生鬆動調整。一者，抗戰記憶的性質和中國傳媒的性質決定了傳媒抗戰記憶主要表現爲官方記憶，二者，媒體的發展令民間的記憶進入原本只屬於官方記憶的空間。新媒體環境下，具有大眾傳播功能的自媒體爲普通人所擁有，更多屬於個體記憶的東西進入到大眾傳播空間，這種帶有民間特點的記憶形式與傳統媒體中由官方所主宰的記憶形式具有不同的特點。民間的、個體的記憶帶著日漸萌生的能量加入到以官方記憶爲主的抗戰記憶構建當中。這是傳媒抗戰記憶研究必須面對的問題，因此，我們需要弄清二者間的異同。

記憶是一種心理現象，符合人類心理的共同記憶規律，例如輸入、儲存、提取等，但是，心理學的研究也告訴我們，集體心理和個體心理有很大的不同，這當然會影響到記憶的效果。簡單來說，官方記憶主要是偏於集體的記憶，民間記憶主要是偏個體的記憶，兩種記憶各有利弊。例如，社會學和人類學學者在思考社會調查方法時，討論過座談會和個別訪談兩種方法的差異，結論自是各有各的好處。座談會所獲取的資料多屬認知層面的記錄，這是眾人相互討論、交叉核實過的記憶；個別訪談則可以容納更多個人情緒情感層面的回顧。因此，這裏恐怕不是說哪種記憶更優，而是兩者得兼更有利於歷史記憶的完整準確。就傳媒抗戰記憶而言，偏集體的官方記憶和偏個體的民間記憶共同建構著人們的歷史記憶。一如歷史記錄本身，有正史、官書，也有野史、筆記，大家相得益彰，而不必相互排斥。

當然，二者間的差異也是明顯的，下面我們略作討論。

從記憶的準確性看，官方記憶用心審愼、查考嚴謹、反覆核實，故而比較準確，民間記憶更多是個體記憶，視野有限、隨意性大。如本書列舉的傳媒抗戰記憶的文獻資料中，抗戰勝利六十週年紀念期間的英雄記憶，主要依據歷史文獻整理而成，注重歷史的眞實性。而民間記憶多屬難以考證的個體性的回憶，多軼聞遺事。不過，再全面的記憶，終難免遺漏，民間記憶頗擅長於在細節問題上拾遺補闕，這是官方記憶所難及處。

從記憶本身涉及的心理特點來看，官方記憶是較爲理性的，多注重認知層面的問題，民間記憶是比較感性的，多涉及情緒情感層面的問題。這點在傳媒抗戰記憶中表現得尤爲突出。就官方記憶而言，前文在話語研究中選擇的不同時期三位黨和國家領導人的重要講話文本就具有高度的一致性，因爲都是對抗戰記憶的意義等認知層面的反思。而在與抗戰主題相關的網絡論壇討論、網絡博客文本等個體記憶文本中，則更多呈現爲情緒化的表達。人類的記憶既有認知部分的，也有情感部分的，前者嚴肅，後者活潑，同樣沒有必要厚此薄彼。

從記憶的穩定性來看，官方記憶較穩定，也較固化，如同形成的範式，難以輕易改變。這是因爲官方記憶作爲具有權威性的記憶，它對整個社會的記憶發生重要影響，作爲記憶鏈環的關鍵環節，它的鬆緊，牽一發而動全局，常常會影響到一連串的問題。例如，關於抗戰合法性的官方記憶如果受到質疑，此前此後的許多事情的合法性都會被追問。而對個體記憶來說，其牽涉面較狹，一般不存在這樣的問題。

（二）呈現與遮蔽（記憶與遺忘）

關於傳媒抗戰記憶的社會框架研究表明，記憶的社會框架決定了記憶什麼，也決定了如何記憶。換句話說，就是記憶的社會框架決定了呈現什麼、遮蔽什麼，於是人們的記憶就變成了什麼樣貌。而作爲國家和民族歷史層面的抗戰記憶更明顯地受制於社會框架。如本書第四章指出的，官方的權威的話語構成了傳媒抗戰記憶的語言框架，政治的、經濟的、文化的等因素構成了傳媒抗戰記憶的總體性框架。就抗戰記憶而言，在諸種因素中，這種框架政治性更加突出、更加鮮明。在這種框架的制約下，傳媒抗戰記憶的內容、表徵方式、敘事框架都具有高度一致性：圍繞著對中華人民共和國國家的合法性、對中國共產黨領導地位的合法性等展開。從抗日戰爭歷史相對於國家、民族和中國共產黨的重要意義來看，這種選擇具有必然性、合理性。世界歷史表明，對於任何一個政權而言，在政權建立的過程中和政權穩定性建設的過程中，運用有利於政權合法性的歷史記憶資源來確立其合法性是一種自然的選擇。

當然，我們需要注意的是，這種選擇，或者說記什麼不記什麼，也是會發生變化的。尤爲重要的是，變化取決於政治、經濟、文化等多種因素的影響，又反過來對政治、經濟、文化等發生重要影響。這種變化以及相互的決定和影響可以從中國大陸和臺灣兩地不同的抗戰記憶的變遷中看出。抗日戰爭結束後相當長的一段時間內，大陸呈現的是中國共產黨領導下的中華民族抗戰記憶，臺灣呈現的是國民黨領導下的中華民族抗戰記憶。雙方基本上都濃墨重彩於己方的抗戰歷史而遮蔽了對方的抗戰歷史。近年來，這種狀況發生了變化，中國大陸傳媒的抗戰記憶中，開始對國民黨正面戰場的抗戰歷史進行記憶。這種變化既基於對歷史本身的全面認識，更源於大陸與臺灣關係的變化，還深受中國政治、經濟、文化發展的影響。

二、走向文化記憶的傳媒抗戰記憶

在 20 世紀法國最偉大的小說家普魯斯特的筆下，年華似流水，不斷流逝。正因爲年華歲月易逝，「追憶似水年華」才顯示出自己的意義。昨日在記憶中重現，今日也將在記憶中延續，媒介化時代，歷史的記憶有賴於傳媒。克羅齊說，「一切歷史都是當代史」。當代政治、經濟、文化、外交、國防等等因素，都影響到對歷史的認識和記憶，這便是克羅齊發出上述感概的根據。當抗日戰爭距離人們越來越遠的時候，未來的媒介如何記憶這段歷史？社會心理學的研究表明，當觀察者回顧自己的記憶的內容時，通常會分配給情境更多的權重〔註 1〕。也就是說，隨著時間的流逝，人們的解釋從著眼於當事人慢慢轉向到著眼於情境。而隨著戰爭親歷者逐漸逝去，後代又將如何記憶這段歷史？在前面研究的基礎上，根據人類的心理規律和文化記憶理論，我們認爲，走向文化記憶或許是傳媒抗戰記憶的一種趨勢。

（一）傳媒抗戰記憶作為文化記憶的可能

文化是人類心智的產物，它也給人類智慧提出了難題，對於究竟什麼是文化、如何理解文化，至今尚未有一個一致的結論。專門研究文化的學科（如人類學）關於文化的定義就不少，何況還有哲學、社會學、歷史學、傳播學、心理學等等各學科的加入。當然，在對文化的認識方面，這種不確定性未必是件壞事，它至少表明了一種從不同角度理解文化的可能性。於是，我們便可以從文化的角度來思考記憶以及從記憶的角度來思考文化。導論中介紹的關於文化記憶的研究就是這種思考的結果。確實，提及文化，不管如何理解，都應該承認它勾連起人類的過去、現在和未來。人類對自身的探索和對世界

〔註 1〕戴維・邁爾斯：《社會心理學》，人民郵電出版社，2006 年版，第 68 頁。

的探索，都蘊含在文化中，文化關懷人與自己、人與人、人與自然的關係，囊括了人所居於其間的一切。這表明不僅從時間的延續，而且從空間的延展來看，文化都可以理解爲一個記憶的問題。或者說，文化便是以記憶的方式存在。

揚・阿斯曼認爲，正是個人和群體在其中尋找導向的回憶和期待、知識和經驗的無形空間，必然是最易逝的，首先需要加以保存，使之能夠持久。符號化便是其保存的路徑。人類的過去便是一直生活在充滿符號的世界裏，這個世界便是文化〔註2〕。

他還特別指出，文化記憶與歷史和歷史意識不同，它是關於過去的一種獨立形式〔註3〕。這個觀點與本書討論歷史記憶的基本觀點不謀而合。我們認爲歷史記憶是相對於歷史的一種獨立形式，它是依據當下的語境對歷史的建構。揚・阿斯曼以耶路撒冷 1996 年舉行的 3000 週年慶祝活動爲例談記憶的獨立性。史學研究認爲，這座城市的歷史應該再向前追溯 800 年（即到當時已經 3800 年），但現在在耶路撒冷內和周圍生活的以及爲耶路撒冷發生爭執的群體都不會將那 800 年的屬於卡納列易斯人佔領這座城市的歷史看做自己歷史的一部分。這一點只有歷史學家感興趣。也就是說，這段歷史雖然是可考的歷史，卻不在人們的文化記憶的範圍內〔註4〕。這表明，文化記憶和歷史本身是有距離的，歷史追求的是事實的眞相，文化記憶則屬於具有穩定性、持續性的符號空間。

縱覽本書研究的各個主題，無論是記憶的內容還是記憶的表徵、框架、複雜性等，都蘊含著一種追求，即抗日戰爭對中國、中國人、中華民族來說，都是具有重大意義的歷史，抗戰記憶應當也可以成爲一種具有穩定性、持續性的記憶，如創傷記憶、抗戰精神記憶，等等。本書正是在此意義上提出傳媒抗戰記憶走向文化記憶的可能性。但就現有的傳媒抗戰記憶文本來看，表現出過分受制於政治因素影響而形成單一的官方記憶形式的特點。這種單一性不等於我們所說的文化記憶的穩定性和持續性。此外，從記憶的功能來看，

〔註2〕揚・阿斯曼：《文化記憶》，見阿斯特里特・埃爾、馮亞玲：《文化記憶理論讀本》，北京大學出版社，2012 年版，第 1 頁。

〔註3〕揚・阿斯曼：《文化記憶》，見阿斯特里特・埃爾、馮亞玲：《文化記憶理論讀本》，北京大學出版社，2012 年版，第 12 頁。

〔註4〕揚・阿斯曼：《文化記憶》，見阿斯特里特・埃爾、馮亞玲：《文化記憶理論讀本》，北京大學出版社，2012 年版，第 11 頁。

作爲官方記憶，現有的傳媒抗戰記憶無疑屬於功能性記憶，它是側重於社會交際的一種記憶形式，其功能主要表現爲合法化與非合法化。但抗日戰爭在中國歷史乃至世界歷史上的重大意義不僅僅限於合法性的表述，相應地，傳媒抗戰記憶也應當不限於功能性的記憶，它還應當包含指向更豐富記憶資源的存貯記憶。而大眾傳媒的發展，特別是具有無限存貯空間的網絡媒體等記憶媒介的出現和發展，令存儲記憶這種文化記憶形式較歷史上任何時代具有了無可比擬的存在和發展的可能性。

（二）走向文化記憶的路徑

穩定性與變化性

記憶的主觀性令變化性成爲其特徵。隨著時間的流逝，我們對當事人會有較多的理解，對情境框架會有更多的認識。而且，情緒是一個過程，當時的激昂情緒，後來會慢慢緩解。這意味著歷史記憶會隨時間流逝漸漸趨向於理性。當然，這只是事情的一面，實際情形中也可能恰恰相反，現實情境與歷史情境的疊加令記憶更加具有情緒性。釣魚島之爭激起的中國傳媒抗戰記憶就是一個典型的例證。但我們在討論文化記憶時已經明確指出，取消易逝性追求穩定性、取消短暫性追求持續性是文化記憶的特性。因此，穩定性和持續性是傳媒抗戰記憶的基本追求。如何克服記憶的變化性與追求穩定性之間的矛盾？我們認爲，區分哪些是可以變的，哪些是必須保持穩定的是解決問題的關鍵。對於抗戰記憶而言，戰爭本身的性質以及戰爭所造成的創傷、所表現出來的抗戰精神和民族精神、勝利所產生的歷史意義等基本觀念和框架無疑是不能變的，因爲它們涉及到對這場戰爭的基本態度。在此基本認識上，具體記憶材料、記憶方式的變化則是不可避免的。

單一化與多元化

單一化是傳媒抗戰記憶歷史的特點，多元化是傳媒抗戰記憶的現狀和趨勢。至少兩個方面的原因決定了傳媒抗戰記憶由單一化趨向多元化。首先，記憶媒介的發展爲多元化的記憶提供了可能，本書相關章節對此略有論及。前面討論民間記憶時已經指出，自媒體的發展使原本限於傳遞官方記憶的大眾傳媒成爲民間記憶的媒介。阿萊達・阿斯曼在關於記憶媒介的研究中，也敏銳地感覺到網絡的出現對記憶的影響。指出網絡提供了一種新的延伸的場景的機制化，在其中不是時間，而是空間有了優勢〔註 5〕。功能記憶和存儲記憶的界限在網絡世界中不再那麼分明。在我國新時期傳媒抗戰記憶中，正是在網絡的發展與普及過程中，民間抗戰記憶形式改變了過去個體記憶的存在形態，進入到大眾傳媒的公共空間，成爲構建傳媒抗戰記憶的不可忽視的力量。我們剛剛也指出，網絡媒體等爲存儲性文化記憶提供了廣闊乃至無限的空間，它必將豐富現有的記憶內容和記憶形式。其次，多樣性是文化本身的特性，也是我們對待文化應有的態度。在保證對抗戰歷史穩定性的敘事的基礎上，傳媒抗戰記憶的多元化體現了抗戰記憶資源的豐富性和媒介表徵的靈活性。

經典化與標準化

對新時期傳媒抗戰記憶文本的研究表明，除了具有官方性、權威性的文本外，缺少具有經典性的、標準化的記憶文本。當下傳媒抗戰記憶文本從數量上看是相當龐大的，如創傷記憶中關於南京大屠殺的文本並不少，但卻缺少像《奧斯維辛集中營》電影那樣的經典文本。標準化的文本表達了共同生活的規則和群體的自我形象，體現了文化記憶的穩定性和持續性，對文化記憶而言具有重要的意義。建構具有經典化與標準化特點的抗戰記憶文本應當成爲傳媒抗戰記憶追求的目標。其關鍵問題便在於弄清楚抗戰體現的共同的生活規則是什麼？其表達的群體的自我形象應該是什麼？如果缺乏對這些問題的認眞嚴肅的思考，再多的文本也不利於抗戰記憶的傳承，反而可能對人們的歷史觀念、對抗戰記憶本身造成不利的影響。這一點在我們前面多次提及的近年抗戰題材影視劇中存在的問題所做出的討論已經得到說明。因此，我們仍需再次強調，歷史記憶較之其它記憶形式而言具有嚴肅性，對抗戰歷史這樣關涉民族、國家的重大歷史的記憶更應當具有嚴肅性，我們從文化記憶角度的思考也是在此立場上進行的，即追求以經典文本爲基礎的記憶的穩定性是傳媒抗戰記憶的目標，在此基礎上也應當尊重多元性與變化性。

最後，我們還是回到大眾傳媒本身來看傳媒的歷史記憶問題，本書所傳達的最重要的立場是：大眾傳媒在建構歷史記憶的時候，會受到政治、經濟、文化等因素形成的社會框架的制約，它們的合力規定了傳媒建構歷史記憶的內在結構，制約著傳媒的表達方式。但是，這只是問題的一方面，傳媒本身

〔註 5〕揚・阿斯曼：《文化記憶》，見阿斯特里特・埃爾、馮亞玲：《文化記憶理論讀本》，北京大學出版社，2012 年版，第 19 頁。

是具有某種獨立性、主動性的實體，就建構抗戰記憶的實踐而言，中國大眾傳媒一直採取主動的態度，積極參與，它與其它各種形式（例如教科書、民間講述等）一道，對形成中國當代民眾對抗戰的具有高度認同感的共同記憶，起到相當重要的作用。但從跨國境的立場看，探索展開理性對話之路，則處於剛剛起步階段。因此，全面把握包括中日關係在內的當代傳媒抗戰記憶的社會框架，充分運用傳媒的主動性，在尊重歷史眞實、遵循傳媒運作規律的基本原則下，積極進行傳媒抗戰記憶的建構，具有重大的現實意義。

在結束本書之際，再次想起從開始這項研究便未停止追問的一個問題，即歷史眞實與記憶眞實的關係問題。到最後，再次思索這個問題，想到了著名歷史學家顧頡剛先生闡釋自己研究孟姜女故事的志趣時的一段夫子自道，引用於下，藉以表達作者開展傳媒歷史記憶研究工作的初衷以及研究過程中的相似體驗吧。顧先生寫道：

> 實在的孟姜女的事情，我是一無所知，但我也不想知道。這除了掘開眞正的孟姜女的墳墓，而墳墓裏恰巧有一部她的事跡的記載之外，是做不到的。就是做到，這件事也盡於她的一身，是最簡單不過的，也沒有什麼趣味。現在我們所要研究的，乃是這件故事的如何變化。這變化的樣子就很好看了：有的是因古代流傳下來的話失眞而變的，有的是因當代的時勢反映而變的，有的是因地方的特有性而變的，有的是因人民的想像而變的，有的是因文人學士的改竄而變的，這裏邊的問題就多不可數，牽涉的是全部的歷史了。我們要在全部的歷史之中尋出這一件故事的變化的痕跡與原因，這是一件極困難的事情，但也是一件極有趣味的事情呵〔註6〕。

顧先生作爲一位歷史學家，當然想瞭解歷史的眞實，但他告訴人們，記憶眞實也是一種眞實，同樣値得歷史學家傾注大的氣力。甚至他認爲，只有當歷史學家關注記憶眞實、關注歷史記憶的這種變化的時候，大歷史觀才可能出現。因爲只有在這種情況下，過去和現在乃至未來才被勾連到一起，活生生的今人與逝去的古人才有了對話。歷史學家的任務，不僅僅是描述過往，還在解釋當今，亦在勾畫未來，如此歷史的意義才能充分彰顯。這是顧先生研究孟姜女故事的苦心孤詣，也是我們研究大眾傳媒抗戰記憶所孜孜以求的。

〔註6〕顧頡剛編著：《孟姜女故事研究集》，上海古籍出版社，1984年版，第96～97頁。

主要參考文獻

中文類

1. 阿斯特里特・埃爾、馮亞玲：《文化記憶理論讀本》，北京：北京大學出版社，2012 年。
2. 班尼特：《新聞：政治的幻想》（第五版），北京：當代中國出版社，2005 年。
3. 保羅・康納頓：《社會如何記憶》，納日碧力戈譯，上海：上海人民出版社，2000 年。
4. 保爾・湯普遜著：《過去的聲音——口述史》，覃方明等譯，瀋陽：遼寧教育出版社，2000 年。
5. 卜衛：《媒介與性別》，南京：江蘇人民出版社，1999 年。
6. 巴特萊特：《記憶：一個實驗的與社會的心理學研究》，杭州：浙江教育出版社，1998 年。
7. 成然：《從傳播生態學角度的新聞與歷史》，《新聞界》，2005 年（3）。
8. 陳孔立：《臺灣歷史的集體記憶與民眾的複雜心態》，《臺灣研究集刊》，2003 年（3）。
9. 陳曉雲：《革命記憶與愛情呈現》，《杭州師範學院學報》，2000 年（5）。
10. 丹尼爾・戴揚、伊萊休・卡茨：《媒介事件：歷史的現場直播》，北京：北京廣播學院出版社，2001 年。
11. 法拉、帕特森《劍橋年度主題講座：記憶》，户曉輝譯，北京：華夏出版社，2006 年。
12. 方文：《社會心理學的演化：一種學科制度視角》，《中國社會科學》，2001 年（4）。

13. 弗雷德里克・詹姆遜：《快感：文化與政治》，北京：中國社會科學出版社，1998 年。
14. 法羅斯：《解讀傳媒迷思》，林添貴譯，中國臺北：正中書局，1998 年。
15. 房廣順、王亮：《中美關係的「冷」與「熱」》，《黨政幹部學刊》，2005 年（10）。
16. 費孝通：《鄉土中國生育制度》，北京：北京大學出版社，1998 年。
17. 高平平：《臺灣史學界抗日戰爭研究述評》，《軍事歷史研究》2003 年（3）。
18. 葛兆光：《思想史研究課堂講錄：視野、角度與方法》，三聯書店，2005 年。
19. 葛兆光：《中國思想史》，上海：復旦大學出版社，2001 年。
20. 葛兆光：《歷史記憶、思想資源與重新詮釋——關於思想史寫法的思考之一》，《中國哲學史》，2001 年（1）。
21. 古斯塔夫・勒龐：《烏合之眾》，北京：中央編譯出版社，2000 年。
22. 海德格爾：《世界圖象時代》，孫周興編《海德格爾選集》，上海：三聯書店，1996 年。
23. 海登・懷特：《後現代歷史敘事學》，陳永國，張萬娟譯，北京：中國社會科學出版社，2003 年。
24. 何蘭：《網絡傳播及其對國際關係的影響》，《北方論叢》，2004 年（6）。
25. 華勒斯坦等：《開放社會科學》（中譯本），三聯書店，1997 年。
26. 黃應貴：《時間、歷史與記憶》，臺灣：中央研究院民族研究所，2000 年。
27. 姜長斌：《簡論日本民族文化成因及其特點》，《日本學刊》，2006 年（4）。
28. 景軍：《社會記憶理論與中國問題研究》，《中國社會科學學刊》（香港），1995 年（12）。
29. 劉繼南：《大眾傳播與國際關係》，北京：中國傳媒大學出版社，1999 年。
30. 劉傑等：《超越國境的歷史認識——來自日本學者及海外中國學者的視角》，北京：社會科學文獻出版社，2006 年。
31. 羅伯特・哈欽斯等：《一個自由而負責的新聞界》，，北京：中國人民大學出版社，2004 年。
32. 理查德・格里格、菲利普・津巴多：《心理學與生活》，北京：人民郵電出版社，2003 年。
33. 李道新：《中國電影的民族記憶與文化歷程》（1905～2004 年），《福建藝術》，2004 年（1）。
34. 李興亮：《娛樂化時代的娛樂消費》，《藝術廣角》，2005 年（6）。
35. 梁家貴：《抗日戰爭與中國社會史論》北京：社會科學文獻出版社，2005 年。

36. 劉景嵐：《臺灣政治轉型及其對兩岸關係的影響研究》，中國優秀博碩士學位論全文數據庫。
37. 劉亞秋：《「青春無悔」：一個社會記憶的建構過程》，《社會學研究》，2003年（2）。
38. 羅鳳禮：《歷史與心靈》，北京：中央編譯出版社，1998年。
39. 羅鋼、劉象愚：《文化研究讀本》，北京：中國社會科學出版社，2000年。
40. 魯思・本尼迪克特：《菊與刀》，北京：商務印書館，1990年。
41. 魯義：《中日關係現狀與兩國傳媒的作用》，《日本研究》，2006年（1）。
42. 莫里斯・哈布瓦赫：《論集體記憶》，畢然、郭金華譯，上海：上海人民出版社，2002年。
43. 米爾斯：《社會學的想像力》，北京：生活・讀書・新知三聯書店，2001年。
44. 馬克・J史密斯：《文化——再造社會科學》，長春：吉林人民出版社，2005年。
45. 納日碧力戈：《各煙屯藍靛瑤的信仰儀式、社會記憶和學者反思》，《雲南大學人文社會科學學報》2000年（2）。
46. 尼古拉斯・阿伯克龍比：《電視與社會》，南京：南京大學出版社，2000年。
47. 尼古拉・埃爾潘：《消費社會學》，孫沛東譯，北京：社會科學文獻出版社，2005年。
48. 逄增玉：《九十年代「抗戰文學」的歷史記憶與現實訴求》，《當代作家評論》，2001年（6）。
49. 潘忠黨：《歷史敘事及其建構中的秩序——以我國傳媒報導香港回歸爲例》，《文化研究》第一集，2000年（6）。
50. 秦勇：《中國當下歷史消費主義的出場》，《社會科學》，2005年（7）。
51. 秦志希等：《電視歷史劇：對集體記憶的建構與消解》，《現代傳播》，2004年（1）。
52. 秦志希，葛豐：《互聯網的「後現代」特徵》，全國第七次傳播學研究會論文集。
53. 秦志希，劉敏：《新聞傳媒的消費主義傾向》，《現代傳播》，2002年（1）。
54. 秦志希：《新聞輿論與新聞文化》，武漢：武漢大學出版社，1997年。
55. 單波：《現代傳媒與社會、文化發展》，《現代傳播》，2004年（1）。
56. 單波：《「歷史向世界歷史的轉變」與中國新聞業的整體觀照》，《現代傳播》1995年（4）。

57. 山田正行：《自我認同感與戰爭——戰爭記憶與歷史反思》，崑崙出版社，2004年。
58. 施拉姆等：《報刊的四種責任理論》，北京：新華出版社，1980年。
59. 師吉金：《對50年來中國社會變遷的思考》，《錦州師範學院學報》，1999年（3）。
60. 孫歌：《日中戰爭——感情與記憶的構圖》，《讀書》，2000年（3）。
61. 孫德忠：《社會記憶論》，武漢：湖北人民出版社，2006年。
62. 孫德忠：《論社會記憶的合法性根據》，《武漢大學學報》（哲學社會科學版），2005年（2）。
63. 孫隆基：《中國文化的深層結構》，桂林：廣西師範大學出版社，2004年。
64. 孫江主編：《事件、記憶、敘述（新社會史）》，浙江人民出版社，2004年年。
65. 托伊恩.A 梵.迪克：《作爲話語的新聞》，北京：華夏出版社，2003年。
66. 王希亮：《戰後日本政界戰爭觀研究》，北京：社會科學文獻出版社，2005年。
67. 汪朝觀：《抗日戰爭歷史的影像記憶——以戰後中國電影爲中心》，2005年（6）。
68. 吳廣義：《日本侵華戰爭遺留問題：戰爭記憶與歷史反思》，崑崙出版社，2005年。
69. 王明珂：《羌在漢藏之間——一個華夏邊緣的歷史人類學研究》，中國臺北：臺灣聯經出版事業股份有限公司，2003年。
70. 王明珂：《華夏邊緣——歷史記憶與族群認同》，中國臺北：臺灣允晨文化實業股份有限公司，1997年。
71. 王明珂：《歷史事實、歷史記憶與歷史心性》，《歷史研究》2001年（5）。
72. 王秀鑫、郭德宏：《中華民族抗日戰爭史》，北京：中共黨史出版社，1995。
73. 伍方斐：《文學史敘事模式對「現代」文學的建構及其後現代轉型》，《學術研究》，2006年（12）。
74. 蕭阿勤：《集體記憶理論的檢討：解剖者、拯救者、與一種民主觀點》，《思與言》（臺灣）第35卷第1期，1997年（3）。
75. 許倬雲：《中國文化與世界文化》，桂林：廣西師範大學出版社，2006年。
76. 許子東：《爲了忘卻的集體記憶：解讀50篇文革小說》，三聯書店，2000年。
77. 薛磊：《抗日戰爭時期的中美關係》，《黨史文苑》2005年（14）。
78. 薛曉源、曹榮湘：《全球化與文化資本》，北京：社會科學文獻出版社，2005年。

79. 楊念群主編：《空間・記憶・社會轉型》，上海人民出版社，2001 年。
80. 楊豫、胡成：《歷史學的思想和方法》，南京：南京大學出版社，1999 年。
81. 嚴建強：《關於社會記憶與人類文明的斷想》，《浙江檔案》1999 年第 3 期。
82. 閻雲翔：《差序格局與中國文化的等級觀》，《社會學研究》，2006 年（4）。
83. 依田喜家：《日本帝國主義與中國》，北京：北京大學出版社，1989 年。
84. 余靖、孫汀娟：《東方與西方的聲音——抗戰時期中外新聞報導比較》，《新聞前哨》，2004 年（5）。
85. 余霞：《歷史記憶的傳媒表達及其社會框架》，《武漢大學學報》（人文科學版），2007 年（2）。
86. 余志權：《中美關係的三十餘年的發展與思考》，《中國科技信息》，2005 年（8）。
87. 藏運祜：《20 世紀前半期的中日美三角關係述論》，《北京大學學報》（哲學社會科學版），2000 年（6）。
88. 詹世亮：《冷戰後的美日關係》，《國際問題研究》，1995 年（1）。
89. 周鋒：《交鋒：時代印記——穿行於百年報刊之林》，北京：光明日報出版社，2005 年。
90. 周大鳴：《中國的族群與族群關係》，南寧：廣西民族出版社，2002 年。
91. 周新國：《中國口述史的理論與實踐》，北京：中國社會科學出版社，2005 年。
92. 周憲：《視覺文化的消費社會學解析》《社會學研究》，2004 年（5），
93. 張關林譯：《中、美、日：不輕鬆的三角關係》，《國外社會科學文摘》，2001 年（7），原載英國《經濟學家》周刊 2001 年 3 月 17 日。
94. 張巨岩：《權力的聲音：美國的傳媒和戰爭》，北京：生活、讀書、新知三聯書店，2004 年。
95. 張品良：《網絡傳播的後現代性解析》，《當代傳播》，2004 年（5）。
96. 張憲文：《中國抗日戰爭史（1931～1945）》，南京：南京大學出版社，2001 年。
97.《中國人民抗日戰爭紀實叢書》，北京：解放軍文藝出版社，2005 年。
98. 中根千枝：《縱向社會的人際關係》，北京：商務印書館，1994 年。
99. 中根千枝：《適應的條件—日本式連續性思考》，石家莊：河北人民出版社，1989 年。
100. 中國首屆檔案學博士論壇論文集編委會：《21 世紀的社會記憶》，北京：中國人民大學出版社，2001 年。

101. 鍾年、余霞：《人類信息的溝通——傳播史話》，武漢：湖北人民出版社，2006 年。

102. 鍾年：《社會記憶與族群認同》，《廣西民族學院學報》（哲學社會科學版），2000 年（4）。

103. 諸葛蔚東：《媒介的社會變遷》，北京：北京大學出版社，2006 年。

外文類

1. Eksterowicz，Anthony J.，Robert North Roberts（Ed. 2000）.Public Journalism and Political Knowledge. Rowman & Littlefield Publishers.
2. Gonzalo Castillo Cardenas，Introduction：Interpreting the Past. In The Politics of Memory：Native Historical Interpretation in the Colombian Andes. Cambridge：Cambridge University Press，1990.
3. Hobsbawm，Eric，Introduction：Inventing Tradition in The Invention of Tradition. Cambridge：Cambridge University Press，1983.
4. Maurice Bloch，The Past and the Present in the Present，London School of Economics& Political Science，（July 1976）P 278～292.
5. Mermin，Jonathan（1999）.Debating War and Peace：Media Coverage of U.S. Intervention in the Post-Vietnam Era. Princeton University Press.
6. Nancy M Farriss，Remembering the Future，Anticipating the Past：History，Time，and Cosmology among the Maya of Yucatan，Comparative Studies in Society and History，29（3）.
7. Jerzy Jedlicki，Historical Memory as a Source of Conflict in Eastern Europe，Communist and Post-Communist Studies 32（1999），P225～232.
8. Olick，Jeffrey K.；Robbins，Joyce. Social Memory Studies：from "Collective Memory" to the Historical Sociology of Mnemonic Practices. Annual Review of Sociology Volume 24（1998）P105～40.
9. Schwartz. Social change and collective memory：the democratization of George Washington. American Sociological Review，56（April 1991）P221～36.
10. Schwartz B. Memory as a Cultural System：Abraham Lincoln in World War II. American Sociological Review，61（5）（Oct.1996）P908～27.

後　記

記憶是一種神奇的力量——時隔六年，當我重返傳媒抗戰記憶的研究中，每一章每一節甚至每一句，都足以喚起種種記憶。緊張、焦慮、痛苦與興奮、快樂的糾纏，各種體驗，記憶猶新；孤燈夜戰、憔悴不堪，歷歷在目。或許，那是我人生中最難的一段時光，工作的重負、學業的艱辛，需要我以特別的毅力去面對。何況，還要面對親愛的母親的逝去！幸而有那麼多愛我護我幫我的師友與親人！

恩師秦志希先生學識淵博、思想深邃、態度嚴謹，他深深地影響著我。置身其間、耳濡目染、潛移默化，老師的教導不僅幫我克服研究中的困難，解決研究中的困惑，更令我終生受益！多年以後繼續進行這項研究，還是在老師的關懷與督促下進行。此時此刻，內心的感激之情難以言表，謹向老師致以最崇高的敬意與謝意！

我的母校武漢大學新聞學院的諸位老師都曾給我的研究提供了幫助，特別是單波教授、夏倩芳教授的指點對我啓發尤多。在此向老師們表示衷心的感謝！

本書的寫作還得到了許多其他師友的幫助。武漢大學哲學院的鍾年教授從選題到寫作都對我幫助很多，其活躍的思維、嚴謹的治學態度，令我獲益匪淺！

還有武漢大學新聞學院的劉建明博士、夏冠英博士，以及湖南理工大學的徐小立博士、中南民族大學的陳峻俊博士、江漢大學的靳翠萍博士、華中科技大學的郭小平博士等等，都爲本書的研究和撰寫提供了幫助。這種友誼成爲我最寶貴的記憶！

我還要感謝我的親人們。當年，沒有姐姐們全力照顧病重的母親，我斷難化悲痛爲力量，堅持到最後。我也要感謝我的愛人和親愛的女兒，一些思考，便是在與女兒的討論之中形成的。沒有他們的鼓勵和支持，我難以完成拙作。

最後，我還要衷心感謝臺灣花木蘭文化出版社，感謝陳世東編輯的督促與幫助！

記憶是神奇的，記憶也是美好的！在我終於可以爲本書寫後記的時候，我的內心充滿了對過去經歷的美好記憶，師生情、友情、親情，溫暖了我的記憶，也將成爲我繼續前行的動力。